Sur l'auteure

Sarah Elaine Smith est née au cœur de la Pennsylvanie, et y a grandi. Poétesse reconnue, elle a été professeure, serveuse, consultante en design et analyste en métadonnées. *Marilou est partout* est son premier roman.

SARAH ELAINE SMITH

MARILOU EST PARTOUT

Traduit de l'anglais (États-Unis)
par Héloïse Esquié

10
18

SONATINE EDITIONS

Titre original :
Marilou is Everywhere

Éditeur original : Riverhead Books

ISBN 978-2-264-07767-7
Dépôt légal : août 2021

Pour Janice Hatfield

J'ai longtemps pensé que mes ennuis s'étaient concrétisés l'été où Jude Vanderjohn a disparu, mais à présent, je vois qu'ils ont commencé bien plus tôt.

Avant cet été-là, ce qui m'arrivait, c'était de l'air et de l'eau, tout aussi transparent. Réel, oui, mais je m'en fichais un peu. Le réel ne m'intéressait pas. Elle ne me paraissait pas particulièrement précieuse non plus, l'espèce de communion que je pouvais créer avec les paillettes de poussière, les serpents qui tournaient tout en souplesse le long des pneus de tracteur pourris empilés près de la remise ou la lumière pierreuse qui tombait sur ces collines et parait les vignes et la mousse de ce vert vif de cauchemar. Ça ne rimait à rien pour moi, tout ça. Tout ce que je voyais semblait avoir été vidé et abandonné à un bourdonnement morne. Je regardais passer les voitures. Je lisais des catalogues, dont je faisais la collection, si bien que ma famille les appelait « les magazines de Cindy ». Ma vie était un désert. De là où je me tenais, elle brûlait d'une lueur terne et sans merci. Que de la poussière, pas de chant. Des arcs-en-ciel dans des flaques d'essence. Des piqûres d'insectes sur lesquelles mes ongles avaient tracé un X courbe. Du jus d'orange Donald Duck en boîte. Des taches rouges sur les mains bouffies de mon frère Clinton, à part ça si blanches qu'en fait elles étaient jaunes, comme du fromage. Le grain de beauté sur mon nombril. On apprend à connaître les choses de cette façon, en se regardant. On découvre le monde par la forme de ce qui revient à soi quand on crie.

Je n'avais jamais été que moi-même, et trouvais ça insuffisant. Même quand le soleil brillait, quand le monde s'offrait, quand j'étais née. Et certains jours, j'étais vraiment, vraiment née. Je passais le plus clair de mes journées à creuser dans le temps de petites ornières où je pouvais me cacher dans la texture d'une lumière, ou d'une idée. Puis, cet été-là, j'ai créé un espace entre moi et tout ça. Ce qui s'est passé, je crois, c'est que j'ai commencé à voir l'autre monde. Il n'était pas réel, et pourtant je pouvais le superposer au réel à volonté, le tirer sur tout le reste tel un fin rideau de coton. Quand je me tenais juste assez loin d'elle, de ma vie, tout à coup la lumière crue se résolvait en un énorme écran de cinéma qui s'épanouissait dans l'obscurité, avec une mâchoire de femme renversée dans l'abandon d'un baiser. Le romantisme naissait de cette distance. En noir et blanc, l'obscurité veloutée, scintillante ; et toujours quelqu'un d'autre est là dans l'esprit, dans la caverne au-dessus de ma tête. Mais quelqu'un que je ne connais pas. Cependant ça ne compte pas, en réalité. L'important, c'est qu'à cette période de ma vie, j'aurais tué, ou serais morte, je serais morte ou j'aurais tué pour être quelqu'un d'autre, n'importe qui.

Je n'essayais pas de devenir Jude. Pas tout à fait. Mais je voulais disparaître, or elle avait laissé un espace vacant. Quand j'ai pénétré cet espace, j'ai disparu à mes propres sens. Ça m'a changée en quelqu'un qui n'avait pas mon esprit tel qu'il est. De même que ça changeait Jude, quand Virgil l'appelait Marilou tandis qu'ils marchaient bras dessus, bras dessous dans les couloirs de notre lycée, resplendissants, comme les gens dans les magazines, qu'on ne voit jamais en vrai. Elle devenait une autre fille, et ça l'illuminait, et c'était ça que je voulais.

À présent, je sais ce dont ça a l'air : adolescent, adolescent. Adolescente, je l'étais, et ça m'a poussée à la cruauté. Sauf que dans ma cruauté, j'aimais le monde, aussi, avec une ferveur telle que je devinais que personne n'aurait pu s'en douter. Et je l'aime encore. C'était, tout simplement, ma façon de survivre.

I

La dernière fois qu'on a vu Jude Vanderjohn, c'était dans le parking en face du Burchinal's General Store, à Gans, juste après la frontière de la Virginie-Occidentale, où elle campait dans la forêt de Coopers Rock State avec quatre autres filles venant de terminer leur cursus à West Greene High School. L'itinéraire le plus rapide pour rentrer, c'était par Morgantown, mais elles étaient passées par Fayette County. Lorsqu'on leur a demandé pourquoi elles avaient choisi le chemin le plus long, Kayla a répondu, apparemment, qu'elles avaient voulu prendre la plus jolie route, n'étant pas tellement pressées de rentrer. Par la suite, lorsque l'inspecteur Torboli a reposé la question, elle a reconnu qu'elle avait voulu fumer un joint dans la voiture, et que Jude refusait catégoriquement l'usage de la marijuana sur l'autoroute. Ce qui s'est révélé exact, mais n'était pas non plus la vraie raison.

Finalement, Crystal a avoué qu'elles avaient été suivies, et qu'elles avaient fait un détour pour tenter de semer les garçons qui avaient rôdé autour de leur campement. Ils avaient un air de famille. Ils portaient tous une espèce de moustache clairsemée et parlaient entre eux à toute vitesse dans un patois incompréhensible. Au départ, Shawn, BD et Caleb s'étaient rendus utiles : ils avaient allumé le feu et partagé leur pack de trente bières, leur avaient indiqué des coins sur les bords de Cheat Lake où les poissons étaient si peu méfiants qu'on aurait cru qu'ils avaient envie de mourir entre vos mains.

Le deuxième soir de leur séjour, les garçons les avaient emmenées se balader sur un chemin qui zigzaguait entre les énormes formations calcaires, sous le poste de guet. Ils avaient emprunté des passages secrets où s'infiltraient de minces rais d'une lumière argentée et immémoriale. Au point de vue de Ravens Rock, ils avaient sorti une bouteille de Pepsi de trois litres remplie de vin de mûre artisanal. Ils n'étaient pas sans arrière-pensées, évidemment. Dans un premier temps, les filles ne les avaient pas rembarrés trop méchamment. C'est agréable, parfois, de recevoir un peu d'attention. La lumière vous caresse, mettons, devant un paysage vertigineux, et le vin doux, c'est doux, à ce qu'on m'a dit.

Ravens Rock est le panorama préféré des amateurs de frissons, parce qu'il n'y a pas de barrière. La vue n'est pas défigurée par des télescopes à pièces. On dirait qu'au moindre faux pas, vous allez piquer une tête dans le vide, où vous n'aurez plus jamais besoin de vous préoccuper de la pesanteur. Là, les garçons ont osé toucher les filles dans la pénombre, poser une main sur leurs reins, première déclaration sans conséquence. C'était romantique. Apparemment, Kayla a même laissé Shawn, le grand avec les biceps qui dépassaient de son tee-shirt découpé, lui donner la main. Ils ont parlé des âmes des animaux et des formes que leur rappelaient les étoiles, et ils ont parlé de leurs idiots de parents qui s'inquiétaient, décrété qu'ils s'en sortiraient tous sans problème.

Shawn a entraîné Kayla au bord de la falaise. Il a prétexté vouloir lui montrer un endroit d'où la rivière en dessous ressemblait à une chaîne d'argent mouvante. Tout près du précipice, il lui a flanqué un petit coup derrière les genoux, mine de rien, pour la faire trébucher, l'obligeant à s'agripper à lui. Kayla a mimé de grands moulinets de désarroi avec ses bras quand elle m'a raconté la scène. Shawn avait sans doute compté qu'elle se pâme dans ses bras, mais au lieu de ça, elle s'est écartée du bord à toute vitesse en poussant un cri suraigu et, courant à l'aveuglette dans la nuit, elle s'est tordu la cheville dans un nid de rongeurs. Les garçons l'ont portée pour rentrer au campement et lui ont bandé la cheville avec du chatterton. Pour s'excuser, ils sont même allés au Eagle Lodge Café lui chercher de la glace, un Coca et un tas de bois de corde.

Cependant, il y avait eu un basculement. Soudain, le petit ami absent de Kayla a repris un peu plus de consistance dans sa mémoire. Elle s'est mise à parler de lui à tout bout de champ. Peut-être s'efforçait-elle de se le rappeler à elle-même autant qu'à eux, toujours est-il qu'elle s'est épanchée un peu lourdement sur ses trophées de lutte de la WPIAL et son expertise en chasse à l'arc. Le musc s'était réduit à un vague effluve. Mais les garçons n'ont pas lâché l'affaire pour autant. Ils disaient : Qu'est-ce qu'il fait froid pour un mois de mai, ce soir. Ils disaient : Bon sang, c'est vraiment trop triste de dormir seules par une nuit si froide. Quand ils ont vu que les filles ne réagissaient pas, ils ont relâché la pression un petit moment et sont repartis sur un terrain plus amical, mais Jude avait déjà perçu la dissonance. Elle leur a fait savoir qu'elle n'appréciait pas leurs manières et qu'ils n'avaient qu'à aller se cogner la bite entre eux, s'ils avaient si froid que ça. Le plus petit, BD, a esquissé un pas vers elle, la main levée, comme s'il s'apprêtait à lui donner une gifle, et elles ont remarqué à ce moment-là qu'il avait un couteau. L'objet n'avait rien d'impressionnant, avec son manche en plastique noir, comme un couteau de table, mais ça n'empêchait pas le garçon de l'exhiber. Jude a sorti une bombe de spray anti-agression – aucune des autres ne savait qu'elle transportait un truc pareil – et a aspergé BD en plein sur l'arête du nez.

Tia, Crystal et Kayla auraient voulu rentrer immédiatement, mais il faisait déjà nuit depuis un moment et elles avaient laissé les voitures à l'extérieur des limites du parc afin d'éviter les frais de parking. Jude et Amber doutaient que les garçons reviennent, et avec Kayla sur un pied, il allait falloir une éternité pour retourner jusque là-bas dans le noir. Mais les garçons sont bien repassés plusieurs fois autour du campement dans la nuit, en faisant du bruit dans les fourrés pour leur faire peur, marmonnant fiévreusement : *salopes, salopes, salopes.* Crystal était sûre que quelqu'un avait pissé sur leur tente.

Aux premières lueurs du jour, elles ont levé le camp et sont reparties vers la sortie du parc. La voiture de Jude était couverte de rayures de clé. Elles n'avaient pas dit aux garçons où elles avaient laissé les véhicules, mais Jude en a déduit que l'un d'entre eux l'avait suivie quand elle était allée chercher la bombe anti-moustique dans le coffre. Elle n'a pas eu l'air d'avoir peur, toutefois, d'après les autres. Fâchée, oui, comme n'importe qui à sa place.

Une fois qu'elles ont eu tout chargé et qu'elles sont reparties, une Chevy Corsica merdique est sortie des fourrés près de l'entrée de la nationale et les a talonnées dans les tournants, roulant au milieu de la route et les doublant en plein lacet, avant de rétrograder presque au point mort, pour forcer les filles à la contourner. Amber, qui conduisait l'autre voiture, a affirmé que la Corsica avait mordu son pare-chocs arrière à plusieurs reprises, mais quand le véhicule a été examiné par la police, on n'a rien trouvé de concluant. Jude, qui roulait devant, a quitté la nationale et pris la direction d'Uniontown. Elle disait connaître un autre itinéraire. Les garçons n'ont pas suivi.

La voiture de Jude était toujours devant. Elle ne savait pas son chemin aussi bien qu'elle l'avait cru – arrivée en vue de l'autoroute, elle a pris *in extremis* la dernière sortie avant le péage. Sa voiture protestait et peinait à accélérer, et lorsqu'elles ont traversé Gans, le véhicule s'est mis à ralentir et à vibrer fortement à chaque tournant. Dans un virage en épingle à cheveux, elle a roulé dans un nid-de-poule et a dû aller se ranger, au pas, dans le parking en face du Burchinal's, où un panneau écrit à la main promettait une réduction sur les sandwiches au pepperoni pour les élèves de Fers Swaney Elementary, et où le drapeau américain flottait, rigide, à un poteau, comme partout. Un gars du cru en salopette graisseuse, sans maillot de corps, fumait, l'air vigilant, sous son porche, juste au bord de la route, quand elles ont jeté un coup d'œil à travers la vitrine plongée dans l'ombre. Fermé le dimanche matin, pendant la messe. Le type a émergé de derrière une Honda Rebel démembrée afin d'examiner la voiture de Jude. D'après ce qu'elles ont raconté, il a dit qu'apparemment quelqu'un avait versé du sucre dans son réservoir et qu'il allait falloir changer le filtre à carburant. Il a proposé ses services, sans quoi elle pouvait appeler l'Association américaine des automobilistes avec son fixe. Jude a choisi l'AAA, même si ça allait prendre quelques heures. Elle l'a congédié d'un geste et a appelé avec son portable. Elle devait en avoir assez, des mecs sympas, à ce stade.

Les autres filles commençaient à s'impatienter. Elles avaient une amie commune qui se mariait à Nineveh l'après-midi même, et certes, elles ne voulaient pas abandonner Jude, mais il se trouvait que Kayla, Crystal, Amber et Tia étaient toutes demoiselles d'honneur, contrairement à elle. Morgan, la mariée, les attendait à 11 heures pour qu'elles se fassent poser des mini-strass dans les cheveux et tout le tintouin. Et surtout, Morgan, extrêmement rancunière, avait déjà désinvité et réinvité Amber à plusieurs reprises, si bien qu'elles ont été soulagées lorsque Jude leur a dit d'y aller. Le gars lui a proposé d'attendre dans le magasin, qui se trouvait appartenir à son oncle. Il a pêché une clé dans la boîte aux lettres et les a fait entrer dans la boutique sans éclairage le temps qu'elles se décident. Il leur a offert des Coca pour les calmer, et a déclaré qu'il espérait qu'elles repasseraient un jour en des circonstances plus souriantes.

On ne savait même pas trop si lui ou sa femme avaient été les dernières personnes à voir Jude. Il s'appelait Denny Cogar, et, à l'en croire, la dépanneuse était arrivée vers 14 heures, beaucoup plus tard que prévu. Il a aussi affirmé qu'il avait vu Jude monter sur le siège passager et plaisanter avec le chauffeur. Cheryl Cogar, en revanche, se rappelait que Jude avait passé un long moment sur son portable, à faire les cent pas le long du ruisseau derrière le magasin en parlant à quelqu'un, une dispute, on aurait dit, et que, des heures avant l'arrivée de la dépanneuse, elle était montée dans une petite berline en forme de pot de yaourt qui avait débarqué de nulle part avec un dérapage.

« Même qu'ils passaient de la musique violente qui parlait de rouler pour le diable, a dit Cheryl. De la musique gangster, je crois bien.

— Vous avez vu Jude monter dans la voiture ?

— Je l'ai entendue.

— C'était quel genre de voiture ? a demandé l'inspecteur Torboli.

— Une rouge.

— Rien d'autre ?

— Elle était rouge. »

L'interrogatoire s'est enrayé sur ce détail pendant des heures. L'inspecteur a énuméré tous les types de voitures d'une voix douce, mélodieuse.

II

L'été où Jude a disparu, mes frères et moi, nous étions quasiment retournés à l'état sauvage, vu que notre mère était partie pour de longs mois et que nous vivions libres, selon nos propres idées et coutumes. Il n'y avait rien d'exceptionnel à ce que notre mère disparaisse, mais en général, elle revenait au bout de quelques semaines. Cette fois, nous n'avions pas franchement compté les jours, mais cela faisait peut-être un mois, voire plus, que nous étions à court de nourriture, et depuis, nous improvisions. J'avais quatorze ans et j'étais gouvernée par une planète sombre. Mes frères avaient terminé leur croissance, ou c'est ce qu'il me semblait à l'époque. L'hiver, ils mangeaient des Steak-umm devant la télé en inventant des théories sur le Nouvel Ordre mondial, et Clinton se transformait en ivrogne colérique et paresseux dès la tombée de la nuit. Mais l'été, Virgil dégottait des pelouses à tondre à la pelle, et du jour au lendemain, ils se muaient en honnêtes travailleurs et on ne pouvait plus rien leur dire.

Notre puits était presque à sec après un printemps

sans pluie, donc on se lavait dans le bassin. On l'appelait le lac des Cieux, car on avait une imagination grandiose et une logique proche de zéro, mais en vérité, ce n'était qu'un minable bassin artificiel. La famille qui le possédait s'appelait Duke. Ils avaient aussi construit une maison, laquelle ressemblait à un visage sans expression. Ils avaient creusé le bassin eux-mêmes, à coups de tractopelle, calé l'armature à l'intérieur et cimenté le tout en déversant une pluie de parpaings au fond. Puis ils avaient peuplé l'eau de poissons-chats et de crapets arlequins. Il y avait une clôture le long de la route, avec un portail grillagé de cinq mètres de haut. Celui-ci était tout le temps fermé, sauf quand ils avaient envie de se baigner ou de pêcher, mais la famille ne venait que quelques fois par an, et la plupart du temps, nous étions seuls maîtres des lieux.

En général, on longeait la crête au bout de notre terrain et on dévalait la pente couverte de ronces et d'arbrisseaux qui cédaient sous nos mains. C'était plus dur de passer par-dessus la clôture. Un jour, je me suis retrouvée coincée au sommet avec un pied de chaque côté, pétrifiée à l'idée de perdre l'équilibre en passant ma deuxième jambe. Virgil m'a fait descendre en secouant la clôture avec ses poings. Je ne lui ai pas adressé ne serait-ce qu'un sourire pendant deux semaines.

Clinton dévalait la côte jusqu'en bas sans se baisser, avançant à longues foulées en se raccrochant aux buissons de ciguë pour se freiner. Virgil, lui, descendait d'un pas régulier, les pieds en canard, testant parfois les branches et points d'appui avant de s'engager. Il n'avait pas peur de grand-chose, mais il détestait les pentes trop raides, en particulier si elles étaient rocailleuses et irrégulières. Ça me surprenait toujours de le voir si prudent. Quand il se concentrait, il se peignait sur ses yeux un éclat dur et solennel.

Le bassin me paraissait vivant, jusqu'à la forme des collines autour. Je l'éclairais par mon regard. J'avais créé son image même. J'avais la sensation, tout à la fois, qu'il était valeureux par sa beauté et aussi tellement banal que j'étais gênée de lui appartenir. Sur les chemins escarpés où passaient les tracteurs et sous les aubépines, de jolis champignons mouchetés apparaissaient d'un coup, comme s'ils s'étaient inventés eux-mêmes, telles des spores, et matérialisés à partir des cotillons opaques qui dansent devant la rétine de vos yeux.

L'avantage de se laver dans le bassin, c'était que nous pouvions aussi y pêcher. J'avais arrêté de demander pourquoi nous faisions les choses. Ça me facilitait la vie, parce que comme ça, je faisais juste ce qui se présentait, et chaque instant revenait à tourner une page d'un livre, ce n'était pas compliqué. L'ombre était glaciale. Quelque chose dans l'atmosphère frôlait l'eau froide et la transportait par grandes bouffées vigoureuses sous les arbres.

Je ne me rappelais pas depuis combien de temps elle était absente, si ce n'était qu'il neigeait encore au moment de son départ. Je le savais, car je me rappelais l'air froid qui s'était engouffré dans la maison pendant qu'elle confiait une enveloppe pleine de billets à Virgil, sur le seuil. La somme était censée nous permettre de tenir. Elle avait trouvé un boulot, disait-elle, et l'argent devrait nous suffire pendant un long moment, mais pour travailler, elle devait s'en aller. Elle a expliqué à Virgil comment payer la facture d'électricité à l'accueil du service clients, qui se trouvait au supermarché, en ville. Le moteur de sa voiture tournait déjà, les gaz d'échappement s'accumulaient en volutes basses qui envahissaient tout. On aurait cru qu'il était minuit, mais c'était juste après le dîner.

Virgil portait les cannes à pêche. Clinton n'avait rien le droit de porter dans la mesure où il se laissait plus ou moins dégringoler jusqu'en bas de la colline, se rattrapant juste au dernier moment. Un jour, il avait explosé la boîte d'équipements lorsque son pied avait glissé dans une flaque de boue qui l'avait fait valser jusqu'à un large banc de sable délimité par les racines d'un arbre. Tous les appâts et hameçons étaient allés se répandre, étincelants, dans l'herbe, brillant si fort que je pouvais presque entendre leur tintement. C'était moi qui devais porter la boîte, désormais.

Près du bas, Clinton a disparu à ma vue. Il y avait là un mur de schiste. On pouvait soit le contourner et redescendre progressivement, soit prendre son élan et sauter les deux derniers mètres. Virgil et moi, on faisait le tour. Il m'a fait passer devant lui et a posé son énorme main sur mon crâne.

« Toi, surtout, je veux que tu te mettes à l'eau et que tu te laves, OK ? »

Virgil avait fourré un flacon de shampooing dans sa poche arrière avant de sortir. Je savais que mes cheveux étaient poisseux sous ses doigts. Ils se collaient sous mon nez et sur mes joues, tant ils étaient gras. La graisse devenait trop épaisse pour que j'arrive à les chasser du revers de la main.

Ces derniers temps, ça me faisait bizarre qu'il me touche. Tous les hommes me faisaient bizarre. Au lycée, j'avais flanqué un coup de poing dans le ventre de Justin Deeba quand il m'avait dit que je lui plaisais dans la queue de la cafétéria. Je ne voyais pas quoi faire d'autre. Il avait laissé échapper son plateau confetti en plastique. Les haricots verts gris avec leur jus et des bouts de petit salé bien gras s'étaient répandus sur sa chemise et son pantalon. Mon visage m'avait donné l'impression d'être en train de fondre, mais en fait je pleurais. Et j'aimais cette sensation. J'ai passé le reste de la journée planquée dans les bois derrière le lycée, à tenter de regarder le ciel blanc assez intensément pour qu'il se mette à miroiter.

En plus, j'avais remarqué que les hommes sentaient. Ils sentaient le poivre, le putois et l'huile. Certains jusqu'à empester. Ça m'effrayait de constater que, ces derniers temps, cette odeur émanait de mes frères, eux aussi.

Lorsque nous sommes arrivés au bassin, Clinton était déjà dans l'eau, plongeant la tête sous la surface et émergeant la bouche ouverte, les cheveux aplatis et luisants sur les épaules. Il est sorti, a retiré ses habits et les a mis à sécher au soleil. Il a pris une gorgée d'une bouteille de muscat rosé et en a craché un peu vers Virgil.

« Vas-y, arrête ça, putain !

— Vas-y, empêche-moi, putain », a répliqué Clinton. Il s'est laissé retomber dans l'eau de tout son long, à plat. Virgil se tendait chaque fois que quelqu'un se mettait à boire ou à fumer du hasch. Il n'avait jamais bu une goutte d'alcool. Il essayait de ne pas en faire toute une affaire, mais un jour, je l'avais vu prendre par erreur une gorgée de la tasse à café de Clinton et recracher du vin par terre immédiatement, après quoi il était allé se laver la bouche à plusieurs reprises.

Je devais faire quelque chose au sujet des serpents avant de pouvoir entrer dans l'eau. J'ai trouvé quelques grosses pierres et les ai portées au bord. Puis je les ai jetées au fond de toutes mes forces afin qu'elles soulèvent une traînée d'eau blanche dans leur sillage, l'une après l'autre, de façon à effrayer les serpents. Ça, je l'avais toujours fait, depuis toute petite. C'était un peu comique que je le fasse encore, mais pas le genre de comique qui amusait qui que ce soit. Ensuite, je suis retournée le long du bord marécageux vers l'endroit où l'eau était bonne, peu profonde, et douce comme des poils de chien, et j'ai commencé à entrer dedans, avec mes pieds nus qui s'enfonçaient dans la vase. Je n'aimais pas me mouiller tout de suite. J'aimais la sensation de l'eau qui remontait le long de mes jambes, se ridait là où mes poils s'y coinçaient. J'y allais doucement pour m'habituer au froid.

Une fois revenu en terrain plat, Virgil a sauté du bord pour se redonner l'air courageux. Lui et Clinton se sont enfoncé mutuellement la tête sous l'eau et éclaboussés à coups de pied. Il a versé un peu de shampooing sur son tee-shirt et l'a étalé pour le faire mousser, puis a plongé. Mais il est ressorti presque aussitôt et est allé étaler ses vêtements mouillés à côté de ceux de Clinton, après quoi il a sorti la boîte de matériel de pêche et s'est mis à réfléchir à la marche à suivre.

Le coin de pêche se trouvait de l'autre côté du bassin, là où celui-ci s'avançait entre les berges hautes des sycomores. C'est à peine si je pouvais encore les voir, lançant leurs lignes là-bas. Leurs reflets jetaient des tentacules volants qui s'embrassaient à l'endroit où plongeaient les hameçons. Virgil se servait de ma canne Snoopy, pourtant de taille fillette, parce qu'elle lui portait chance. Il me demandait toujours la permission de s'en servir, alors même qu'il me l'avait offerte pour mon huitième anniversaire.

Une fois seule, j'ai passé mes mains dans l'eau jusqu'à ce que mes doigts soient fripés. Je me suis roulée en boule pour sentir le cloaque. À une extrémité, des bancs bordaient la rive. Les planches étant larges et plates, je pouvais m'allonger de tout mon long et me sécher au soleil, sentant l'eau poisseuse réduire en séchant. Elle laissait une pellicule sur moi. Quelque chose n'allait pas avec ma peau. Quand elle se mouillait, je pouvais y faire des stries grises en la frottant, puis les effacer. Dans le creux de mes chevilles, la peau était dure et marron, et je pouvais l'arracher avec un ongle. Dessous, c'était friable et blanc.

Une fois que j'aurais bien chaud, comme si mes muscles étaient sur le point de tomber de mes os, je sauterais de nouveau du bord pour sentir le choc de l'eau me fragmenter. Il me poussait un corps. Un jour, ma mère m'avait arrêtée à la porte afin de m'informer dans un murmure cinglant qu'elle pouvait voir mes *tétons* à travers mon tee-shirt. Elle m'avait refilé un de ses anciens soutiens-gorge en satin bleu canard, mais il ne cachait pas grand-chose car je n'avais pas assez de poitrine pour le remplir.

Une ombre est descendue dans mon champ de vision et a fait passer mes ténèbres intérieures du rouge au vert. Un garçon se tenait au-dessus de moi. Il était grand, les coudes comme des ailes déployées sur les côtés car il tenait ses poings sur ses hanches, l'air courroucé.

« Hé. Hé. Vous avez intérêt à ficher le camp d'ici. »

Je me suis redressée et j'ai plissé les yeux. Il y avait deux autres garçons derrière lui, et une fille avec les mains enfoncées dans les poches de son short. J'avais loupé la Range Rover blanche, en haut, près de la maison. Un cordon noir est apparu devant mes yeux. Une alarme sonnait dans ma tête. Ils se sont approchés.

Mes dessous en train de sécher me collaient à la peau quand je remuais.

« Vous avez pas vu le panneau ? Vous savez pas lire ? » Il était écrit « DÉFENSE D'ENTRER » tout autour de la clôture, mais j'ai haussé les épaules.

« Bien sûr, qu'elle sait pas lire », a fait la fille. Les manches de son tee-shirt étaient roulées presque parfaitement pour ressembler à des ailes.

« Je sais lire », j'ai dit. J'ai détesté le son délicat de ma voix.

« Alors qu'est-ce qu'elle fout là ? » a demandé l'autre garçon. J'aurais voulu qu'il parle plus fort, pour que Virgil l'entende et vienne les engueuler. J'ai coulé un regard vers la gauche, vers le coin de pêche, et j'ai vu Virgil et Clinton tout nus à part leurs caleçons mouillés, penchés tous les deux sur quelque chose. Les garçons m'entouraient à présent, même si je ne croyais pas qu'ils aient le cran de porter la main sur moi. Leurs tee-shirts blancs paraissaient si lumineux, au soleil, qu'ils semblaient bleus. Le plus grand, il était plus près, et il avait la bouche ouverte. Il lorgnait dans mon soutien-gorge.

J'ai eu envie de lui faire peur. Alors j'ai pris sa main et l'ai posée sur l'avant de mon slip. Il a été obligé de se pencher. Mais il l'a fait de son plein gré. Ses paumes étaient froides, et j'ai réalisé qu'il avait déjà peur, de moi ou en cet instant, d'une certaine façon. L'élastique de mon slip était encore mouillé, mais le reste de mon corps était cuit par le soleil. Il bougeait à peine, mais une goutte de morve transparente a coulé de son nez sur mon genou. J'ai poussé sa main plus avant vers mes parties intimes. Le silence était tel que j'ai cru entendre son ongle se prendre dans le coton.

Je ne sais pas combien de temps nous sommes restés comme ça.

« Beurk, quelle tarée ! » s'est écriée la fille. Sauf qu'elle a bien découpé ses syllabes, comme si c'était deux mots : ta-rée. C'est comme ça que j'ai su qu'elle n'était pas d'ici. « Laisse tomber, on se casse. » Le grand ne m'avait pas quittée des yeux. Il s'est essuyé la main sur son short comme si je l'avais salie. La fille a donné un coup de pied dans la cheville du plus petit et ça a rompu le charme. Quand je me suis redressée ils sont partis *fissa*, courant à reculons une seconde avant de faire demi-tour. Ils ont foncé dans les lauriers à la lisière du lac et tous les oiseaux se sont envolés. Le bruit a attiré l'attention de Clinton, qui a levé les yeux. Je ne sais pas ce qu'il a vu. Rien qui l'ait inquiété, manifestement. J'ai pris le shampooing à l'endroit où nous avions laissé nos affaires, en ai versé une bonne quantité dans ma main, aussi chaude que mes propres entrailles, et suis retournée dans l'eau pour me laver.

C'était le genre de station-service où ils laissent un tuyau en caoutchouc noir devant la porte de façon qu'on fasse tinter une clochette à l'intérieur en roulant dessus. Virgil et Clinton s'apprêtaient à tondre un grand champ pour une compagnie pétrolière qui avait besoin d'un terrain propre afin d'installer la caravane d'un chef de chantier, et ils étaient tout excités à la perspective de l'argent qu'ils allaient toucher. Nous n'étions pas encore secs de notre bain dans le bassin. Mes cheveux flottaient au vent, blonds-blancs. La radio captait bien ce jour-là, Bad Company et Van Halen, bien que le contour des nuages soit d'un bleu métallique, annonciateur d'une pluie certaine. Je me sentais bien. J'avais en général un créneau d'optimisme après m'être baignée, qui se dissipait avant que j'aie fini de sécher. Mais pour l'instant, au moins, j'étais lavée. J'avais faim, d'une faim propre et légitime que je n'avais pas connue depuis un bon moment.

Dans la station-service, il y avait une boutique qui vendait à peu près tout, en un seul exemplaire. Toutes les boîtes de nourriture étaient poussées sur le rebord des rayonnages, sans rien derrière, si bien qu'on aurait plutôt dit un musée privé de la soupe qu'une épicerie. Les gens racontaient que c'était une couverture pour un tripot secret où l'on jouait au poker, ou que les McConaughey faisaient du trafic d'antidouleurs hospitaliers, un truc comme ça. Dans tous les cas, il y régnait l'odeur doucereuse, aigrelette d'une pièce inutilisée. Chaque boîte de conserve avait une étiquette sur le dessus et l'alu était terni par la poussière, même si on voyait des traînées plus vives, les traces des doigts des gens qui avaient soulevé, par exemple, les saucisses cocktail, avaient envisagé de les acheter, puis les avaient reposées. J'ai fait le tour en écrivant des mots dans la poussière. J'ai écrit *B-É-B-É-S* sur tout. *BÉBÉS BÉBÉS BÉBÉS.*

La fille à la caisse avait un visage caverneux, à croire que ses yeux étaient enfoncés tout au fond de son crâne, et une ligne sous le menton, au niveau où l'on avait recollé ses morceaux. Elle s'appelait Melda McConaughey, je le savais car elle avait été dans la même classe que Virgil. Ils étaient même allés au bal de fin d'études ensemble, mais juste en amis, avait dit Virgil. Même si ça ne faisait que trois ans qu'ils avaient terminé le lycée, Melda ressemblait déjà un peu à une maman, ou à une tante que je n'aurais jamais remarquée. Elle portait un sweat-shirt trop grand avec ses doigts qui dépassaient à peine des manches, et elle tenait un mouchoir rose roulé en boule. Quand elle a vu Virgil, elle a arrêté de mettre en rouleaux des pièces de vingt-cinq cents et fondu en larmes.

« Oh, mon Dieu, a-t-elle dit. Tu es au courant. »

Qu'est-ce qui se passe ? me suis-je demandé. J'adorais voir quelqu'un en deuil. Le deuil était une chose intéressante. Il possédait une chaleur dont j'étais totalement dépourvue. Il me semblait que je n'avais jamais ressenti une émotion qui ait un sens, et pourtant je pleurais souvent. Une fois, j'avais pleuré au supermarché à cause d'un chimpanzé en peluche fourré parmi les magazines. Il était sans doute tombé d'un chariot. J'ai pensé à toutes les heures vides qu'il allait passer, pensé comme il était perdu. Je n'étais pas en pierre. Parfois ma tristesse se déposait sur tout ce que je voyais, tel un néon.

« Qu'est-ce qui t'arrive ? lui a demandé Virgil. C'est ta mère ? Elle va bien ? »

Elle a écarté l'idée d'un geste. La bouche ouverte, elle respirait à grand-peine, les épaules tremblant violemment.

« C'est Jude. Elle a disparu depuis des semaines, mais personne n'était au courant.

— Comment ça ?

— Je ne sais pas. C'est juste ce qu'on m'a dit.

— Pourquoi tu pleures comme ça, si t'es même pas sûre que c'est vrai ? a demandé Clinton.

— Eh bien, la semaine dernière, ils ont retrouvé une autre fille dans les bois derrière le CoGO's. C'est terrible ! »

Clinton a haussé les épaules, comme si peut-être ça l'était, et peut-être pas.

« Peut-être qu'elle s'est juste enfuie.

— Elle est morte, a dit Melda. Je le sens, c'est tout. Des fois, je sais les choses, c'est comme ça. Je l'ai su dès que je t'ai vu.

— Ouh là, a fait Virgil.

— C'était toi qu'elle aimait vraiment. Tu le sais, ça ? Parce que c'est vrai. Je suis sûre qu'elle t'aimait quand elle est morte. »

Melda parlait comme dans un feuilleton à l'eau de

rose, et j'en ai eu des frissons. J'avais presque l'impression d'hériter d'une espèce de célébrité indirecte. Je n'étais peut-être pas grand-chose, mais mon frère, lui, était le grand amour d'une morte. Virgil et Jude étaient sortis ensemble pendant près de deux ans, ce qui faisait long pour le lycée. J'avais toujours été un peu obsédée par elle. Parfois, quand je m'ennuyais, je parcourais mes catalogues et choisissais un cadeau pour Jude à chaque page, un truc que j'imaginais susceptible de lui plaire, en tout cas, ce qui me donnait l'illusion de la connaître bien. Ça en dit long sur la nature de mon intérêt pour Jude, que j'aie vu dans sa disparition un coup de théâtre croustillant plutôt qu'un danger s'abattant sur un être réel. Je crois que je la voyais comme un personnage plus qu'autre chose. Elle avait l'air de n'avoir peur de rien, même différente de tous les autres comme elle l'était. Moi, à l'inverse, je n'arrêtais pas de dire des trucs bizarres, des trucs qu'il ne fallait pas, et ça me faisait brûler de honte. Alors j'ai fait d'elle une héroïne, et j'attribuais un sens à ses moindres faits et gestes, mais je ne pouvais pas accomplir ce tour de passe-passe sans lui retirer une dimension, lui ôter tous traits authentiques, toute douleur.

Virgil est passé derrière la caisse pour prendre Melda dans ses bras. Comme une petite fille, elle a calé sa tête sur son épaule. Elle tenait encore les étuis de pièces de vingt-cinq cents en papier, et il y a eu un froissement lorsqu'elle a refermé ses mains sur son cou. Et c'était le seul son à la ronde. Des nuages ont caché le soleil. La lumière s'est éclipsée dans la boutique.

« Tu sais si quelqu'un est allé voir Bernadette ? a demandé Virgil.

— C'est qui ?

— C'est sa mère. Merde. Elle doit être effondrée.

— Ah, je sais pas. Va poser la question chez Pecjak. Tout le monde en parle. Il paraît qu'ils ont installé une télé sur le présentoir à sandwiches. » Aussitôt, à ces mots, Virgil est sorti sans dire au revoir. Et le pick-up a démarré. Bordel, a dit Clinton en voyant sa hâte.

La station-service de Sissy Pecjak possédait une rangée de tables, donc c'était un peu, vaguement, comme un restaurant. Et on pouvait aussi y acheter de l'huile de moteur, des pneus, des piscines gonflables, des plumeaux en véritables plumes de poule teintes, et tout ça. Nous avons été cueillis par une odeur de café, et il faisait trop chaud parce qu'il y avait un tas de gens debout partout, en sueur, et les relents de tabac mouillé, de sel, de graisse et de paille sont venus me cogner la cervelle. Je n'avais jamais vu autant de monde dans cette salle. Que des hommes, à part Sissy, qui avait le bras levé pour attraper un paquet de cigarettes dans le distributeur tandis que la sienne, allumée, perdait son capuchon de cendres sur son corsage. Le son des discussions faisait un brouhaha chuintant. Tous les présentoirs à journaux étaient vides. Virgil a demandé si quelqu'un pouvait lui en prêter un et un homme chauve avec des petites lunettes rondes et des rouflaquettes blanches lui a dit d'aller voir par terre dans les toilettes. Je me suis postée au fond. L'armoire réfrigérée crachait de l'air chaud sur l'arrière de mes jambes. Clinton a laissé tomber ses mains de mes épaules, comme s'il les avait placées là pour m'empêcher de m'envoler. Ça se voyait que tout le monde était surexcité. À la télé, ils ont montré une photo de June prise pendant le Skip Day. Elle était assise sur une poubelle avec une casquette de base-ball à l'envers, une Mountain Dew XXL, et des lunettes de soleil rondes très stylées. Sans la connaître, vous auriez pu penser que c'était une racaille, mais en fait elle jouait du violon et elle récitait des poèmes lors des annonces du matin. N'empêche, tous les hommes présents murmuraient qu'elle avait dû se fourrer dans une sale histoire, dealer de la drogue comme ce genre de filles le faisaient si souvent. Mais ce qu'ils voulaient dire, en fait, c'était qu'elle était noire. Enfin, métisse, mais à Greene County, ça revenait à peu près au même, et c'était la seule Noire de l'école. Son père, Alistair Vanderjohn, était un professeur d'université et un homme noir, tout à la fois. Chaque fois qu'il venait lui rendre visite, on sentait les efforts que devaient faire les gens pour ne pas le dévisager, exactement comme on pouvait nous sentir tous ne jamais éterniser notre regard sur Jude.

Les clients racontaient que la fille Vanderjohn avait disparu depuis au moins deux semaines, et qu'elle avait fugué parce que sa mère entassait des ordures et pratiquait la zoophilie, et que quelqu'un avait vu Jude au centre commercial de Greene Plaza, le lieu où des individus attendaient dans leurs voitures pour acheter de la dope à d'autres individus dans leurs voitures. Et un autre a dit : Ça va pas la tête, elle était juste là-bas pour acheter ces barres chocolatées dont tout le monde raffole au Aldi's. Oui, bon, je dis ça je dis rien. Bon. C'est sûr que c'est triste, c'était ce qu'ils disaient tous. Qu'est-ce que c'est triste. Quelle tragédie, si jeune, et patati et patata, sauf que leurs yeux brûlaient de joie comme du verre, pleins de cette lumière qu'on ne voit jamais que chez les gens heureux. Je le jure. Quelqu'un avait même apporté une glacière pleine de bières dans la boutique, comme si c'était la fête. Je ne pouvais pas comprendre pourquoi l'expression des gens jurait si férocement avec leurs paroles. Sauf que si, bien sûr, je le pouvais. Tout le monde adorait la tragédie, moi la première.

Le chauve s'est penché vers Clinton et il a dit : « On n'en revient pas, mais ça arrive tout le temps.

— Ouaip.

— Tu ferais bien de la surveiller, celle-là. Elle est assez grande pour s'attirer des ennuis, c'est certain. » Ses yeux sont venus se poser sur moi, mouillée et frissonnante, à cause d'une émotion quelconque, sans doute. Je n'ai pas aimé la façon dont ils se sont attardés sur ma poitrine.

« Oh, non, Cindy, elle est sage, elle reste à la maison, elle aide. Hein, mon lapin ? » Je sentais en cet instant que mon ventre débordait de mon short et que mon tee-shirt ne cessait de remonter par-dessus, et mes jambes étaient collées ensemble par la sueur, en haut. J'aurais donné n'importe quoi pour disparaître.

« Ah, tant mieux, alors. C'est *remarquable.* » Ces derniers mots, il les a prononcés plus fort, si bien que j'ai su qu'il essayait de s'adresser à moi. Quand il a tourné la tête, j'ai écrit *V-A-T-E-F-A-I-R-E-F-O-U-T-R-E* sur mon bras avec mon ongle.

Virgil est revenu avec le journal. Les pages étaient gondolées d'humidité et toutes mélangées d'avoir été dépliées et repliées. Il avait la bouche pincée et les yeux un peu fous. Il a tout de même acheté une barre chocolatée car ça aurait été impoli de ne pas consommer. Une Caramello, qu'il m'a tendue sans façon, mais il savait que c'étaient mes préférées. Je l'ai saisie délicatement pour ne pas la faire fondre avec mes mains toutes chaudes. Je la mangerais seule dans ma chambre, et si je m'y prenais bien, je me mettrais à flotter, brièvement.

Je ne sais pas, peut-être que j'enviais simplement

l'attention qu'elle recevait, toujours est-il que disparaître ne m'a pas paru si ignoble que ça. L'idée m'a plu immédiatement. Je me rends compte que ça paraît dur, mais j'avais tellement envie de ne plus être là. Elle était passée de l'autre côté, en un lieu où il n'y avait plus de comptes à rendre pour ses actes, et où il n'y avait personne pour lui faire des reproches. J'aurais voulu avoir pensé à disparaître, moi aussi.

Et j'avais envie d'être célèbre. J'avais envie que tous les cœurs cachés me cherchent, moi. J'avais envie de briller dans le vaste horizon des disparus, parce que les disparus occupaient tout le ciel, toute l'atmosphère. Comment Jude avait-elle réussi à créer cette magie ? La disparition était un lieu où personne ne pouvait vous atteindre. Un paradis, presque, ou bien c'est ce que je croyais.

Lorsque nous sommes repartis de chez Pecjak, un courant froid tout neuf a gagné l'atmosphère. La route se déroulait à l'envers, de ma place à l'arrière du pick-up. Chaque virage dévorait le virage gris d'avant et, lorsque nous nous enfoncions dans le bas des côtes, les arbres argentés et les panneaux et toutes choses étaient effacés d'un trait par notre vitesse. J'ai imaginé Jude emportée par un vent énorme, écartant la cime des arbres sur son passage. L'orage a éclaté, jetant de grosses pièces d'eau froide sur moi.

III

La première fois que j'ai vraiment remarqué Jude, j'étais petite, j'avais peut-être dix ou onze ans. C'était une journée d'été, aveugle et chaude. À travers les vignes, je voyais les chiens se déplacer dans les charmilles. Des raisins pendaient entre leurs pattes, des petits, et leurs dos étaient noirs. L'air et le soleil blondissaient le contour de leurs silhouettes. Ils tournaient en rond ou faisaient des allers-retours. Une voiture verte est passée, un pick-up noir, un pick-up bleu. Je les ai regardés toute la matinée.

Mes frères tondaient des terrains tous les printemps et tous les étés pour se faire de l'argent, mais moi, injustement, j'avais toujours été confinée à la maison, au porche. Pour m'occuper, je comptais les voitures, toutes les marques, toutes les couleurs, mais c'était un passe-temps qui transpirait l'ennui.

« Va me chercher un morceau de pain, Cindy », m'a dit Virgil le jour en question. Il était en terminale, à l'époque. Il venait de rentrer de son job d'été de jardinier et des graines restaient accrochées aux poils de ses bras, collées par la sueur. Sa chemise était toute déformée. Il a essuyé la graisse sur sa poitrine en faisant un V.

« Elle est pas à ton service », a dit maman. Elle était dans la cuisine en train d'étaler du glaçage en tube sur un gâteau avec un couteau à beurre. Clinton était sur le canapé, dans la pénombre, et venait de se réveiller. Il s'est étiré et a remué les doigts.

« Et toi alors, ça te ferait mal, putain ? a dit Clinton. Donne-moi un truc. »

Elle a sorti un gâteau de la glacière et mes frères l'ont attaqué à la fourchette et dévoré en entier, à même l'alu, en l'espace de deux minutes, sans un mot.

« Elle a dit quelque chose, aujourd'hui ? a demandé Virgil en allumant sa cigarette.

— Elle a regardé passer les voitures, a dit maman. Je sais pas.

— Tu regardais les voitures, ma puce ? » J'étais penchée sur le rebord en bois du cadre de la porte, et doucement, doucement, je me suis cogné la tête contre, pour la simple raison que l'ennui me rendait folle. Parfois, j'appuyais sur les zones tendres de ma tête rien que pour voir les points de couleur. Virgil a mis sa clope dans le plat en alu vide et l'a écrasée en cercle pour qu'il ne reste du bout qu'un cône gris foncé. Il s'est concentré sur son geste en crachant sa fumée vigoureusement. « J'ai un autre jardin à venir. Mme Satterwhite. La baraque avec tous les carillons, en bas de la colline, tu vois ? Elle veut que la pelouse soit tondue cet après-midi.

— Elle veut que la pelouse soit tondue tous les après-midi, a fait observer maman. Je croyais que tu y étais hier.

— Tant qu'elle est prête à payer, moi, ça me dérange pas. C'est ses affaires. » Il s'est étiré et a passé ses mains sur ses côtes. « T'as qu'à y aller de nuit, tu peins tout en vert. Je te parie qu'elle remarquerait jamais.

— L'après-midi, a fait Clinton avec une petite grimace. On y est déjà, là.

— Faut qu'on y aille maintenant, c'est ce que je dis.

— Oh, mec, je peux pas. Je m'emmerde trop pour y penser. » Clinton a joint les mains et ramené ses cheveux sur son visage en une mèche raide et blonde.

« Vous avez qu'à l'emmener, a dit maman, en me désignant. J'en ai marre d'être observée, j'ai besoin d'un break. »

La lumière de la fenêtre flamboyait autour d'eux et ils étaient plongés dans l'ombre, avec juste des contours. Clinton a retiré ses lunettes et frotté ses yeux avec ses poignets pour ôter le sable du sommeil, les petites crottes vert lune. On en avait tous, dans la famille. Une croûte de chaleur chantait par la moustiquaire à l'entrée et je m'y suis dirigée. Il y avait un pick-up noir sur la route. Il était tellement noir qu'il était vert, mais ce n'était pas notre pick-up. La femme qui le conduisait avait une queue-de-cheval rousse et des petites lunettes de soleil rondes. Elle a regardé longuement la maison en passant, mais elle ne pouvait pas nous voir. À mon avis du moins. J'ai fourré mes affaires dans un sac en papier. Je n'avais pas si souvent que ça l'occasion de quitter la maison. Pour ce que j'en savais, on serait partis longtemps.

Virgil a fait rouler les tondeuses à l'arrière du pick-up à l'aide de planches qui faisaient une rampe, puis il a fourré les planches dedans aussi. Il m'a hissée sur le hayon en me prenant par les côtes avec ses deux grosses mains. Elles avaient gardé la chaleur du soleil, ou bien ça venait de son sang. Je me suis faufilée, en crabe, jusqu'au fond, dans la poussière de foin qui s'amassait dans les sillons noirs, et je me suis adossée à la vitre de l'habitacle. Maman empilait des cartons sur le tas à brûler. Sa tête avait disparu dans le lait effrayant qui montait des flammes.

Le pick-up a tremblé quand Virgil a mis le contact. Ça m'a fait vibrer le coccyx. Clinton est sorti de la maison en chancelant. À sa façon de marcher, ses pieds touchaient le sol juste à temps pour l'empêcher de tomber. Il portait une casquette de base-ball à l'envers et sa chemise à carreaux ouverte battait au vent si bien que je voyais ses épaules sous les bretelles de son maillot de corps. Il dormait toujours avec ses lunettes. Elles lui laissaient une profonde marque rouge sur l'arête du nez. Il avait fourré une bouteille de rosé dans sa poche arrière. Il l'a touchée pour s'assurer qu'elle était toujours là.

« Merde. Merde ! » Virgil a tapé deux fois dans ses mains. Il a allumé l'autoradio. Puis il s'est retourné pour me faire un clin d'œil.

De l'herbe avait poussé entre les traces de pneus au milieu du chemin. Elle s'aplatissait en dessous de nous tandis que nous longions la crête. Nous avons tourné sur une piste en dur qui nous a éloignés de l'arête de la colline. En bas, il y avait une route proprement dite, avec des lignes jaunes et quelques boîtes à lettres. Je n'entendais pas très bien la musique de l'autoradio. Virgil et Clinton fumaient des cigarettes prises dans le paquet d'USA Gold sur le tableau de bord. Mes cheveux s'emmêlaient en un nuage revêche qui me fouettait le visage. J'ai tenté de les retenir d'une main, mais j'ai renoncé et les ai laissés me gifler les yeux et me coller aux lèvres.

La maison se situait en retrait sur une piste herbeuse piétinée qui ne semblait pas avoir besoin d'être tondue, d'un vert encore meurtri de la précédente taille. Un husky était couché sous le porche, les pattes avant croisées. Il s'est levé lorsque notre pick-up a avancé sur le gravier, mais la femme à côté de lui a posé sa main à plat sur son dos et il s'est rassis. De l'autre côté de la route, des chèvres gambadaient dans un champ entier de boue, dont toute la partie plate, le long de la rivière, était retournée par leurs sabots. Elles se sont immobilisées, la queue voletant dans la brise.

J'ai sauté à terre et installé les planches comme je voyais toujours Virgil le faire, mais il les a déplacées un peu, il les a reculées. Il a salué la femme d'un geste, et elle s'est approchée de nous en se protégeant les yeux d'une main en visière. Elle portait une robe longue qui s'accrochait dans l'herbe derrière elle, si bien que le tissu s'étalait telle la traîne d'une mariée, et j'ai trouvé ça très joli. Elle se déplaçait comme si elle avait du sirop dans les os et aucune raison de se hâter. Je le sais à présent : c'est ainsi que marchent les gens quand ils aiment ce qu'ils sont. Mais je n'avais jamais vu ça auparavant. Elle portait plusieurs bracelets métalliques mauves avec des pendentifs en forme de diamants. Son bronzage semblait continuer uniformément sous ses vêtements sans qu'il n'y ait nulle part les marques fantômes d'un tee-shirt. Ma mère était bronzée, elle aussi, mais seulement à l'extérieur du corsage échancré qu'elle portait tous les jours. La poitrine de maman était un aplat brun, ridé, de la forme du tapis qu'on met sur la zone du frappeur au base-ball.

« Déjà revenus ? a demandé la femme à Virgil.

— On est tombés en panne d'essence l'autre jour. On n'a pas fait les bordures du champ de derrière.

— Ah, comme c'est gentil de revenir. Je n'aurais sans doute même pas remarqué. Je m'apprêtais à nous préparer des sandwiches BLT, vous en voudrez une assiette quand vous aurez terminé ? » Je me suis mise à avancer vers la femme aux bracelets qui s'entrechoquaient parce que je voulais des BLT tout de suite, mais Clinton m'a retenue d'une main sur ma poitrine. « Oh, votre petite peut venir dans la maison, a dit la femme. Il fait trop chaud pour la laisser dehors.

— C'est notre sœur.

— Elle attend dans la bagnole, a fait Clinton, les yeux plissés.

— Bon, sous le porche, au moins. » Elle avait l'habitude d'avoir le dernier mot. Ça se voyait. Elle a penché la tête pour me regarder dans les yeux. « Tu aimes les chiens, ma chérie ? »

Je me suis accroupie et elle m'a posé une main sur les épaules pour m'encourager. À croire qu'elle avait le pouvoir de me tirer par des cordons invisibles. J'avais envie de faire exactement ce qu'elle voulait de moi.

Le chien s'appelait Mondo et il avait une tête d'ours en peluche, unie. Elle m'a montré comment lui laisser me renifler la main avant de lui caresser le museau. Il n'a pas protesté quand je lui ai gratté les oreilles en faisant des petits cercles, mais aussitôt qu'elle est rentrée dans la maison, il s'est écarté, la queue basse, comme s'il avait assez fait semblant d'être un chien pour la journée.

À l'intérieur, il y avait une fille aux cheveux tirés en arrière. Elle s'est approchée de la fenêtre, un pinceau à la main. Avec le reflet du soleil sur ses lunettes, on ne voyait pas du tout ses yeux. C'était Jude, bien sûr. Je la connaissais un peu du car scolaire. Elle mettait systématiquement du déodorant dès que le car repartait de chez elle, et au moment où elle le glissait sous son pull, j'apercevais une tranche de son ventre.

Jude devait avoir quatorze ans, elle était en troisième à West Greene. C'était le genre de fille qui avait l'air plus vieille que les profs, par moments. Un jour, il y avait eu un concours de calcul mental, au lycée, qu'on nous avait tous obligés à regarder. Elle avait gagné, je me souviens, mais elle avait eu l'air de s'ennuyer tout du long. Quand elle cherchait la réponse, elle se mettait en équilibre sur une jambe, la tête penchée, comme si elle avait à peine besoin de réfléchir. Elle ne ressemblait à personne. Tout ce qu'elle faisait, c'était forcément ce qu'il y avait de plus cool, parce qu'elle le faisait. Si j'essayais, moi, j'avais l'air tarée. Je ne connaissais pas l'origine de cette malédiction, mais j'avais tellement soif de la connaître que, j'en suis sûre, je ne faisais que l'accentuer.

Elle regardait droit vers moi, sous le porche, alors je lui ai fait un signe. Elle a porté une cigarette à ses lèvres et soufflé la fumée par les narines. M'avait-elle vue ? On aurait dit que non. J'étais surprise qu'elle fume dans la maison. Au lycée, elle passait pour une intello, et les intellos ne faisaient pas ce genre de trucs. Mais lorsqu'elle a entendu la porte latérale s'ouvrir, elle a laissé tomber sa cigarette dans un verre d'eau qu'elle a fait disparaître. « Mondo, hé, non », a-t-elle dit. Sa voix a diminué tandis qu'elle s'éloignait.

J'ai sorti mes jeux et les tondeuses se sont croisées comme deux personnes ayant une conversation sur deux sujets sans rapport. Puis quelque chose s'est passé dans ma tête et je n'ai plus été capable d'aimer mes jouets. Je commençais à être trop vieille pour eux, mais personne ne savait quoi faire de moi. Et moi non plus. Avant, ma mère me caressait l'arête du nez et me racontait des potins quand je n'arrivais pas à dormir, mais un jour, elle avait arrêté brusquement et, désormais, elle restait dans sa chambre, avec la clim à fond et une migraine. J'avais une raquette en bois avec une balle en caoutchouc au bout d'un fil, et un tube fait avec le plastique à carreaux des chaises de jardin, dans lequel on pouvait rentrer les pouces. Ma poupée ne pouvait pas se tenir droite. Sa tête était plantée sur un bâton qui s'enfonçait dans son corps mou, et j'avais brisé le bâton en roulant dessus dans mon sommeil. Je voulais qu'elle se rétablisse. Elle allait garder la tête sur la poitrine jusqu'à la fin des temps. J'étais déçue par elle. C'était comme si elle avait été trempée dans l'huile. Mes mains laissaient des empreintes sur son cou. J'étais trop vieille pour les poupées, mais je les considérais toujours comme vivantes. Que feraient-elles quand je les abandonnerais ? Elles ne pouvaient pas travailler ou avoir des enfants pour se distraire. Ça me rendait tellement triste que j'avais du mal à respirer, j'aurais pu en pleurer.

La femme est ressortie en portant un verre de jus d'orange, avec des glaçons dedans. Elle l'a posé à côté de moi et s'est assise sur le rebord du porche. Il n'y avait pas de sandwich, mais je n'avais pas envie de réclamer. Mondo s'est approché au petit trot, reprenant son service. Elle lui a passé une brosse métallique sur le dos et a soufflé sur les boules de poils pour qu'elles s'envolent au vent.

« Tes frères sont très travailleurs. »

Si seulement elle était entrée une minute, Clinton serait allé boire une gorgée à la bouteille de vin sous le siège du pick-up. Il s'est donné des claques pour chasser la sueur et a détourné les yeux, voyant que je l'observais.

« Comment tu t'appelles ?

— Cindy. » J'ai regardé ma poupée très fixement.

Elle avait des ronds roses sur les joues, et des tresses brunes.

« Tu veux le brosser ? Il adore ça. »

Je me suis approchée d'elle, à genoux, et elle m'a placé la brosse dans la main. Elle laissait des plis sur le dos du chien. Quand j'ai passé les piquants sur les os de ses hanches, sa tête a eu un sursaut et a pivoté comme un jouet cassé.

« Ça ne fait rien. Ça ne lui fait pas mal. Ça lui réveille les nerfs, c'est tout. Les gens qui l'avaient avant le gardaient en cage et il ne pouvait pas se dégourdir les pattes. »

Nous avons continué de brosser Mondo jusqu'à ce qu'une odeur l'attire ailleurs. Elle s'est levée à son tour et s'est éloignée, relevant ses cheveux en chignon entre ses doigts. Les collines ondulaient. Les plus lointaines étaient bleues de toute l'eau contenue dans l'atmosphère. J'ai sauté du bord du porche pour suivre la dame et le chien, mais au lieu de ça, j'ai vu Virgil appuyé contre un arbre avec un bras au-dessus de la tête, les doigts crispés sur l'écorce si bien que les bouts étaient blanc-jaune. Il avait les cheveux longs sur le dessus. Sa nuque était beurrée de sueur. Il a penché la tête comme pour entendre une minuscule trompette dans le lointain. Non, il l'embrassait, elle. Jude avait les bras croisés dans le dos, contre le tronc de l'arbre. Sa pose semblait artificielle, comme si elle était sur le point de réciter un poème. C'était la première fois que je voyais deux personnes tenter de se dévorer comme ça. Et ça marchait. Ils avaient disparu tous les deux, remplacés par cette image tremblotante.

Jude a ouvert les yeux et m'a surprise en train de les observer. Son regard m'a clouée au sol. La tondeuse encore allumée avançait en zigzag, comme un somnambule. Virgil a dû sentir son attention partir, car il s'est dirigé vers la machine et a repris son travail comme si de rien n'était. Mais je ne pouvais pas bouger.

Ce moment où Jude et moi sommes restées immobiles, à nous fixer des yeux, n'a sans doute pas duré si longtemps que ça, mais je m'y suis perdue. Des écailles de peinture bleu ciel parsemaient son visage comme de la poussière d'étoile. J'aurais arraché tous mes ongles pour avoir l'air aussi élégante, aussi plausible qu'elle. Puis ma tête s'est chargée d'une immobilité soudaine, et je me suis aperçue que le moteur des tondeuses avait été coupé. Du côté du camion, j'ai entendu Virgil installer les planches et Clinton tirer les deux engins derrière lui. L'herbe ressemblait à un linge fraîchement lavé. Si vous aviez pu la boire, elle vous aurait régénéré, et toutes vos ecchymoses seraient tombées, toutes vos taches de rousseur, vos piqûres de moustiques. Clinton a pissé contre un arbre, les hanches dissimulées par le lilas des Indes.

« Cindy ! Viens ! » m'a crié Virgil de l'allée. Jude a fait mine de croiser les bras, mais manifestement, elle n'arrivait pas à tenir en place. « Mmm, mmh », j'ai dit, et là, elle est partie. Alors j'ai couru sous le porche. Les glaçons de mon jus d'orange avaient presque entièrement fondu, et j'ai aspiré ce qu'il en restait contre mes dents. C'était un de mes jeux préférés. Je congelais ma mâchoire en mastiquant de la glace, puis je sentais les muscles se figer. J'espérais que la femme allait ressortir et poser encore une fois la main sur mes épaules avant que nous partions.

« Cindy ! Laisse ça ! » a-t-il crié, et il a allumé le contact. J'ai fourré la brosse du chien dans mes affaires. Je ne sais pas pourquoi, mais je la voulais. Il y avait une touffe de poils gris souris dans les picots.

Une fois rentrée, je la passerai le long de mon bras, pour me donner des frissons.

J'ai traversé les taches d'ombre humides. L'herbe avait retenu la chaleur et recrachait un imperceptible fumet vert sur mes baskets. J'ai dû sauter sur le hayon sans aide. Il m'a fallu m'y reprendre à plusieurs fois, et dès que j'ai eu réussi à me hisser dedans, nous sommes partis en marche arrière dans l'allée, décrivant un grand arc de cercle.

Clinton a sorti la bouteille de sa cachette, mais il a dû la planquer aussitôt, car la dame était venue se poster juste derrière sa vitre. Il a grommelé un juron à part lui. Elle était sortie en courant quand elle avait entendu le pick-up. Derrière elle, Jude était de retour sous le porche, un violon coincé sous le menton. Elle passait son archet sur les cordes, deux par deux, pour l'accorder. J'ai bien vu qu'elle attendait qu'on s'en aille.

« C'était rapide, a fait la femme. Vous voulez quarante ? Vous aviez dit quarante ?

— Oui, m'dame », a dit Virgil, se penchant pour la regarder. Il avait dû avoir vraiment peur de se faire choper en train d'embrasser Jude car, en principe, il n'oubliait jamais de demander son dû.

Elle a sorti deux billets pliés de derrière son dos, comme dans un tour de passe-passe. Je me suis demandé si elle les avait cachés contre sa peau. Ou si elle le faisait toujours, si c'était de là qu'elle tirait son argent. Elle avait de petits globes blancs sous les aisselles, et ses cheveux étaient rouges sur le dessus, au soleil.

Clinton a rangé les billets dans la boîte à gants et l'a saluée de deux doigts, et Virgil s'est engagé sur la route. Les pneus ont soulevé des graviers qui sont allés heurter les plis de sa robe gonflés par le vent. Comme un rideau de théâtre, je me suis dit, quand quelqu'un, dans un cartoon, jette un chou pourri à la chanteuse qui a trop forcé dans les aigus. On aurait dit qu'elle n'avait pas de jambes là-dessous. La dame a froncé les sourcils. Elle s'apprêtait à me dire quelque chose. Je me suis toujours demandé quoi. Mais l'époque où j'allais connaître vraiment Bernadette ne devait pas venir avant plusieurs années. Quoi qu'elle ait eu l'intention de dire, je l'ai vue ravaler ses mots tandis que les gravillons voltigeaient sous nos pneus. Et elle a rapetissé, rapetissé. Ou nous avons rapetissé. Mondo a couru jusqu'à la route en aboyant. Il nous a suivis un peu puis, satisfait par notre débâcle, il a fait demi-tour et il est rentré à la maison en clopinant. Je me suis allongée et j'ai laissé le ciel se déchirer entre les feuilles, après quoi les arbres se sont refermés sur moi et j'ai été ramenée à l'endroit sombre et vert auquel j'appartenais.

Ma mère n'était pas très vieille quand elle nous a eus. C'est pendant un voyage scolaire à Disney World qu'elle est tombée enceinte de Virgil. Elle faisait partie du *marching band*, et tous les musiciens devaient prendre part au voyage, même si ça coûtait cher. Pour que ce ne soit pas trop injuste, ils les obligeaient tous à vendre des barres chocolatées dans de minces valises en carton avec des poignées en plastique qui se détachaient systématiquement à la fin de la première journée.

Mais ça n'avait rien de juste. Personne de son lycée – qui était aussi le mien – n'avait beaucoup d'argent, mais certains jeunes avaient réussi à faire acheter toutes leurs barres chocolatées à leurs parents, qui les stockaient au congélateur pour les manger tout au long de l'année, jusqu'à la prochaine expédition du *marching band.* Ma mère avait vendu toutes ses confiseries elle-même. Elle se faisait déposer en ville pour aller se poster en face du Giant Eagle, et devant la série de cabinets de dentistes et de laboratoires près de l'hôpital où ils prennent votre sang et le décomposent.

Franchement, c'était une super bonne idée de faire les cabinets de dentistes, dont les gens ressortaient avec ces dents toutes neuves sur lesquelles votre langue glisse si aisément.

Elle n'était jamais sortie de l'État, sauf si on compte la Virginie-Occidentale, ce qui n'a pas grand sens, puisque c'est pareil que chez nous pour tout ce qui est paysage, coutumes, et tout, même la façon de parler des gens, et puis ils ont la même conception que nous d'une bonne idée.

Alors pour elle, c'était une aubaine. Ils se sont promenés dans un parc avec des versions miniatures de l'Europe, des petits bracelets-photos d'Allemagne, des porte-monnaie en cuir et des danseuses en jupe blanche d'Espagne. Il y avait des feux d'artifice tous les soirs, des promenades sur le lagon. Et tant de monde, des gens que vous pouviez voir une fois, puis jamais plus.

Tous étaient censés rester en groupes de trois. Le groupe de ma mère obéissait à la lettre de cette règle, mais pas à son esprit, puisque les trois filles ont trouvé trois garçons, des rats de parc qui n'avaient rien de mieux à faire que traîner avec elles. Des petits copains de parc. Ils se sont tenu la main dans la queue pour les promenades en barque. Les garçons leur ont volé des boules contenant des chutes de paillettes dans un liquide bleu visqueux. À la fin de chaque journée, ils se donnaient rendez-vous à un des pavillons, et chaque matin, renouvelaient leurs vœux au World of Motion, à l'Universe of Energy.

C'est là que ma mère commençait à sauter des parties de l'histoire parce qu'elle ne voulait pas que je sache le reste, comment on trouve un coin accueillant où les ombres sont denses et le paillis d'écorce doux comme du duvet. Et comment toutes les autres choses. Comment les deux personnes pensent si fort à ôter leurs vêtements, comment leurs vêtements sont insupportables, qui s'accrochent à tout, aux coudes, aux talons, comment, sur le jean de quelqu'un d'autre, les boutons sont à l'envers par rapport à ceux qu'on a l'habitude de trouver sur soi. Et comment tout, dans cette expérience, est à l'envers, d'ailleurs, car il y a désormais quelqu'un qui a été aspiré dans la bulle où tu vis, quelqu'un qui est comme toi, mais différent, et si tu viens de le rencontrer la veille, tu ne te souviens pas encore vraiment de son visage quand tu fermes les yeux, sauf par flashes brefs et trop adorables pour te laisser respirer.

Elle était encore au lycée. Elle a continué à aller en cours jusqu'au dernier mois. Quand elle a fini par s'en aller, ce n'est pas parce qu'elle s'était plainte. Cela dérangeait trop les autres de la voir. Mme Donnerbrau l'autorisait à rester dans la salle d'éducation domestique pendant le déjeuner pour confectionner des habits de bébé, et devant les casiers, certaines des filles lui parlaient comme si rien n'avait changé, mais en sport, on lui donnait une balle rouge et on lui ordonnait d'attendre dans le couloir jusqu'à la cloche. Comme un chien. Toutes les filles voulaient lui laisser son intimité lorsqu'elle remettait son short de maternité et son sweat-shirt WVU, qu'elle portait tous les jours, en même temps ça les aurait tuées de ne pas regarder. Les veines de son ventre étaient gonflées, vertes. On voyait à travers sa peau, bien sûr.

Et voilà l'histoire de Virgil.

Le père de Clinton était un autre homme. Il avait fait de la prison pour avoir ouvert le crâne d'un employé de parking à coups de paquet de sucre. À l'époque, ma mère faisait le ménage dans des chambres d'hôtel, et ils s'étaient rencontrés parce qu'il s'occupait de garnir les distributeurs de confiseries. Ils se voyaient au même moment chaque semaine, et ce jour était devenu le meilleur de la semaine, ils s'habillaient mieux, tous les deux, ce jour-là, même s'ils pouvaient à peine parler, trop occupés tous les deux à rire de ce que venait de dire l'autre. Il la conduisait partout. Elle n'avait jamais autant bougé de sa vie. Il avait une perruche qui vivait dans sa voiture. C'était tout un monde, là-dedans. Ils emmenaient Virgil à Lake Erie et dînaient dans des restaurants où on présentait les desserts sur des plateaux d'argent ; en définitive, il s'est avéré que tout l'argent venait d'arnaques à l'assurance-vie, et il s'est enfui en pleine nuit, au milieu d'une de leurs escapades. Ma mère est rentrée en stop des Smoky Mountains avec Virgil qui pleurait contre sa hanche. Elle a vomi son mal des transports dans la LeBaron d'une nonne. Quand elle est rentrée, le mal ne l'a pas quittée, alors qu'elle n'allait plus nulle part.

Et voilà l'histoire de Clinton.

Elle buvait à l'époque. Elle s'est acheté une perruche. L'oiseau s'appelait Bandit, et il n'aidait en rien. Son activité préférée consistait à se planquer à l'intérieur d'un sac en papier dans sa cage. Virgil se rappelle qu'elle donnait des coups sur les meubles quand ils pleuraient. Elle ne les a jamais touchés. Mais s'ils pleuraient pendant qu'il se passait ce qui se passait, tout le reste, elle soulevait le premier meuble qui lui tombait sous la main et le laissait retomber bruyamment par terre. C'est aussi vers cette époque qu'elle a arrêté de boire. Elle devait la trouver à l'église, sa raison-de-ne-pas-se-tuer. Elle inscrivait Virgil à des concours de beauté, à ce moment-là. Elle prenait des cours du soir de niveau lycée, et elle collectionnait toutes sortes de brochures pour apprendre à faire une prise de sang, un emploi digne ; elle faisait des efforts, elle priait, et le truc le plus incroyable s'est produit. Le garçon du parc d'attractions est revenu. Le père de Virgil. Revenu, c'est un grand mot, peut-être : missionnaire, il était de passage dans son église pour enseigner comment développer une attitude positive par la prière ; il animait un stage de six semaines sur la science de l'Esprit chrétien. Ils ne savaient même plus trop d'où ils se connaissaient, au départ. Bien sûr, il lui était arrivé beaucoup de choses, à lui aussi. Il avait servi dans la marine. Il avait trouvé l'Église grâce à sa femme, mais celle-ci était morte en couches, et le chagrin l'avait poussé plus encore vers la religion. Le simple fait que ma mère se trouve là devant lui et qu'elle ait survécu à la naissance de leur fils, c'était rien de moins qu'un miracle. Il est venu dîner le lendemain avec un ballon de foot pour Virgil, et il a donné aux garçons cette unique leçon, indispensable : pour le faire tourner parfaitement sur lui-même, il faut garder les doigts sur les coutures. Il est revenu dîner le lendemain. Un de ces mecs blonds et bourrus, avec un cœur, sans doute. Il lui a apporté des fleurs. Elle a préparé des steaks et une tourte aux pêches, et elle s'est coiffée avec un soin tout particulier.

Je pense que c'est son baratin sur les miracles qui l'a émue, parce que pour ma mère, un miracle, ça signifiait la fin de la souffrance. Enfin, le monde pouvait être pardonné, maintenant qu'il prenait sens. Au départ, la vie s'était montrée brutale, mais ça, ça arrivait à tout un chacun, non ? Vaincu, le monde lui présentait maintenant son ventre douillet. Et voilà enfin : l'or pur, l'or vrai. L'amour de cet homme allait la sauver pour de bon. Elle ne faisait plus de ménages à l'hôtel. Elle travaillait à la cafétéria de l'hôpital. Tout, dans l'atmosphère, avait un goût. L'éternité, les frites, le Skaï, l'eau de Javel. Elle buvait de nouveau. Ce n'était plus un problème. *World of Motion. Universe of Energy*.

Je ne sais pas ce qui s'est passé. Le climat s'est dégradé entre eux et, à la fin des six semaines, il a décidé de partir. J'ai tenté de considérer la chose sous tous les angles possibles : elle buvait trop, Clinton était insupportable, il avait menti tout du long, il avait eu peur. Peut-être que c'était trop, de passer sans transition de pas de famille du tout à une famille toute faite. Peut-être que c'était juste un de ces individus qui ne sont pas capables de s'attacher très longtemps au même truc. Peut-être tout simplement que lui et ma mère n'avaient jamais vraiment parlé de ce qu'ils signifiaient l'un pour l'autre. Peut-être qu'il n'avait jamais compté rester. Toujours est-il qu'il est reparti en mission. Elle s'est dit qu'elle ne pourrait jamais y remettre les pieds sans honte, alors ça a été la fin de l'église. Elle a engagé une procédure judiciaire pour demander une pension alimentaire.

Un jour, elle était dans la queue derrière Bernadette Satterwhite au Giant Eagle. Bernadette avait toujours l'air d'une actrice, en tout cas ça se voyait qu'elle ne se prenait pas pour une merde. Elle portait un cache-cœur et une jupe noire avec des miroirs cousus à l'ourlet. Elle tenait Jude contre sa hanche, et elle avait un grand sac en cuir noir et des lunettes de soleil en écaille. Elle a payé ses courses et demandé au caissier de porter ses sacs à son pick-up, ce que personne d'autre ne faisait jamais. Elle a donné une pièce de vingt-cinq cents à sa fille pour le distributeur d'œufs surprises. Puis elle s'est tournée vers ma mère et elle a dit : « Je suis une enfant indigo. J'ai le don de seconde vue, et chérie, ce bébé que tu portes, il est déjà mort.

— T'es une P. de menteuse de l'E., ouais ! » a dit ma mère, parce qu'elle était contre les gros mots. D'ailleurs il n'y avait pas de bébé, bien sûr. Elle avait juste pris du poids parce que les gueules de bois la faisaient manger trop. Elle se sentait affreusement mal, mais comme tout le monde, non ? Deux mois plus tard, je suis née dans les toilettes du Greene County Memorial Hospital, où ma mère se cachait pendant sa pause, entre deux cafés servis à tous ces médecins chauves. Le miracle avait encore frappé. Mais mon père, le père de Virgil, n'a jamais répondu à ses lettres. C'était déjà trop la première fois. Personne n'avait besoin de preuves supplémentaires.

Et voilà mon histoire.

IV

Quelqu'un qui connaissait quelqu'un au bureau du shérif a raconté aux clients de chez Pecjak que la voiture de Jude avait été remorquée chez Gebe & Skocik Tire, à Uniontown. Le garage était vide ce jour-là, parce qu'il y avait un match des Pirates. Les papiers de la compagnie de dépannage ayant été remplis à la va-vite, il était difficile de déterminer qui était allé la chercher. L'inspecteur Torboli a demandé à tous les chauffeurs s'ils se souvenaient d'avoir récupéré une jeune fille à Gans le dimanche de la mi-mai. Ça ne semblait pas une question très difficile, mais ils ont expliqué qu'ils ne se rappelaient même pas ce qu'ils avaient fait le matin même. Il y avait des appels tout le temps, les clients défilaient, les lumières changeaient aux quatre coins du ciel. Il y a de ces mystères. Qui sait.

Lorsqu'ils ont fouillé la voiture de Jude, ils ont trouvé un sac à dos JanSport contenant une bouteille de vodka, un sachet de tiges de marijuana dans la boîte à gants, des devoirs de géométrie piétinés, et un carnet plein de jurons en français, mais ni argent ni papiers d'identité.

Le bruit a couru que le barman de l'O'Gillie's avait vu ce jour-là une fille correspondant à la description de Jude, qui avait voulu commander un gin-tonic dans un grand verre mais prétendu qu'elle avait laissé ses papiers quelque part lorsqu'il les lui avait demandés. Il lui avait servi un thé glacé, mais l'avait retrouvée installée dans le fond avec un homme d'une quarantaine d'années, en train de partager sa carafe de bière et de donner des frites à un caniche attaché sous la table. Il les avait mis dehors tous les deux, disait-il. Quand la police lui a montré la photo de Jude, il a estimé que ça pouvait être elle, mais qu'il aurait juré que c'était plutôt Brandy machin-chose, la fille du magnat des fosses septiques de la région, qui essayait de faire jouer son « nom » pour boire bien qu'elle n'ait pas l'âge. Mais il pouvait se tromper. Pour moi, elles se ressemblent toutes, a-t-il dit, même s'il était difficile de dire s'il parlait des Noires ou des adolescentes en général. Ce dont il paraissait certain, c'était qu'elle avait beaucoup de liquide sur elle. Il était aussi sûr qu'elle portait une plume dans les cheveux, une de ces pinces ornées d'une plume de poulet teinte que l'on gagne à la foire.

À la maison d'en face de Gebe & Skocik, les accros au Fentanyl glandaient dans des sweat-shirts jaunes achetés en gros qui vantaient la victoire des Moutaineers au Sugar Bowl en 1994, laquelle n'avait jamais eu lieu. Tous affirmaient avoir vu Jude. Ils avaient vu une fille. Une fille, une fois, et elle n'était pas très sympa. Était-ce Jude ? Elle était venue taxer une clope. Elle avait une ecchymose à la clavicule, et elle avait gardé ses lunettes de soleil. Elle avait une plume dans les cheveux. Elle n'avait pas de plume. Elle avait les cheveux mouillés. Les cheveux mouillés ressemblaient à un tatouage du tonnerre, ou à une algue. Son chien n'avait pas l'air de l'aimer. Son chien était un petit chow-chow. Il n'y avait pas de chien. Elle portait une parka qui avait encore les étiquettes. Elle était repartie en direction du Dunkin' Donuts. Elle avait dormi chez eux, comme si elle était de la famille. Elle était morte dans leurs bras.

L'un d'entre eux a raconté qu'il la connaissait d'un stage de violon quand ils étaient petits. Il s'appelait Dustin Gehoe. Il avait remporté le rôle de soliste dans l'orchestre juvénile de la West Liberty University. Jude était second violon. Ses yeux avaient perdu tout leur éclat, mais il gardait de bonnes manières. Ils avaient correspondu. Il avait envoyé à Jude une poupée russe, dans le temps, une matriochka. Qu'est-ce que c'est que ça ? avait demandé l'inspecteur Tromboli, qui avait pris sa déposition, même s'il n'en attendait rien.

Mais en réalité, je n'étais pas la seule à avoir porté une telle attention à Jude. Nous sommes tous devenus des collectionneurs de menus détails se rapportant à elle, échangeant des bribes de faits, de rumeurs et de théories sans vraiment nous soucier de leur sens. Peut-être que tout le monde à Greene County pensait résoudre le mystère de cette façon, mais n'était-ce pas plutôt comme un feuilleton pour nous ? En mieux, bien sûr, parce que si jamais vous aviez connu Jude ou partagé avec elle des événements insignifiants, vous pouviez entrer à votre tour dans l'histoire, dans le rôle de l'être sage qui doit continuer à vivre malgré la tristesse. À les entendre tous, de Dustin Gehoe à la dame qui conduisait le car du lycée, on aurait cru que Jude leur avait confié une vérité cachée, intime, et tous se servaient de cet éclairage chagrin pour se mettre en valeur. Ce n'est pas une pratique très recommandable, je trouve. Mais je suis moi aussi une hypocrite, et rien de la vie sur cette terre ne m'est étranger.

Les suspects convoqués pour interrogatoire étaient, jusqu'au dernier, des êtres compromis, enclins à l'illégalité, originaires de vagues de mauvaises actions, croix de fer tatouées, vision abjecte des femmes, jointures brûlées. Ils s'en vantaient presque à la station-service de Sissy Pecjak. Il y en avait qui n'arrêtaient pas de chercher des crosses à Tanner Fordyce devant le présentoir à sandwiches, car il était pratiquement le seul adulte qui n'avait pas été interrogé : il leur faisait le coup de se changer en mauviette, ou quoi ? Peut-être que le problème, c'était que la police ne savait rien, si ce n'était le jour où s'était produit l'enlèvement, ce qui fait qu'il n'y avait pas de recoupements à faire. Pas de détails révélateurs qui auraient pu coïncider. En plus, tous les hommes convoqués se faisaient une joie d'avouer les délits minables qu'ils pouvaient jurer avoir été en train de commettre à l'heure du crime, quelle qu'elle soit. L'un d'eux a reconnu sans façon qu'il était terré dans un Econo Lodge à Little Washington ce week-end-là, injectant de la came dans le cou de sa belle, et qu'il avait foutu le feu à une machine à sous du Meadow en piquant du nez, cigarette en main et doigt sur le bouton « ENCORE ». De nombreuses vidéos prises par les caméras de surveillance avaient confirmé la véracité de ses dires.

Les filles étaient rentrées à temps pour le mariage. Elles avaient raconté et re-raconté toute l'histoire toute la soirée : le vin de mûre. Les yeux rosis de BD, des yeux de lapin. Elles étaient nimbées de l'aura de glamour de celles qui sont passées à deux doigts de se faire tuer, et elles n'y auraient renoncé pour rien au monde. Ce n'était pas souvent qu'elles étaient confrontées à un tel danger. Morgan, la mariée, était furieuse. Dans l'ersatz d'institut de beauté improvisé dans son préfabriqué, tout le monde ne parlait que de Jude – allait-elle arriver à temps pour le mariage ? – alors même que Morgan avait déjà enfilé sa robe, et ça, personne n'en parlait. À l'heure de la cérémonie, lorsqu'elle a fait son entrée dans l'église, l'assemblée s'est retournée pour la regarder, certes, mais beaucoup d'entre eux voulaient aussi vérifier si Jude était au fond, vu qu'elle n'avait pas encore pris place.

Ça n'a pas été le mariage le plus réussi de tous les temps. Il y a eu des ratés. Les mariés n'ont pas réussi à allumer la bougie votive, alors que Morgan avait expressément demandé que la clim de l'église soit éteinte pendant la cérémonie afin d'éviter les courants d'air. Les anciens footballeurs ont eu un coup de chaud dans leurs cols empesés, et ils empestaient la sueur. À l'heure des toasts, la mère du marié s'est gorgée de chardonnay blanc et s'est mise à déblatérer très fort sur les tribulations de son propre mariage, qui depuis vingt ans ne subsistait que par des bagarres et des massages. À la table d'honneur, il avait fallu rajouter une place pour accueillir une cousine qui n'avait ni confirmé sa venue ni participé aux préparatifs, mais s'était pointée, cependant, dans une espèce de robe de demoiselle d'honneur cousue – mal – par ses soins.

Les invités ne parlaient que du désastre que les filles avaient évité de justesse. Certains pensaient savoir exactement qui étaient les garçons qui les avaient suivies. C'étaient les frères Whipkey, sans doute, ou les Poland, ou les Mason. Tout le monde, semblait-il, connaissait un clan de vauriens qui rôdaient dans ces bois. Portaient-ils des chemises à carreaux assorties ? Avaient-ils des tatouages maison représentant l'œil d'Horus ? Buvaient-ils du Night Train ? Des trucs comme ça.

Certains prétendaient même que ça aurait pu être Virgil et Clinton Stoat, sans s'embarrasser du fait qu'ils étaient presque perpétuellement à l'isolement sur Wildman Road Run. Sans s'embarrasser du fait qu'ils n'étaient que deux – ils vivaient dans une de ces maisons étranglées par le lierre, avec un drapeau en hommage aux prisonniers de guerre et des antennes de talkie-walkie sur le toit. C'est comme ça que les gens parlaient de nous. Je le sais, parce qu'ils oubliaient parfois que moi aussi, j'étais une Stoat. Et parfois, ils oubliaient tout simplement qu'on avait des oreilles pour les entendre. Ce soir-là, je faisais des rondes avec un pichet de limonade et débarrassais les assiettes – un petit boulot que nous avait dégotté Virgil parce qu'il connaissait la traiteuse, même qu'il avait eu le droit de rester dans la cuisine à préparer du café tandis que je promenais mon sourire invisible dans la foule et raclais les assiettes pour faire tomber les os de poulet dans l'énorme poubelle qui aurait pu me contenir tout entière.

Et personne ne le disait, bien sûr, mais le fracas des couverts en argent de location et le tintement des verres cessaient chaque fois que s'ouvrait la porte de la salle des fêtes. Tout le monde se tournait pour voir si c'était Jude qui arrivait en retard, les cheveux encore humides, peut-être, juste sortie de la douche, avec sa longue robe noire et le bruissement de ses inévitables bracelets en métal. Mais non.

La mère du marié a vomi sur son assiette lorsqu'on a distribué des parts du gâteau. On a retrouvé un oncle caché dans les toilettes des dames : il a prétendu qu'il était là pour réparer la chasse d'eau. Et il a plu, une pluie froide et lourde qui fouettait les arbres étincelants autour de l'église, laissant des brindilles brisées sur les voitures, et les invitées sont toutes arrivées à la réception décoiffées, le mascara dégoulinant. Un heureux présage, a dit tout le monde. Ça doit porter chance de se marier sous une telle pluie.

Et pourtant, il avait encore fallu une semaine pour que soit même déclarée la disparition de Jude. Les filles, apparemment, avaient supposé qu'elle était rentrée trop tard pour la réception, trop fatiguée ou dégoûtée pour se saper. Crystal avait appelé à la maison à plusieurs reprises pour prendre des nouvelles de son amie. Elle avait laissé des messages à Bernadette, qui lui avait répondu que Jude était partie pour quelques jours et la rappellerait bientôt.

Un après-midi, Kayla, semblait-il, était passée chez Jude. Elle amenait ses petits cousins manger une glace à Burns Delite et elle avait envie de sa compagnie, ou, plus franchement, de son aide. Trey, Ray et Rita étaient des enfants blond platine et violents. Il n'y en avait que pour les revolvers, les bombes, le pipi, les toilettes, et ils se griffaient jusqu'au sang. Bernadette était venue à la porte mais elle n'avait pas voulu sortir sous le porche, à cause des coups et du chahut. Eh bien, Jude était partie camper avec ses amies, avait-elle dit. Oui, à Coopers Rock. Elles ne seraient pas rentrées avant dimanche, pour le mariage.

Kayla avait tenté de lui rafraîchir les idées, mais la conversation s'interrompait chaque fois qu'elle expliquait à Bernadette qu'elle avait elle-même fait partie du voyage, qu'elles étaient rentrées depuis une semaine, que le mariage était passé, que la voiture de Jude était tombée en panne et qu'elle était restée coincée à Gans.

« Gans ? s'obstinait Bernadette. Non, c'est pas ça. Elles allaient à Coopers Rock. »

Kayla avait ramené ses cousins à la maison et appelé la police. Mais c'était un dimanche. Son interlocuteur lui avait suggéré que la disparue était probablement partie en vadrouille avec un nouveau petit copain, ou pour d'autres aventures. Peut-être était-elle gouvernée par une planète sombre ? Sans doute prenait-elle de la drogue. Il devait parler comme un homme qui a longtemps roulé dans le noir avant d'arriver là où il se trouvait. Personne n'a envie de parcourir la moitié du pays pour faire peur à une fille qui a toutes les chances d'être en plein trip spatio-temporel vodkaïsé. Et pourquoi n'était-ce pas la mère qui appelait ? Même si pour certaines questions, me dit-on, la police se fie davantage aux alarmes des amis que des parents ; sans quoi ils passeraient leur temps à secouer les mêmes gamins demeurés en train de siphonner du sirop contre la toux derrière le Giant Eagle, perdus dans les couleurs de la musique pétaradant dans leurs Pontiac déglinguées. Il y a un problème d'héroïne à Greene County. Elle peut tout aussi bien s'emparer des jeunes qu'on ne soupçonnerait jamais que de ceux qui ont été sur la corde raide toute leur vie. Rien que la semaine d'avant, le petit-fils de l'entraîneur de l'équipe de foot avait tenté de braquer le Rush's Grocery & Video Store à Rogersville. Il prétendait qu'il avait un flingue, mais il pointait juste deux doigts. Ruthie Rush lui avait explosé la main avec son lecteur de codes-barres, et il s'était carapaté si vite qu'il avait perdu ses chaussures.

L'inspecteur a donné à Kayla le numéro de sa ligne directe en lui recommandant de rappeler le lendemain si une bonne nuit de sommeil ne l'avait pas tranquillisée.

Mais les filles n'avaient toujours pas la moindre nouvelle de Jude. Elles se posaient des questions, certes, mais leur amie était comme ça, quelquefois. Elle avait une vie intérieure tumultueuse, à en croire Kayla. De temps à autre, elle semblait fâchée contre elles pour des raisons qui leur échappaient, ou bien elle tombait raide dingue d'un garçon qu'elle jetait au bout de trois semaines. Ses obsessions étaient soudaines mais profondes : Jack Nicholson jeune, l'art roman, le film *Network*, les livres de Nancy Drew des années 1990. Et Nina Simone. Nina Simone. Nina Simone. Plus tard, j'allais bien les connaître. C'était difficile de faire autrement. Même s'il y avait tant de choses à faire à la maison, je passais une grande partie de mes journées à décoder les affaires de Jude. Sa chambre était un fatras de trésors, entassés dans un ordre vaguement chronologique. La couche du dessus témoignait d'une espèce d'ambition. Je voyais qu'elle avait tenté de lire *Tess d'Urberville* pendant longtemps, parce que les vingt premières pages en avaient été cornées et décornées, et qu'il était posé sur sa table de nuit avec un photophore et une rose noircie. Mais je voyais aussi qu'elle adorait *La Vallée des poupées*, caché sous son oreiller. Le dos se détachait, les rebords étaient pelucheux comme du velours, et il y avait toutes sortes de marque-pages – une copie carbone d'un formulaire de prise en charge au dispensaire, une plume d'oie, un emballage de chewing-gum aplati en forme d'hélice.

Et donc ses amies ne se sont pas inquiétées, au départ. C'était l'été, or en été, Jude tentait presque toujours de devenir quelqu'un d'autre, au moins pour un petit moment. En août, elle en avait généralement marre d'essayer, et elle recommençait à regarder la télé, à papoter, à se vernir les ongles de pied, à prendre plaisir à toutes les activités futiles qu'elle avait reniées. Amber, qui était la plus jalouse, a carrément traité la chose par le mépris, affirmant que Jude avait dû se taper le chauffeur de la dépanneuse. Ou le plouc du Burchinal's General Store.

J'aimais bien Kayla. C'est la seule qui n'a pas inventé une histoire pour expliquer le silence de Jude, et elle a fini par rappeler l'inspecteur en insistant pour qu'il ouvre une enquête. Même des mois après que la police a eu officieusement classé l'affaire, elle a refusé de lâcher. Parfois, je la croisais chez Pecjak, et on bavardait devant le présentoir à sandwiches, grattant le lino avec nos semelles pour se donner le courage de continuer.

« J'ai juste le sentiment que si je pouvais revenir en arrière, je pourrais la trouver, et elle n'aurait pas disparu, disait-elle. On n'aurait jamais dû l'abandonner là-bas. C'est impardonnable. »

Et je lui racontais que parfois, quand j'avais honte, j'imaginais la pire chose qui puisse arriver, encore et encore, jusqu'à ce qu'elle se matérialise presque, jusqu'à ce qu'elle s'emballe, qu'elle devienne monstrueuse et incroyable, et là, je réalisais que ce n'était pas si terrible. Je faisais un rêve éveillé, souvent, un rêve interminable. C'était une silhouette avec de larges épaules sombres qui entrait dans ma chambre. Il n'y avait rien de pire que l'instant avant qu'elle m'embrasse. La créature abaissait son menton et se mouvait tel du liquide tandis que ma vie explosait en lumières, un chaos de lumières, qui tentaient de trouver une échappatoire. Cet effort était le pire, et la créature le savait, alors elle rejouait la scène, en boucle. À nouveau les épaules sombres, qui entraient, le geste liquide quand elle s'abaissait pour m'embrasser. Elle ne partait jamais avant que j'aie capitulé, que je l'aie laissée tomber sur moi et me posséder entièrement.

Le pain, c'était surtout de ça qu'on n'arrivait jamais à garder suffisamment dans la maison, même quand Virgil achetait trois grosses miches, une à manger tout de suite et deux à congeler. On était dingues de pain. On se faisait des sandwiches à la mayonnaise. Des fois, je mettais de la laitue dans les miens, quand on en avait, mais c'était surtout de la mayonnaise. Ou je roulais les tranches dans ma main pour en faire des boules blanches, denses et dures à mastiquer, qui laissaient des résidus pâteux entre mes dents, que j'avais toutes de travers.

Le problème du pain congelé, c'est qu'on y a pris goût aussi. Tous les trois, même si je croyais être la seule, au départ. Virgil et Clinton étaient toujours affamés après le boulot. J'étais affamée juste parce que j'en avais marre de ma peau, et du soleil. L'intérieur de notre maison était invisible dans le noir, quand on arrivait de dehors, après quoi tout devenait vert et je voyais mes frères en train de fouiller les placards pour voir ce qu'il restait. Du jus d'orange Donald Duck, tout le temps. On avait un stock inépuisable de cannettes.

J'avais des aphtes sur le bas des gencives, et une mauvaise dent dans le fond qui gémissait, qui chantait et me redonnait de l'appétit, bizarrement, pour tout ce qui était congelé. Mais une fois Jude disparue, Virgil s'est mis à passer toutes ses journées chez Bernadette afin d'essayer de l'aider à surmonter son chagrin, et il a arrêté de payer l'électricité. À partir de là, on n'a plus mangé que des conserves froides ou des plats qui n'avaient pas besoin de cuisson. C'était du camping, mais à la maison.

Est-ce que les autres savaient où elle était ? Je n'aimais pas ma mère, et je m'inquiétais quand même. Parfois, je l'imaginais seule dans une chambre d'hôtel, en train de chercher ses lunettes. Ou je l'imaginais dans une rue obscure, à quatre pattes, en train de chercher ses lunettes. Il n'y avait que comme ça que je pouvais ressentir un pincement au cœur. Et quand je ne le pouvais pas, je ne ressentais rien du tout.

Je n'aimais plus manger. C'était la seule chose que j'aimais, alors ça m'a déprimée quand ça s'est arrêté bien que ce soit mon seul plaisir. Ma langue me faisait l'effet d'un parasite extérieur, une créature solitaire qui s'était égarée loin de son océan ancien. Je m'abstenais de manger aussi longtemps que possible. Je buvais tellement de soda que je ne pouvais plus sentir le goût de l'eau. Trop saumâtre. Je me rends compte que ça paraît bizarre ou malsain, mais il faut dire que l'eau, là où on habitait, sentait l'œuf pourri. Elle laissait des ronds blancs solidifiés sur le rebord des verres. Il aurait fallu une bonne brosse à récurer pour les retirer, mais pourquoi se fatiguer puisque les ronds reviendraient le lendemain ? Alors je ne le faisais pas. Même si j'étais responsable de la vaisselle, souvent je me contentais de rincer les couverts et de les laisser sécher, et personne n'y trouvait rien à redire.

Un jour, je suis allée à pied jusqu'à chez Pecjak, toute seule. Le vent soulevé par les voitures m'agitait les cheveux. De temps en temps, Sissy faisait semblant d'avoir besoin de quelqu'un pour balayer un coin de la salle, puis elle me laissait m'en occuper et me payait en Cheetos, ou des trucs comme ça. C'était moins mignon à présent que quand j'avais dix ans, et je voyais bien qu'elle n'avait plus trop envie de se prêter à ce jeu. On ne pouvait plus prétendre que je l'aidais vraiment. Mais je continuais d'y aller, parce que pendant qu'elle préparait le petit sachet qui représentait mon salaire, je pouvais en général voler un truc plus motivant. Comme ça, on était quittes, je l'avais décidé. Elle obtenait le droit d'avoir pitié de moi, j'obtenais mes bâtonnets de glace. Ce jour-là, j'avais tellement faim que tout ce que je pouvais manger me passait à travers sans me rassasier. J'avais tellement faim que j'avais un point de côté, et je marchais un peu voûtée. Je n'arrivais pas à soulever mes pieds comme il faut. Je n'arrêtais pas de déraper parce que mes pas étaient trop lourds.

Côté restaurant, il y avait un homme que je n'avais jamais vu. Il était installé à une table avec banquette et Sissy prenait sa commande carnet en main, ce qu'elle ne faisait jamais. En général, vous commandiez au comptoir, vous payiez, et vous alliez vous asseoir – *dans cet ordre*, et elle n'hésitait pas à vous le rappeler. Je l'ai reconnu de la télé – c'était le père de Jude, d'ailleurs même sans ça j'aurais pu m'en douter, car je n'avais jamais vu de Noir chez Sissy Pecjak. C'était étrange, de voir quelqu'un que je n'avais jamais vu. Je sais que ça a l'air débile, mais dans des endroits comme la ville d'où je viens, on connaît vraiment tout le monde, donc ça avait quelque chose d'excitant. Je savais qu'il était pasteur d'une église quelconque, mais il ne portait aucun signe religieux, juste une chemisette boutonnée jusqu'en haut et un jean. Il a descendu sur son nez une paire de lunettes de presbyte et consulté l'écran de son téléphone, les yeux plissés.

« Excusez-moi, madame, mais il y a un mot de passe pour le Wi-Fi ? »

J'ai surpris l'expression de Sissy lorsqu'elle s'est retournée. Elle avait l'air interloquée. « Le Wi-Fi ? Ah non. Non, on n'a pas ça.

— Ah. Je n'ai pas de signal, apparemment.

— Eh bien, vous pouvez monter à la gravière de PennDOT, sur la 18. En général, c'est suffisamment en altitude pour pouvoir passer un appel. Ou sur Centennial Hill, au cimetière. On est un peu en retard sur notre époque, par ici. » Elle a préparé un verre d'eau avec des glaçons et m'a fait signe de le lui apporter, tout en aspirant entre ses dents, comme pour dire qu'il était sacrément exigeant.

M. Vanderjohn était encore en train de consulter le menu plastifié, mais je ne sais pas pourquoi, vu qu'il s'agissait seulement d'une liste de garnitures à ajouter ou pas sur les sandwiches. Il a commandé une salade du chef avec assaisonnement à part, et j'ai su qu'il allait être déçu. Les salades, chez Pecjak, n'étaient autre que des entrailles de sandwiches agrémentées de confettis de laitue blanche, sans pain. Sous le menu, il avait une liasse de flyers rose vif. J'ai reconnu le visage de Jude, même si l'agrandissement avait déformé la photo. C'était une photo d'école. Elle ne ressemblait pas du tout à celle qui passait aux infos, je veux dire, elle portait un col roulé et une veste en daim. Il y avait écrit « DISPARUE » et « RÉCOMPENSE » en grosses lettres, et un numéro de téléphone figurait au bas de la page. Il a senti mon regard qui s'attardait.

« Comment tu t'appelles ?

— Cindy Stoat.

— Ah, un prénom ancien. Le mien aussi : Alistair. Tu vas au lycée avec ma fille, peut-être ? » Il a sorti un flyer d'un sac en tissu à ses pieds et l'a levé au niveau de son visage. « C'est elle. Je fais tout ce que je peux pour la retrouver. » Il a montré la photo – de Jude du bout du doigt. Sur la photo de l'almanach du lycée, son sourire était forcé, le genre de sourire qu'on fait à quelqu'un qui vous importune dans la rue.

« Je ne la connais pas vraiment. Mais mon frère sortait avec elle.

— Ah. Oui, bien sûr… Stoat, Stoat. C'est vrai. Comment va Virgil ?

— Il, euh. Je ne sais pas. » Je m'apprêtais à dire que Virgil était triste, mais ce n'était pas exactement ça. Il était persuadé que Jude avait fugué – et pouvait-on même parler de fugue, si la personne avait dix-huit ans ? Il regrettait qu'elle ne lui ait pas demandé de l'aider, mais il la pensait capable de s'en sortir toute seule. « Il lui donne un coup de main. À Bernadette.

— Virgil a toujours été très patient avec elle. » Il a pris une profonde inspiration qu'il a semblé retenir dans ses poumons un long moment. « Je le verrai peut-être. Je vais dormir chez Bernie quelques jours.

— Sans doute. » Étais-je censée dire autre chose ? J'avais le sentiment que oui, mais je n'avais rien à lui offrir. Ses yeux sont restés chaleureux quelques instants, puis une expression plus désespérée est passée dans son regard.

« Au lycée, est-ce qu'il y avait quelqu'un qui… est-ce qu'il y avait des…

— Cindy, arrête d'embêter le monsieur ! Viens par là. J'ai un petit travail pour toi. » Elle a levé les yeux au ciel comme si M. Vanderjohn en faisait des tonnes.

Elle m'a passé un torchon humide pour épousseter les étagères, alors j'ai dû faire le tour de la boutique et je n'ai pas pu le regarder davantage, mais je l'ai vu tout de même hausser les sourcils lorsque Sissy a déposé sa salade devant lui. Ensuite, il a mangé vite, comme s'il venait de prendre une décision concernant sa journée. Je l'ai entendu demander à Sissy comment se rendre à la poste de New Freeport, et à la Bell's Grocery à Hundred, et tous les autres endroits où poser une affiche. La clochette de la porte a tinté derrière lui, et je me suis sentie un instant d'une tristesse inconcevable à l'idée qu'il soit forcé d'aller poser ses avis de recherche tout seul.

Il a laissé une liasse de flyers à la caisse. Il y avait une récompense de cinquante mille dollars pour toute information permettant de localiser Judith Vanderjohn de Deep Valley, en Pennsylvanie. Il fallait appeler le numéro vert de la Guardian Angel Foundation de Clearinghouse pour donner ses tuyaux. Je n'avais jamais entendu parler d'une telle somme, sauf dans les jeux télévisés. Ça faisait faux, comme des Jet-Ski ou une voiture toute neuve. J'étais quasiment sortie quand Sissy m'a rappelé de prendre le sac de sandwiches, de cottage cheese expiré de la veille et tout ça, et elle m'a laissé choisir une barre chocolatée, mais en me faisant promettre que je ne la mangerais qu'après avoir fait un vrai repas.

« Tu y crois, toi ? Un mot de passe pour le Wi-Fi. Je te jure. Je ne savais même pas qu'on pouvait avoir Internet sur un Obama-phone. On n'est pas assez chic, hein, Cindy ? Personne m'a jamais rien donné, à moi, ça c'est sûr. J'ai jamais eu besoin d'aumône. » J'ai plié un flyer et l'ai glissé dans ma poche arrière pendant qu'elle avait le dos tourné. Je ne sais pas pourquoi je me cachais. Ce n'était pas du vol. Ils étaient là pour tout le monde, même moi.

Les poignées du sac en plastique me coupaient la circulation, et je me suis arrêtée plusieurs fois en chemin pour dégourdir mes doigts, qui devenaient blanc-jaune. Quand passaient des pick-up, je tendais l'oreille pour percevoir jusqu'au dernier écho de leur moteur. À un certain moment, il se dissipait dans l'atmosphère et il n'y avait plus que moi et les échos de ma cervelle. Je savais toujours quand il y en avait un qui arrivait, le grondement qui accélérait sur le gravier comme le tonnerre, comme une rumeur, ou quelqu'un qui s'apprête à hurler.

V

Une voiture noire s'est arrêtée dans la boue. Il n'y avait pas de place pour se garer. L'herbe allait jusqu'à la route, et elle était haute car Virgil ne voulait jamais la tondre après avoir passé la journée à tondre le gazon des autres. Il y avait un homme dedans avec de la pluie sur le col de son manteau en cuir. Les vitres paraissaient embuées de l'intérieur. Il ne pouvait pas me voir. Il y avait des vignes entre nous. Les chiens l'ont suivi, truffe en l'air. Ils n'avaient pas de nom, alors je les appelais tous les deux Toi, secrètement, dans ma tête. Mais je les appelais Toi Noir et Toi Blond pour les différencier.

L'homme est revenu, à pied, quelques minutes plus tard. Ses cheveux frisés avaient l'air d'avoir été cousus sur son crâne avec une grosse aiguille et son visage semblait fait de mastic. Il s'est dirigé droit vers la porte et a tenté de regarder à l'intérieur. Clinton dormait sur le canapé. Je lui ai secoué les jambes, et il a sorti une main blanche comme un poisson aveugle qui m'aurait sauté dessus. Les chiens frissonnaient. Ils se sont enroulés aux pieds de l'homme et ont laissé des marques de pattes sur son pantalon de toile.

« Bonjour, a-t-il dit quand Clinton a ouvert la porte. Je suis juste venu parler d'un truc. Je travaille au lycée. »

Clinton a baissé un peu la ceinture de son pantalon de survêtement. Elle était remontée jusqu'à son ventre et le faisait ressembler à une poupée de tissu avec les coutures au milieu. Ce n'était pas du tout nécessaire, mais il a allumé une lampe torche et l'a braquée sur les chaussures de l'homme, promenée de haut en bas de ses jambes épaisses.

« Bonjour. Je cherche Cindy Stoat. Elle habite là ? Vous êtes le chef de famille ? » Il tenait une chemise pleine de papiers et il se léchait le bout du doigt pour les passer en revue.

« Non, m'sieur. Je suis chef de rien du tout.

— Je peux entrer ?

— Je préfère pas. Y a pas d'électricité.

— Nous sommes bien au 288, Wildman Run Road ? J'ai besoin de parler à Donna Stoat. C'est votre maman ? » Les gouttes d'eau tombant du front de l'homme formaient des taches sombres sur sa feuille.

« Elle est pas là.

— Ah, d'accord. Vous pouvez me dire quand elle va revenir ? J'ai un numéro, là, mais votre téléphone est coupé.

— Je peux pas dire. Quand elle revient. Y a pas d'électricité, comme j'ai dit. »

L'homme a reculé de quelques pas pour examiner la maison, comme s'il pouvait me découvrir penchée à une fenêtre ou agitant la main sur le toit. D'instinct, je savais que je devais me cacher de lui. J'observais la scène planquée sous le rebord de la fenêtre, d'où je pouvais voir l'intérieur de ses gros trous de nez dégoûtants.

« Vous devez être Clinton, c'est ça ?

— N'importe. » Clinton avait la voix haut perchée. Il avait eu un problème à la gorge au moment de la mue, et il était resté coincé dans cet entre-deux affreux. Quelquefois, quand il parlait, j'entendais des cailloux qu'on frotte l'un contre l'autre. On aurait dit une fille. Il y avait quelque chose de doux et de nauséabond dans sa voix, même si je ne le remarquais pratiquement jamais, sauf quand il parlait à un inconnu.

« Écoutez. Nous savons tous les deux que vous avez passé l'âge de l'école obligatoire. Je ne viens pas pour vous. Mais Cindy a échoué en troisième cette année pour cause d'absentéisme. Vous êtes au courant ? »

Clinton était parfaitement au courant. C'était lui qui sortait faire signe au car scolaire de passer son chemin quand je restais au lit. C'était lui qui m'assurait que j'avais la fièvre parce que j'étais délicate, alors qu'en général je me sentais parfaitement bien. C'est dans les yeux, disait-il, ce qui expliquait pourquoi il pouvait le voir et moi pas.

En réalité, j'aimais bien l'école, par moments. J'aimais les cours où je n'étais pas obligée de parler. J'aimais quand on lisait des récits sur les mondes anciens, parce que je pouvais m'imaginer une petite vie monotone à porter des épis de blé, à voir des démons et à dormir toutes les nuits avec des joncs au-dessus de ma tête. Et j'aimais lire. Il m'arrivait un truc où les mots disparaissaient sur le côté et à la place je voyais dans ma tête le film de ce que les mots racontaient. C'était comme marcher dans la neige épaisse. Tout d'un coup, partie partout et les arbres se détachant de l'ombre un à un, puis l'ombre de nouveau. À la maison je n'avais qu'un seul livre. Les contes et légendes de Chine. M. Loughman me l'avait donné en CE2. Je devais le manipuler avec soin car les pages jaunies au coin risquaient de se détacher si je l'ouvrais trop grand. Les démons sortaient de la mer. Dans une des histoires, une fille se retrouvait avec un noyau de pêche collé sur le front, et quand il tombait elle avait une marque hideuse et tout le monde se moquait d'elle. J'ai essayé de me coller des noyaux de pêche sur le front, après l'avoir lu. Je ne sais pas ce que je croyais qu'il allait se passer, même si ça avait marché.

Clinton détestait l'école, et n'avait jamais terminé. Il se faisait tout le temps cogner dessus, je ne sais plus pourquoi. Il disait que ce n'était pas grave si, de temps en temps, je ne me sentais pas bien. Il disait que parfois, c'est quelqu'un d'autre qui va le voir sur vous, car c'est insidieux et vous ne vous rendez pas toujours compte que vous n'êtes pas dans votre assiette, et que vous agissez bizarrement. Clinton me disait toujours quand j'agissais bizarrement, mais ça me surprenait. Quand je restais à la maison, on regardait la télé ensemble. Une fois le courant coupé, on s'est mis à la faire marcher sur le groupe électrogène, une boîte carrée et bruyante qu'on trimballait de pièce en pièce. Il faisait tant de boucan qu'on était obligés de mettre le son de la télé à fond, mais j'aimais bien le bruit blanc qui mangeait les paroles des gens à l'écran.

« Je sais pas grand-chose, m'sieur, pour être honnête avec vous », a dit Clinton. Il a lâché un très gros postillon sur la chaussure de l'homme. Ça a étincelé dans l'air un instant avant de retomber.

« Écoutez, quelqu'un doit signer ça. » Il a tendu un paquet où certains des mots que j'ai distingués étaient écrits en capitales. « Elle va devoir redoubler ou suivre les cours d'été.

— Oh, mais bien sûr, a fait Clinton. Je la conduirai moi-même ! Dans ma limousine ! » Il a coincé le capuchon du stylo entre ses dents pendant qu'il signait.

« OK, a dit l'homme.

— Et je viendrai la chercher, aussi ! Dans mon buggy ! Et puis merde. On prendra un cheval blanc, c'est mieux.

— OK, merci », a-t-il dit, et il est reparti sous la pluie. Clinton a fait quelques pas paresseux à sa suite pour s'assurer que l'homme remontait bien dans sa voiture et démarrait. Les chiens ont foncé vers la clôture lorsque la voiture a pris de la vitesse, et Clinton est sorti les caresser et jouer avec eux jusqu'à ce qu'ils soient malades d'excitation.

« Oui, oui, mes bébés, a-t-il dit en leur faisant des bisous sur la truffe. Meurtre, meurtre. Tuer, tuer. »

Le policier qui avait pris l'appel, m'a raconté Kayla, a mis un long moment à comprendre ce qu'on venait de lui dire. Il croyait que Kayla était la sœur de la disparue. Bernadette a d'abord refusé de le laisser entrer. Elle a exigé qu'il lui fasse passer sa plaque par une fente dans la porte-moustiquaire. Selon Kayla, elle a sorti une pointe de quartz au bout d'un fil et l'a fait pendre au-dessus de la plaque jusqu'à ce que le pendule se mette à tourner dans le sens des aiguilles d'une montre. Bernadette l'a examiné d'un air soupçonneux, mais elle lui a ouvert.

Kayla a dû montrer des photos du mariage à Bernadette pour lui prouver qu'il avait déjà eu lieu. Elle avait aussi des photos du terrain de camping. Dessus, ils étaient tous devant la gorge, au point de vue, blottis les uns contre les autres, leurs sourires dévoilant la moitié de leurs dents. Avec le flash, les yeux perçants de BD semblaient ceux d'un prédateur sur le point de bondir. Sur l'un des clichés, Jude se tenait derrière le feu et adressait un doigt d'honneur à l'objectif. La photo n'était pas flatteuse, l'angle mauvais, mais la date et l'heure ne mentaient pas. Sur une autre, l'une des filles montrait ses fesses à l'appareil photo, la tête tournée pour observer la réaction de Jude, qui riait et se protégeait les yeux.

« Ça alors », avait dit Bernadette lorsque Kayla avait indiqué la date en chiffres jaunes au coin de l'image. Mais sa voix était absente, le genre de phrase qu'on dit quand on ne comprend pas tout à fait la personne à qui l'on parle.

« Oui, c'était il y a deux semaines, madame Satterwhite.

— Donc tu veux dire que les filles sont déjà parties camper », a dit Bernadette. Mondo assis à ses pieds, elle pinçait la peau relâchée de son dos tandis qu'il poussait un soupir bas, tendu.

« M'dame, cette jeune fille ici présente dit qu'elle était avec votre fille lors de cette excursion.

— Tu... » Elle a regardé Kayla, assise sur un petit coin du canapé encombré avec ses genoux osseux qui vibraient presque devant elle. « Tu es la fille de Marlon Whipkey.

— Oui. »

Bernadette a fixé l'intérieur de ses mains puis l'espace entre Kayla et le policier.

« Et si j'allais nous préparer des gin-tonic ? Il fait chaud aujourd'hui.

— M'dame, il faudrait que vous fassiez une déposition, je le crains.

— Une déposition ! Pourquoi je ferais une chose pareille ?

— Votre fille.

— Quoi qu'elle ait pu faire, je suis sûre que ce n'est rien que des excuses sincères ne pourront réparer. Vol à la tire, c'est ça ? Elle leur a remboursé les rouges à lèvres. Je vais m'assurer qu'elle ne recommence pas. Juste un instant. Je vais la chercher…

— Madame…

— Elle a disparu, madame Satterwhite ! Elle est sans doute morte. Elle a disparu depuis deux semaines. Elle est morte. »

Bernadette a regardé ses mains et tourné la bague en argent à son pouce. « Je sais ce qu'il y a. Elle fait du camping. À Coopers Rock. Avec ses amies. » Dans son désarroi, Kayla a défait et refait sa queue-de-cheval. Elle avait le nez bouché. Le ciel est sorti de sa montagne de nuages. Bernadette a regardé de nouveau entre elle et l'inspecteur, se livrant peut-être à un calcul quelconque, puis elle a posé son index sur sa lèvre.

« Tu es la fille de Marlon Whipkey, c'est ça ? »

Tout le monde voulait savoir : et où était Virgil la nuit en question ? Eh bien, nous étions dans la cuisine du VFW en train de préparer du café et autre pour le mariage, bien sûr. Mais ça n'empêchait personne de s'interroger, et ça n'a pas empêché les policiers de lui poser une foule de questions sur sa relation avec Jude. Jude et Virgil se disputaient et rompaient tout le temps, il faut dire. Même moi, je ne savais pas toujours trop où ils en étaient.

Les gens avaient toujours pris un plaisir particulier à parler de Jude et Virgil. C'était un sacré couple. Elle portait son sweat Carhartt. Il l'avait emmenée au bal du Homecoming, même si nous, les Stoat, en règle générale, évitons ce genre de festivités. Ils avaient un côté sulfureux, car il était en terminale et elle n'avait que quatorze ans, et leur couple était improbable et voyant, semblable à un duo d'acteurs filmés par une caméra invisible partout où ils allaient. Entre eux, pour plaisanter, ils s'appelaient Marilou et Cletus, et discouraient dans les couloirs comme s'ils faisaient partie de l'aristocratie campagnarde guindée. Jude avait écrit le nom de Virgil au blanco sur les bretelles de son sac à dos. Virgil avait défiguré le mur du fond de la salle de musique à la peinture phosphorescente. Quand les lumières étaient allumées, l'inscription se fondait dans les parpaings blancs, mais quand elles étaient éteintes, on pouvait lire « MARILOU EST PARTOUT » en majuscules vertes. Je ne sais pas du tout ce que ça signifiait pour eux deux, mais ça demeure pour moi la plus belle œuvre d'art jamais réalisée.

Ah, Cletus, si vous n'êtes pas la part de gâteau la plus alléchante que j'aie jamais vue…

Ah, Marilou, si je pouvais seulement oser vous demander de daigner me laisser renifler votre poignet…

C'était dingue, ce qu'ils étaient adorables.

Parfois, ils se garaient devant les croix du calvaire, sur Centennial Hill, pour écouter la radio et les battements de leurs cœurs respectifs en regardant les collines qui ondulaient tel le dos de dragons fabuleux. Jude aimait fantasmer sur l'idée d'un ailleurs : Cœur d'Alene, Lansing, Laramie, Greenwood, Rola. Pourquoi pas travailler dans un *diner*, au bord d'une autoroute ? Quand Virgil lui faisait remarquer que ces lieux allaient sans doute se révéler aussi paumés, aussi miteux, aussi débiles que Greene County, elle disait qu'elle s'en fichait. Parfois, les autres villes rendent un son séduisant pour la simple raison qu'elles ne sont pas là, et Virgil passait complètement à côté de ce sentiment. C'était pour ça qu'ils avaient rompu pour de bon, je crois. Il n'éprouvait aucune curiosité à la perspective d'aller implanter sa vie dans une autre série de collines, quelque part ailleurs, d'utiliser une autre marque de sauce piquante, un autre mot pour désigner les écrevisses. Virgil estimait que cette vie est la seule vie, et que le ciel vous appartient si vous êtes déterminé à y vivre. Je ne vais pas prétendre savoir ce qu'en pensait Jude, mais ça me rendait furieuse quand il disait des trucs comme ça devant moi.

Mais, Cletus, si je reste ici, j'ai peur de me noyer.

Que voulez-vous dire, Marilou ? Je ne laisserais jamais une chose pareille vous arriver, ma douce.

Je suis déjà sous l'eau. Vous ne vous en rendez même pas compte.

Je ne vois pas d'eau.

C'est bien là le problème.

VI

Quand Jude a disparu, il s'est avéré que pratiquement personne n'était au courant de la maladie de sa mère. En fait, les amies de Jude n'étaient pas entrées dans la maison depuis des années. Bernadette Satterwhite n'était pas particulièrement bien vue dans les environs, sauf parmi les autres artistes et marginaux qui avaient migré dans la région en masse à la fin des années 1970. Ils avaient été attirés par le prix bas des terrains, rêvant d'une approximation de société radicale et paradisiaque. Ils vivraient de leurs terres, loin de ce que Bernadette appelait le bourdonnement perpétuel des injonctions meurtrières du capitalisme. L'afflux avait été si important qu'à un moment, il y avait même eu une communauté nommée Le Tout de la Terre, dans une des anciennes fermes, quelque part à Ned, à Spraggs ou à Rutan, mais personne ne se rappelait où.

Au bout de dix ou vingt ans, beaucoup d'entre eux étaient repartis vers des climats culturels plus favorables. J'imagine qu'ils s'étaient attendus à ce que la monotonie rurale soit plus poétique, pas aux longs hivers où la neige psalmodiait ses désirs mortifères sur votre tête. Ceux qui étaient restés s'étaient forgé suffisamment de cran, de rudesse et de techniques de survie pour qu'on ne puisse plus, bien souvent, les différencier de nous autres, courbés comme nous l'étions dans des postures catastrophiques par la pauvreté, l'anthracose, l'héroïne, les bons alimentaires, le fluor, l'apéro à la bière, une variété acariâtre de solitude, les travailleurs sociaux pleins de bonnes intentions, les sandwiches au pepperoni, et tout ça. Ces choses les brûlaient et les courbaient aussi, les étrangers, quand ils s'attardaient assez longtemps.

Mais Bernadette avait conservé sa présence atypique. Les enfants sur le parcours du car scolaire la traitaient de sorcière – en face, à quoi elle répondait par des ululements ravis. Une rumeur disait qu'elle était arrivée à Greene County nue sur un cheval, mais seuls des personnages extrêmement peu fiables en auraient juré. Cependant, ça ne semblait pas si improbable que ça. Un jour, elle avait remplacé le prof de dessin à l'école, et elle avait raconté aux cinquièmes que les imperfections, en art, n'étaient en fait que des portes par où faire entrer le sacré, ce qui avait inspiré un graffiti de bites et de chattes mal exécuté sur les tables à dessin. Parfois, elle pratiquait des guérisons aux cristaux devant le présentoir à sandwiches à la station-service de Sissy Pecjak, sur une table en aggloméré frottée jusqu'à la trame. Pour un demi-sandwich ou quelques bières, elle posait les pierres tièdes sur le corps à l'endroit des douleurs. C'était agréable. Et à peu près inoffensif, même si Tamra Metheny, Dory Gitch et quelques autres femmes ne voyaient pas ça d'un bon œil.

Comme tous les gens qui sont fiers de leur cran, celui de Bernadette était avant tout une posture. Elle était née à Dallas, bon sang. Elle était allée à l'Hockaday School, allez savoir ce que c'était que ça. Avant Alistair, elle avait été brièvement mariée au fils d'un magnat de l'aluminium à une époque où, disait-elle, « il semblait qu'il restait une bonne lumière pour peindre, à Majorque, et ça paraissait être le seul moyen de m'y rendre ». N'empêche qu'elle surjouait toutes les opinions et petits défauts apparents susceptibles de la faire passer pour une grande fille toute simple de la campagne. Elle débitait la recette de pain de maïs au premier encouragement, alors même qu'elle remplissait son chariot de cœurs d'artichaut, de jus de grenade et d'autres produits que nous savions tous être l'apanage des snobs.

Peu à peu, cependant, Bernadette a laissé tomber les cristaux et tenté de s'atteler à d'autres activités. Elle a acheté un petit troupeau de chèvres à lait aux Creekmur. Elle a arrêté de porter des corsages qui s'arrêtaient au-dessus du nombril. Elle s'est mise à rouler en pick-up, comme tout le monde, et elle a consolidé ses clôtures. La plupart des gens se sont dit qu'elle devenait raisonnable, et ils acceptaient de bonne grâce ses efforts pour s'intégrer enfin. Elle était complètement dépassée, par les chèvres en particulier. Elle venait à l'animalerie avec des questions saugrenues – le mâle était-il vraiment forcé de se pisser dessus ? Pouvait-elle laver les femelles dans la baignoire et, si oui, comment leur faire monter les escaliers ? Mais en général, moins les gens la voyaient, plus ils supposaient qu'elle mettait sa vie en ordre et marchait enfin sur le droit chemin au lieu de recevoir des hordes de soi-disant artistes-marionnettistes, au lieu de chercher une rivière conduisant aux Enfers avec une baguette de sourcier ou de faire un gringue pas possible au livreur de chez UPS.

D'ailleurs, sa fille était bien vue au lycée. Jude avait de bonnes manières, quand elle dormait chez ses copines. Elle pliait sa couverture le matin et aidait à préparer les pancakes Elle complimentait les parterres de fleurs, ce genre de trucs. Sa mère ne pouvait pas être si barbare que ça, du coup, raisonnaient-ils – personne n'envisageait une seconde que ces bonnes manières puissent lui venir d'Alistair, alors que bien sûr, si.

Avec le temps, l'élevage de chèvres de Bernadette est devenu assez florissant. Elle a acheté un bouc Kiko à Preston County et l'a croisé avec les chèvres alpines des Creekmur. Les petits étaient d'un beau gris marbré, avec des reflets ambrés et des éclairs blancs sur la croupe et le museau. De temps à autre, un garçon du FFA dont le bouquetin de concours avait contracté une maladie mortelle – la maladie du muscle blanc, la fièvre vitulaire ou la listériose après avoir mangé de la paille moisie – lui achetait une chèvre la veille du concours de bestiaux de la foire de Jacktown. Et les animaux de Bernadette remportaient un franc succès.

Donc elle a été tolérée pendant un long moment. Elle savait trouver une bonne blague pour faire rire les gars qui chargeaient les balles de foin dans sa grange. Elle restait dans son coin. Elle faisait un signe de la main, sans regarder, à toutes les voitures qui passaient, sa longue jupe traînant derrière elle tandis qu'elle avançait de son pas indolent.

Mais l'année juste avant la disparition de Jude, Bernadette avait loué les droits gaziers d'une grande portion de ses terres. Celles-ci s'étendaient entre deux plus petites parcelles qui ne pouvaient accueillir un puits que si elles étaient reliées. Tous ses voisins s'étaient trop pressés de signer et n'avaient récupéré que des sommes minimes, en revanche Bernadette avait fait monter les prix. Ça ne l'a rendue sympathique à personne, bien sûr. Les gens qui s'étaient fait rouler lui en collaient la responsabilité sur le dos, même si tout ce qu'elle avait fait, c'était attendre. Tout le monde lui reprochait l'odeur de soufre ou les énormes camions qui abîmaient les routes. Une fois le puits installé, l'atmosphère aux alentours s'est mise à ressembler à la brûlure d'un congélateur. Quand tout un camion de liquide de fracturation s'est renversé dans le virage près de chez les Brant, la compagnie gazière a fait venir des dizaines de cosmonautes en combinaisons blanches pour nettoyer. Quelqu'un a commencé à laisser des poissons morts sur le seuil de chez Bernadette – mais je n'aurais su dire si c'était un geste symbolique pour la protection de l'environnement ou dans la seule intention de l'empuantir.

Quelque chose a changé dans la maison – toutes les copines de Jude l'ont dit. L'argent porte malheur aux rêveurs. Et Bernadette était déjà riche pour Greene County, auparavant, mais désormais, elle était pleine aux as. Autrement dit, le feu vert à tous ses désirs. Feu vert au sherry et feu vert au gin. Bernadette s'est acheté une Ducati qu'elle ne savait même pas conduire, un blouson de cuir blanc pour Jude. Elle a acheté des tables en marbre noir, des capes de velours vert et des fleurs en émail qui ne servaient à rien, absolument à rien. Toute la bienveillance qu'elle s'était patiemment attirée au cours des dix dernières années s'est évaporée, du jour au lendemain.

Le jour où on a appris la disparition de Jude, Virgil est parti chez Bernadette aussitôt qu'on a eu fini de décharger les tondeuses. Il y est resté jusqu'à la nuit et il y est retourné le lendemain matin. Je n'ai pas compris pourquoi, au départ. Il offrait toujours de grands pots de café et des sachets d'assiettes en carton aux familles qui venaient de perdre un proche, et il allait fendre du bois quand quelqu'un était à l'hôpital. Mais tous les jours, tous les jours, il était chez Bernadette et je ne voyais pas du tout ce qu'il pouvait bien y avoir à faire.

Une fois que j'ai vu l'intérieur de la maison, j'ai cessé de m'en étonner.

Bernadette n'était pas si extravagante que ça, avant, mais soudain, elle trouvait indispensables les tableaux en velours, les bocaux de dents de poissons, les cendriers somptueux sur lesquels deux cigognes tenaient vos cigarettes au-dessus du calme impossible de leur lac argenté, sans une ride. Elle achetait de l'ormus, des champignons chaga et des enregistrements de séminaires expliquant comment libérer l'être vibratoire coincé dans votre corps. Et des familles entières d'améthystes, auxquelles elle demandait conseil sur ses affaires financières. En définitive, elle a décrété qu'elle allait ouvrir une brocante. Idée qui lui a permis d'acheter et de garder tout ce dont elle avait envie, même si elle s'est vite rabattue sur les animaux en peluche aux yeux tristes, les bombers en peau de lapin qui perdaient leurs poils, et autres saletés disgracieuses qui ont commencé à s'amasser sur le seuil des portes, mordant peu à peu vers le centre des pièces. Au moment où je me suis mise à vivre avec elle, c'était curieux. On buvait de la limonade Crystal Light dans des tasses à thé turques dorées à la feuille, on mangeait de la soupe à la saucisse en boîte sur la proue de la table en acajou, et Bernadette passait *Rigoletto* à fond dans la pièce voisine, tout en retirant les vers de farine de nos céréales.

Il était donc logique que Jude se soit comportée bizarrement avant sa disparition. Amber et Kayla savaient qu'il se tramait quelque chose, que c'était davantage que ses habituels regards perdus dans le lointain dans le car scolaire. Jude avait menacé plus d'une fois de fuguer pour aller rejoindre son père à Rochester. Elle avait posé sa candidature en avance dans une petite école d'art progressiste du Vermont, où les lignes téléphoniques étaient peu fiables, où la neige paralysait le campus sous une grisaille aveugle plus de la moitié de l'année. Elle n'était même pas allée au bal de fin de lycée, et ce n'était pas faute d'invitations. Elle avait arrêté d'écouter de la musique. Quelque chose d'important au cœur de sa vie s'était immobilisé, ou l'avait désertée, même si sa mère était toujours là physiquement. Ça me surprend toujours, ce à côté de quoi les autres peuvent passer, dans une vie. C'était tellement plus facile de décréter que Jude était lunatique, adolescente. Et sensible. Et différente. Et tout ce genre de choses.

Un jour, Virgil est rentré de chez Bernadette avec un tas de journaux et deux sacs en plastique pleins de mauvaises herbes. Il faisait déjà presque nuit. C'était quelques semaines après qu'on avait appris pour Jude. Il nous avait envoyés tondre le terrain de base-ball de Jollytown tout seuls, Clinton et moi, donc on n'était pas particulièrement de bonne humeur. Les journaux, c'était pour lire les articles sur l'affaire Jude. Les mauvaises herbes, apparemment, c'était pour qu'on les mange.

« C'est des fougères. Bernie m'a montré comment les émonder. Je me suis dit que ça faisait longtemps qu'on avait pas mangé de verdure. » Clinton et moi, nous l'avons suivi dans la cuisine, vu qu'apparemment il fallait nettoyer les plantes, et tout ça. Clinton, surtout, trouvait la chose complètement ridicule.

« Tu rêves, putain, tu délires si tu crois que je vais bouffer une saloperie pareille. C'est un vrai truc de ploucs dégénérés.

— Un petit effort, a dit Virgil.

— Elle est pas bien, cette femme, c'est tout. Même

pour un million de dollars, je lui ferais pas un massage des pieds, comme tu fais.

— Je lui masse pas les pieds, n'importe quoi.

— Les gens comme ça, on peut rien faire pour eux, point.

— Les gens comme quoi ? » a demandé Virgil, mais je crois que nous savions tous ce que voulait dire Clinton. Ce n'était pas facile d'émonder les fougères. Clinton n'a pas arrêté de pousser des jurons tout bas, outré, en le faisant. Virgil avait dû dire à Bernadette que notre mère était partie, parce que ce jour-là, elle l'avait renvoyé chez nous avec toutes sortes de conserves bizarres, des moules en escabèche, des cœurs d'artichaut et des fèves, des trucs dont on n'avait jamais entendu parler, ça c'est sûr. Clinton voulait dire : les gens qui avaient fait fortune dans le gaz. Des gens qui, apprenant que vous creviez de faim, vous offraient des boîtes de légumes mort-nés et un sachet de mauvaises herbes à manger. Les gens comme ça.

C'était un vrai désastre. Ils avaient cueilli des orties, qu'apparemment Bernadette comptait nous faire manger aussi, mais on les jetait dans un sac par terre. On poussait des petits cris chaque fois qu'on se piquait. Virgil faisait attention à ses mains. En se lissant une mèche, il s'est étalé une traînée de boue sur le front, une ombre permanente. Clinton m'a fait un clin d'œil quand il l'a remarquée. Mais je n'ai pas relevé. Je ne l'ai pas saisi avec mon visage. J'ai imaginé qu'il passait par-dessus mon épaule, ce clin d'œil, à des kilomètres et des kilomètres, à la vitesse de la lumière, si bien qu'il allait très bientôt déboucher dans l'espace.

« T'es une coriace, toi, hein, il m'a dit, puis il s'est retourné vers Virgil. Écoute, j'ai pigé. Elle te suce.

— Abruti. Je sais pas. Elle m'a toujours aidé. Elle a été sympa avec moi.

— Ben voyons.

— Elle est comment ? » j'ai demandé.

Ils ont tous les deux sursauté. Parfois, je les surprenais sans en avoir du tout l'intention. Je pense qu'ils oubliaient que j'écoutais.

Plus tard, quand la lumière dans la cuisine a jauni, j'ai senti une affreuse vague de somnolence monter de mes pieds. Elle m'a écrasé les poumons, les entrailles. Elle s'emparait de moi centimètre par centimètre, et je luttais de toutes mes forces, mais les lumières de la cuisine sont devenues si vives que je voyais des petits points. Je savais, comme on le sait quand on rêve, qu'il ne fallait pas que je m'endorme. Mais je savais aussi, avec la certitude atroce des rêves, que j'allais m'endormir quand même, et la terreur dégoulinait dans le fond de ma gorge, sauf qu'elle était sucrée, sucrée, sucrée. J'avais mangé trop de bonbons, parce qu'on en avait. Et je faisais toujours ça quand on en avait, c'est pour ça qu'on n'en avait pas souvent, mais Clinton et moi, on était allés chez Pecjak en stop ce jour-là, expressément pour me chercher des boules de gomme rouges et noires. C'est même pas bon, si vous voulez savoir. Quand je mordais dedans, je voyais les rainures de mes dents tordues. On aurait dit qu'il y avait du duvet au bord de mes dents, comme des nuages dans un cartoon. Et elles laissaient des traces luisantes dans chaque boule de gomme, qui se prenaient dans mes gencives, et je détestais tant les noires que je ne pouvais pas les manger sauf si j'alternais, noir rouge, noir rouge. Chaque fois que j'en terminais une, j'étais baignée de tristesse.

« C'est une vraie sorcière de conte de fées, mon lapin.

— Pas possible, j'ai dit.

— Oh, que si, a fait Virgil. C'est une vraie sorcière bien comme il faut. Ça se voit parce qu'elle mange des souris et elle essuie ses crottes de nez sur les murs.

— Nan.

— Tu me crois pas ? Je l'ai vue enterrer une bible, une fois.

— T'as de la terre sur la figure, j'ai dit.

— C'est pour me protéger. Comme ça je saurais suivre le Seigneur là où il me conduit.

— Tu racontes n'importe quoi. Pauvre con, va », a dit Clinton.

Et Virgil s'est mis à siffloter un gospel, comme il faisait toujours quand il voulait qu'on le déteste, tous les deux. *Quel amour merveilleux que cet amour, ô mon âme, ô mon âme.*

Clinton a pris une réglisse noire dans le sachet sur mes genoux et l'a coincée dans ses dents du fond, la tête renversée comme un oiseau. « Je veux bien le croire, que c'est une sorcière, cela dit. Ça, je te l'accorde.

Je parie qu'elle essuie pas ses crottes de nez sur les murs, j'ai dit. Je parie que c'est pas vrai.

— Les sorcières sont des femmes qui font tout ce qui leur chante, à condition que ce qui leur chante soit en accord avec les lois de la terre », a dit Virgil. Ça s'entendait que c'étaient des mots empruntés quelque part, et j'ai senti un liquide froid remonter le long de ma colonne vertébrale, car j'ai vu que c'était ses mots, à elle, les mots de la sorcière, qui avaient traversé l'espace pour venir se loger dans mes oreilles et mon esprit.

« Si tu voulais vraiment te protéger, t'irais pas traîner chez une sorcière », j'ai fait. Mais il ne m'a pas répondu.

J'étais trop vieille pour croire aux sorcières. Ou je devrais dire : j'étais suffisamment vieille pour savoir que je ne pouvais pas m'amuser à avouer que je voulais en être une. Il y avait des sorcières dans mon livre, et elles n'étaient pas méchantes, en général, juste spéciales. Ou bien elles avaient le pouvoir d'accomplir des choses étranges qui effrayaient les gens. Curieusement, ces deux choses, la disparition de Jude et le fait que sa mère soit une sorcière, pour moi, se sont confondues en une seule. La force de mon désir m'a précipitée vers elle telle une racine qui en poussant fracasse un rocher pour aller rejoindre la terre. J'étais une arme mortelle, mais juste à cause de ma volonté sans relâche. Nous avons fait bouillir les fougères dans de l'eau salée. Clinton a mimé des haut-le-cœur en avalant. Mais j'étais déterminée à les aimer. Je les ai senties apporter de la force dans mon corps. Peut-être que j'étais courageuse, après tout. Ensuite, Virgil est allé s'asseoir sous la lune. Clinton a regardé le tirage quotidien du loto. Pendant qu'ils avaient le dos tourné, je me suis rendue dans la cuisine et j'ai bu l'eau dans laquelle avaient cuit les fougères, tout le liquide vert, à même la casserole, après quoi je me suis nommée apprentie secrète.

Quand ça s'est su que Bernadette avait rempli sa maison de cochonneries commandées dans les émissions de téléachat, beaucoup ont été scandalisés, et par là, j'entends ravis. Il y en avait qui attendaient sa chute depuis bien longtemps, en particulier depuis l'accord passé avec la compagnie de gaz. Il est difficile d'aimer un libre-penseur quand on ne se rappelle pas la dernière fois qu'on a fait pour soi une exception à la règle, et là d'où je viens, quand il s'agit de dire ce qui est vrai, ce qui est attendu et possible, ce à quoi il faut ressembler, et les manières qu'il faut respecter, pratiquement toutes les femmes sont corsetées dans l'acier. Bernadette avait passé son existence dans un tel dédain des règles qu'on aurait cru qu'elle avait évité entièrement le mauvais sort, et quand il a fini par la trouver, les gens en ont parlé avec délectation. C'était cette atmosphère de carnaval qui régnait chez Pecjak le jour où nous avons appris la nouvelle. Je sais que ça semble cruel, mais c'est un fait que les gens se réjouissent de ce genre de choses. Si, en fin de compte, les ennuis rattrapaient

Bernadette, ça signifiait qu'il y avait une justice. Ça voulait dire que la nature allait rétablir l'équilibre. Ma mère se serait gaussée du cerveau ramolli de Bernadette si elle avait été là pour le voir.

Ma mère n'appréciait pas les néoruraux en général, mais son mépris pour Bernadette s'était renforcé au moment où Jude et Virgil sortaient ensemble. D'une, Virgil n'amenait jamais Jude chez nous, et de deux, il dînait chez Bernadette dès qu'il le pouvait. En rentrant, il parlait des tarots, expliquait que la carte de la Mort, en fait, représente la transformation, que le divin féminin est éternellement vivant. Il empestait la myrrhe, il se mettait à employer des mots nouveaux et il s'adonnait à des coutumes mystérieuses, par exemple faire les mots croisés du dimanche dans le *New York Times*. Il parlait d'aller à la fac, en psychologie ou un truc comme ça. Mais ce qui avait vraiment achevé de mettre le feu aux poudres, c'était que Bernadette le laissait dormir chez elle, dans le même lit que Jude, et leur préparait des pancakes au citron le matin, comme si c'était sain, normal pour des adolescents, d'être amants. Ma mère n'y croyait pas, mais pas du tout. Elle disait que Jude était une Jézabel et une métèque. Elle avait peur qu'elle fasse de Virgil un idiot.

Ma mère était du genre à monter sur ses grands chevaux si on la traitait de raciste. Elle ne parlait de tout ça que par allusions indirectes, au mieux. Le plus abouti qu'on pouvait tirer d'elle, c'était : Je désapprouve. Elle était persuadée de ne pas avoir besoin d'en rajouter sur la question. Et, en général, elle s'abstenait, de fait. Les personnes à qui elle s'adressait savaient exactement ce qu'elle voulait dire. Sa désapprobation rencontrait la désapprobation de son interlocuteur, et les deux humeurs silencieuses se mariaient et faisaient leur vie propre, dans l'atmosphère qui nous entourait, dans l'eau, dans la tête. C'était le secret, de n'être jamais forcé de dire ce que vous pensiez, dans le fond. Rien n'est vrai, tant qu'on n'est pas forcé de le dire.

Le journal passait au moins un encadré, quotidiennement, sur la disparition de Jude. La plupart des gens avaient déjà remarqué son absence au mariage, et les rumeurs avaient commencé depuis longtemps à se cristalliser lorsque l'enquête proprement dite a été ouverte. Melda McConaughey racontait à qui voulait l'entendre que Jude était morte, qu'elle, Melda, pouvait le sentir, qu'elle pouvait voir les éclairs de l'au-delà par un portail dans l'esprit de Jude : des branches chargées de fruits, agitées par un vent noir. Sacrée Melda.

Ou peut-être certaines personnes n'y pensaient même pas si gentiment que ça, si on peut considérer ça comme gentil. Pour ceux-là, Jude s'était fourrée volontairement dans les embrouilles, quelles qu'elles soient, qui avaient causé sa perte. Les partisans de cette théorie la soutenaient d'un ton doucereux, compatissant. « Drogues », disaient-ils. Et il y avait ce sachet d'herbe, après tout, comme ils se faisaient un plaisir de le souligner, sans relever que la seule raison pour laquelle Jude l'avait, c'était que, comme l'avait avoué Kayla, les autres filles étaient trop lâches pour filer leurs trente dollars elles-mêmes. Ce que voulaient dire les gens, c'était que Jude était métisse, et que les catastrophes n'arrivent pas par hasard. Clinton s'est rangé dans ce camp-là. Tout d'un coup, il s'est souvenu de Jude en dealeuse. Elle vendait des cachets à la bibliothèque, elle lui avait un jour proposé un sachet d'héroïne qu'il avait eu le bon sens et la probité de refuser. « Elle avait un *pager* et tout », répétait-il à tout le monde. Et tout le monde l'écoutait. Et tant pis si ça faisait quinze ans que personne n'utilisait plus de *pager*, sauf dans les rediffusions de *New York, police judiciaire*, le feuilleton préféré de Clinton.

Et quelle déveine pour elle, d'avoir eu dix-huit ans juste le mois précédent. Même la machinerie des bons sentiments permettant de retrouver les enfants perdus n'allait pas fonctionner pour elle. Pour les bébés, il y avait des flyers partout, des alertes AMBER s'affichaient sur l'écran de tous les portables. Pour Jude, on ne parlait que de ce sac JanSport avec la bouteille de vodka dedans. Dotti Eisengart, qui répondait aux demandes de conseils des lecteurs dans le *Post-Gazette*, a même rédigé une tribune pour dénoncer la lenteur de l'enquête. Mlle Vanderjohn n'était pas une délinquante, affirmait-elle, contrairement à tant de jeunes gens des zones rurales, qui « échouaient du mauvais côté de la justice divine ». Mais la police locale était déjà en sous-effectifs et se plaignait de sa mauvaise image. Les remontrances n'ont incité personne à faire davantage d'efforts, pas plus que le sous-entendu selon lequel notre cause numéro un de mortalité, à la campagne, était notre propre dépravation.

Et de toute façon, que pouvait faire la police ? C'était à la famille de la disparue qu'il incombait d'orchestrer une mise en scène qui retienne l'attention des caméras sur le long terme. Alistair avait ses affiches et ses interminables interviews de cinq minutes avec les présentateurs de faits divers de la matinale, mais Bernadette était complètement dans un autre monde. Et, pour être honnête, même si personne n'aime l'avouer, je crois qu'on ne se donnait pas tant de mal que ça. L'année précédente, une fille blanche de seize ans avait disparu à Star City alors qu'elle était partie dormir chez des copines, et l'aiguillon de la panique était presque tangible parmi les équipes de volontaires à sa recherche. Les lycées avaient suspendu les cours pendant une semaine afin que les élèves puissent participer. Dans le cas de Jude, personne ne savait où chercher et, de toute façon, c'étaient les vacances d'été – mais ce n'était pas pour cette raison que personne ne s'en souciait.

Les filles parties camper avec elle ont enfin reconnu qu'il était possible que Jude ait fugué, ce que soutenait Virgil depuis le début. C'était une sorte de leitmotiv chez Jude. Elle subissait Greene County un peu comme on subit une peine de travaux d'intérêt général. Une fois que les policiers ont inspecté sa chambre et déterminé, sur la foi des portemanteaux vides, que l'équivalent de deux sacs à dos pleins étaient manquants, l'hypothèse a paru plausible. Les vêtements n'ont pas été retrouvés dans sa voiture chez le dépanneur, et ni le barman ni les accros au Fentanyl n'avaient dit que la fille qu'ils avaient vue transportait des bagages, mais Jude avait pu les expédier d'abord. Peut-être avait-elle eu l'intention de filer à l'anglaise, même si ça ne semblait pas coller avec les événements de ce jour-là.

Alistair Vanderjohn ne savait rien des projets de Jude, si ce n'est qu'il l'avait invitée à lui rendre visite à Rochester lorsqu'elle se rendrait dans le Vermont. La dernière fois qu'il l'avait eue au téléphone, c'était le jour de sa disparition – elle l'avait appelé de son portable pour tuer le temps en attendant la dépanneuse, et lui avait raconté toutes ses mésaventures de la journée en lançant des cailloux dans la rivière derrière le Burchinal's. Au départ, naturellement, elle était furieuse, mais quand elle avait raccroché, elle trouvait toute l'affaire comique et ne lui avait pas paru perturbée. Il ne savait pas si elle était montée dans la dépanneuse, ou dans un autre véhicule. La conversation s'était terminée un peu en queue de poisson. Elle l'avait coupé pour lui dire que son chauffeur était arrivé, avait lancé un au revoir qui s'était perdu dans le vent, puis plus rien.

Certains trouvaient suspect qu'Alistair n'ait pas été au courant de la disparition de sa propre fille. Apparemment, ils étaient très proches ; Jude l'appelait en général trois ou quatre soirs par semaine, alors comment ne s'était-il pas alarmé un minimum de son silence ? Cependant, il ne s'était pas inquiété. Il expliquait qu'il arrivait à sa fille de se laisser entraîner par une lubie, un enthousiasme, comme n'importe quelle adolescente, et il n'en tirait pas de conclusions hâtives. Quant à ses projets de fugue, il ne les avait jamais pris au sérieux. « Vivre dans une région isolée, ça peut être très pénible. Et merveilleux, bien sûr. Bernadette tenait beaucoup à élever Jude dans la nature, et je respecte la sagesse de cette décision. Mais ça n'a pas été facile pour elle. Pas du tout. Et nous en parlons souvent. » Et qu'était-ce censé vouloir dire, au juste ? Tout le monde aurait beaucoup aimé le savoir. Une chose était assez claire : Alistair savait lui aussi à quel point elle avait soif d'ailleurs, assez soif pour partir sans dire au revoir.

Par-dessus le marché, Bernadette, manifestement, s'était mise à picoler énormément. Elle avait toujours à portée de main un mug isotherme, et il était invariablement rempli d'un liquide rouge. Elle s'efforçait de paraître tout à fait détachée, mais si vous faisiez attention, vous pouviez constater qu'elle ne le quittait jamais des yeux. Petit à petit, elle avait cessé de sortir seule. Tous les quelques mois, Alistair l'emmenait chez le médecin, à l'animalerie, à la bibliothèque, et faire diverses courses, mais ces expéditions étaient devenues de plus en plus difficiles car sa mémoire s'amenuisait. Je ne sais pas s'il a jamais essayé de la faire arrêter de boire. J'ai toujours supposé qu'ils s'étaient séparés à cause de son alcoolisme, mais j'imagine qu'il ne pouvait toujours pas s'empêcher d'essayer de l'aider, même si ça devenait impossible. Visiblement, elle avait progressé sur les rives d'un monde qui n'était plus tout à fait celui-ci. Les médecins disaient que ça pouvait être une tumeur au cerveau, un cancer, une autre maladie qui lui faisait tout oublier, mais la boisson jouait un rôle, et était sans doute aussi la raison pour laquelle elle refusait tout traitement. Lorsque je suis entrée dans le tableau, sa mémoire s'était mise à faire des boucles. Elle se rappelait tous les dialogues de *La Charge de la brigade légère* et le titre de tous les films avec Paul Newman, elle pouvait même citer des passages entiers d'*Être et temps*. Mais elle était incapable de se rappeler si le four était allumé, si les œufs venaient d'être mis dans l'eau bouillante ou s'ils étaient cuits jusqu'à s'écraser en bouillie, et étant aussi fière et terrifiée, elle n'aurait jamais reconnu que ce n'était pas son intention première. Nous mangions beaucoup d'œufs crus. Une fois qu'elle les avait cassés, qu'est-ce que ça changeait ? Elle affirmait qu'elle se sentait merveilleusement bien. Elle n'était pas allée chez le médecin depuis vingt ans, ce, à l'en croire, grâce à un régime de douches froides, d'aromathérapie et de travail sur l'ombre. Et c'est vrai que sa santé était excellente sinon, à part un peu d'hypertension et un problème qu'elle décrivait comme « du verre dans le genou ».

Mais la tête, c'était une autre histoire. Bernadette croyait qu'un ange dormait dans son lit. Elle croyait qu'il y avait eu une série de calamités dans la région de New York. Elle croyait que son argenterie Tiffany's avait été volée et accusait du larcin la dernière personne qu'elle avait vue ce jour-là. Ou parfois quelqu'un d'autre : Jimmy Carter, Ricardo Montalbán, Doris Day. Même Jude, parfois, elle l'accusait. Jude se cachait d'elle. Elle trouvait ça extrêmement puéril.

Elle croyait qu'une certaine qualité de lumière du soleil était capable de guérir les cicatrices, mais ne révélait pas d'où lesdites cicatrices avaient bien pu venir – des taches luisantes, d'un rose cru, sur ses bras et ses cuisses. Elle croyait dans les signes. Elle croyait qu'on était fin mai, alors même que les journées s'étiraient dans la chaleur retentissante du plein été. Elle prenait des bains de soleil nue près de sa boîte à lettres, au vu de tous, jusqu'à ce que Virgil ou un autre voisin vienne l'envelopper dans une couverture. Elle avait toujours son mug à portée de main.

Bernadette racontait qu'elle avait vu des ours rôder près de la limite de son terrain, grattant dans les massifs de bruyère et de forsythias. En soi, ça n'avait rien d'insolite. Quelqu'un apercevait un ours tous les étés, même si, souvent, une fois dessaoulé, il le rétrogradait en puma ou en coyote. Bernadette a renforcé ses clôtures avec des barbelés et du fil électrifié. Elle s'inquiétait pour ses chèvres. Elle conservait une carabine près de la porte d'entrée et elle avait fait le vœu d'avoir sa peau, à ce salaud. Elle a posé des pièges, dans une entreprise littérale et quelque peu décousue : une assiette de sandwiches au miel sur une souche dans le jardin. Lorsque Alistair a essayé de l'aider, à ce qu'il semble, elle a avoué qu'elle avait affreusement honte : elle avait, après tout, invité les ours, et communié sexuellement avec l'un d'entre eux ; elle savait donc qu'elle était à l'origine de son problème, comme d'habitude.

Bernadette croyait que son cœur était en prière constante. Elle croyait que rien de mauvais ne pouvait l'atteindre. Elle croyait qu'elle était toujours jeune dans l'œil de l'univers. Elle croyait que l'odeur de son sexe était un parfum exquis, intemporel, et elle s'en tamponnait les poignets et le cou. Elle était une sorcière, et elle croyait pouvoir convoquer les chiens de l'enfer et les faire gémir sur la vallée ; ils lui obéiraient au doigt et à l'œil. Elle estimait futile de consulter les calendriers. Elle croyait que tous les flics avaient été des criminels dans le monde précédent.

Elle ne croyait pas que Jude avait disparu. Elle se cachait, disait-elle toujours. L'inspecteur Torboli l'a interrogée maintes fois. En général, je les observais du haut de l'escalier quand il venait. Le sommet du crâne du policier brillait comme l'intérieur blanc d'un joyau poli. Bernadette se mettait sur son trente et un et préparait un cake à la banane – il était beau, et je pense qu'elle appréciait l'attention qu'il lui portait, en faisant abstraction de ses questions sinistres. Elle ne s'inquiétait pas pour Jude, pas le moins du monde, disait-elle tandis qu'ils sirotaient leur café, pensifs. Jude avait développé une aptitude des plus époustouflantes – elle pouvait se cacher à l'intérieur d'un objet, s'y enfermer complètement. Elle pouvait se cacher à l'intérieur de ses vieilles lunettes à monture noire. Elle pouvait se cacher dans un tronc d'arbre. Mais elle revenait toujours – Bernadette haussait les épaules en disant ces mots.

VII

C'était un fringant samedi. Il avait plu pendant une semaine mais la boue commençait à sécher et toutes les canalisations de la maison sentaient la terre verte et vivante. Il y avait dcs coccinelles par millions. Elles s'immisçaient dans mon petit déjeuner et sous mon tee-shirt, elles mouraient par vagues. Je n'avais pas beaucoup de tâches assignées dans la maison, mais Clinton me les a fait balayer avec la main sur un bout de papier arraché dans un cahier pour les balancer dans le jardin, là où on jetait nos ordures.

Virgil n'était pas rentré du tout depuis plusieurs jours. Une fois que l'inspecteur a réussi à convaincre Bernadette que sa fille avait disparu, elle est devenue folle de chagrin. Virgil avait peur qu'elle s'ouvre les veines ou se noie dans la baignoire, et il y restait vingt-quatre heures sur vingt-quatre. Et Clinton n'en parlait pas, alors je n'en parlais pas, et la fourrure verte revenait dans les rigoles sur la pelouse, tendre et jeune, frémissante sous l'effort. Je devais vouloir m'amuser un peu moi aussi, peut-être. Le ciel semblait bleu avec un écho dedans, comme un saladier, en fait, et je sentais que c'était vrai que la Terre était ronde, les autres trucs qu'on apprend n'ont pas la moindre importance.

La fête du poisson frit avait déjà commencé, et j'avais hâte de me mettre en route. Je craignais que Clinton ait oublié. Elle n'avait lieu que deux fois par an, cette fête, et je l'adorais parce que l'air y grésillait, et ce n'était pas si souvent qu'on mangeait un repas chaud, puis c'était l'occasion d'observer tous ces adultes, de voir ce qu'ils faisaient, comment ils se parlaient entre eux. J'éprouvais une curiosité dingue envers les gens, même s'ils me faisaient peur. C'était chouette, quand il y avait un gros truc, un événement, parce que je pouvais me faufiler dans la foule sans me faire remarquer, et profiter à fond du spectacle de leurs figures, de leurs genoux, avec les fossettes de graisse au-dessus, des regards qu'ils échangeaient quand ils s'aimaient bien. J'aimais ça, voir comment les gens assortissaient leurs frusques. J'aimais leurs sacs à main en cuir blanc, les rides autour de leurs lèvres, où le rouge à lèvres se faisait plus foncé, et s'écaillait. Avec le recul, bien sûr, je sais que si j'étais tellement curieuse, c'était surtout parce que je l'étais de moi-même. Je pouvais deviner ma silhouette dans ce que je n'étais pas, que les autres, eux, étaient. J'avais des santiags roses avec un rang de franges sur les côtés. De temps en temps, je prenais la mesure de ma démarche en suivant une femme adulte, et je réalisais que mes hanches pouvaient se balancer d'une manière dont j'étais auparavant incapable. C'était excitant, certains jours. D'autres jours, j'en avais une triste soupe dans la gorge.

Je savais que la fête du poisson frit tombait ce jour-là parce que le seul calendrier qu'on avait, c'était celui que distribuaient les pompiers, avec des photos de bolides rouges incroyables. Clinton, pour une fois, avait retiré ses lunettes avant de dormir et la pâleur de son visage, sans les marques rouges habituelles, m'a fait peur. J'ai mis mes doigts dans sa bouche. Sa langue était toute sèche par endroits. Ailleurs, du velours glissant.

Clinton a balayé l'air de la main comme pour m'atteindre et m'a loupée.

« Bon dieu, poulette. Quoi ? Qu'est-ce qu'y a ? » Il a froncé le nez pour me renifler.

« C'est la fête du poisson frit », j'ai dit. Comme il ne bougeait pas, j'ai pris son portefeuille dans le pantalon posé de travers sur le dossier de la chaise et j'en ai sorti cinq dollars.

« Ah ouais. T'es une voleuse, maintenant. »

J'ai secoué la tête.

« Tu vas être une petite voleuse sournoise. » Il parlait comme si c'était un jeu qu'on s'apprêtait à jouer.

J'ai de nouveau secoué la tête et posé la main sur la poignée de la porte parce que je n'aimais pas le son de ses paroles.

Et là, je me suis retrouvée par terre. Je me suis mordu la lèvre. Clinton avait traversé la pièce d'un bond pour me sauter dessus, nous faisant tomber tous les deux. Ses doigts se sont enfoncés dans mes côtes comme pour me chatouiller, et comme s'il me chatouillait j'ai éclaté de rire. Je n'ai pas pu m'en empêcher. Je n'avais pas envie de rire. Mon cou s'est figé, tout raide.

« Je tiens une voleuse, juste là, il a soufflé, l'haleine chaude, derrière mon oreille. J'en ai attrapé une. »

D'autres fois, quand Clinton me clouait au sol, je

le mordais. Une fois, je lui avais arraché un lambeau de peau du cou. *Me suis coupé en me rasant*, il avait dit à maman. Mais je n'ai pas pu trouver d'endroit où mordre avec le nez coincé contre le plancher, des poils de chien caramel dans les interstices. Il m'avait immobilisé les bras et il était plaqué contre moi.

Le rire qui est sorti de moi était rond, chancelant. C'était un ballon auquel j'aurais pu mettre le feu, après quoi je l'aurais envoyé par le comté pour alerter quelqu'un. C'était un tremblement. Je l'ai détesté et j'ai tenté de hurler pour le couvrir mais il sonnait tout de même comme un rire, quoi que je fasse. Clinton a enfoncé ses doigts et m'a pincée.

Quelque chose s'est soulevé dans mon ventre et s'est libéré. Devant, j'étais toute chaude. C'était de la pisse. Elle sortait sifflante sous moi, drue. Clinton a fait une pause, passé une de ses mains sous moi pour tâter le sol.

« Oh, la vache, a-t-il dit. Pourquoi t'as fait ça ? »

Je portais mon short en jean rose préféré. La partie sombre ressemblait au bord d'un lac, puis la pisse en coulait et se brouillait en cercle. Clinton s'est écarté de moi pour mieux voir, et j'ai roulé, comme ça, en un instant, de dessous lui, puis dehors, puis par le chenil où la boue était encore fraîche à force que les chiens la grattent, la mélangeant avec leurs crottes à longueur de journée, avec les dernières traces de neige à l'ombre qui laissaient des croûtes autour comme des cratères, des trous qui allaient quelque part, rien que ça, et j'ai couru sur la route tandis que le soleil se posait à plat contre mon dos telle une bénédiction.

J'avais cinq dollars dans ma main, qui couraient derrière moi. Avec le vent, le billet claquait comme un drapeau. Quand je me suis retournée il y a eu le son vif de l'inspiration que j'ai prise et rien d'autre, à part les oiseaux et le vent dans les branches qui semblaient plus épaisses jour après jour, tellement feuillues qu'elles étaient épuisantes à regarder, à force d'être jolies.

Un peu plus fort j'entendais un filet d'eau qui coulait pas loin, comme un *ding-dong*, des petits pois roulant dans une boîte en fer. L'arrière de mon short était dégueulasse. Le pipi a séché sur mes jambes puis s'est mis à laisser une espèce de poussière là où mes cuisses frottaient l'une contre l'autre. J'étais contente que le plus gros s'enlève, mais je voulais être propre.

La rivière est montée autour de moi quand je me suis assise dedans. Ça m'a fait comme des aiguilles froides et mon sang s'est mis à cogner dans mes oreilles pour me réchauffer. Mes chaussures se sont remplies. L'eau m'a soulevé légèrement les pieds. C'était agréable de laisser mes jambes se détendre et mon corps s'alourdir.

J'ai décidé de mourir dans la nature sauvage. J'ai vu que si je m'installais dans les feuilles, elles me tiendraient chaud un petit moment, même si je réalisais à moitié que ces pensées allaient à l'encontre de mon projet de suicide. Je me suis entraînée à peindre sur mes traits le visage de la mort, à planifier mon apparence quand je serais découverte. Et j'ai entortillé mes cheveux un peu plus joliment sur le sol. Je faisais souvent ce genre de choses. J'imaginais qu'on m'observait dans mon sommeil, et je posais la tête sur mes mains jointes, que ceux qui me verraient se disent : un ange sur terre. J'ai fait pareil sur le lit de feuilles, en élevant la chose au définitif. Quand je fermais les yeux, je voyais de gros raisins noirs, le jaillissement d'une fontaine verte, un paysage que je n'aurais jamais pu partager avec quiconque. Le jour était comme un bloc d'air blanc qui se mouvait autour de la terre, suffoquant tout sauf les fourmis et les coccinelles, les créatures si petites que leurs carapaces étaient pareilles à des bunkers. Les tiques sucent le sang de tout le monde parce que personne ne peut les pénétrer. J'ai cru en sentir une ramper sur mon cuir chevelu, et j'ai tenté de la chasser d'une main, mais bien sûr, je n'aurais su m'en assurer. Je serais froide quand ils me retrouveraient. Le bleu me gagnerait les lèvres. Et *pourquoi, pourquoi, pourquoi*, c'est ce que tout le monde s'écrierait à mon enterrement, tout le monde sauf ma mère, car elle saurait. Elle saurait que c'était parce qu'elle nous a abandonnés. Et cette certitude serait une ombre qui ne la quitterait jamais. Une nuée de merles s'est mise à tournoyer au-dessus de moi et j'ai su que sa honte ressemblerait à ça. D'une intelligence si parfaite qu'elle pourrait la faire tournoyer dans les airs, fluide.

J'ai fermé les yeux et tenté d'imaginer ce que voyait Jude, depuis l'intérieur du château de sa disparition. Les ténèbres dans ma tête étaient vibrantes et vertes. Il y avait de l'air tout autour de moi et dans ma tête. N'importe où, ailleurs. J'ai continué de tenter d'imaginer un oubli irréparable, et mon esprit ne me laissait pas faire. Voilà : Donc j'étais jalouse d'elle. C'était là le problème. Prenez-moi à sa place, ai-je supplié l'air. Peut-être l'éclat de lumière qui l'avait emportée avait-il encore faim.

Le temps s'est assombri telle la vie qui s'écoule d'une créature. Les nuages passaient devant le soleil à toute vitesse. Le ciel est devenu plus rond, et il y avait des points de douceur, plus haut, où je savais que subsistait l'espace et c'est tout. J'avais mal au ventre. Je n'avais rien mangé. Je me suis redressée à grand-peine, avec mes muscles froids qui s'entrechoquaient.

Je serais rentrée sur-le-champ, mais je ne savais pas du tout où je me trouvais, et j'étais furieuse contre moi-même. J'ai avancé vite, courbée comme un scarabée malgré le point de côté qui me déchirait les entrailles. Je n'arrêtais pas de regarder derrière moi dans l'espoir de repérer un angle que je reconnaisse, un écho familier dans la façon dont les arbres se hissaient vers le ciel.

Je me suis arrêtée près d'un chêne dont le tronc avait formé une petite niche et me suis glissée dedans, si bien que mes bras étaient pressés contre mes flancs. Valait-il mieux qu'il me trouve, ou pas ?

Dans certains contes, la personne qui s'est perdue se perd encore davantage parce qu'elle cherche son chemin, et que ceux qui la cherchent ne trouvent que les endroits où elle s'est arrêtée. J'ai suivi le ruisseau jusqu'à ce qu'il disparaisse dans les fourrés, puis je suis revenue en arrière pour voir si je retrouvais l'emplacement où j'étais auparavant. Je n'en étais pas sûre. Le sol était très irrégulier tout du long. Les arbres s'imbriquaient les uns dans les autres comme si je suivais une tapisserie répétitive. J'ai tendu l'oreille à l'affût d'un bruit de route, mais je n'en ai entendu aucun. Il ne passait qu'une dizaine de voitures par jour devant chez nous, en moyenne. Je le savais parce que je les comptais quotidiennement. J'avais un petit carnet de comptes trouvé dans le placard où je marquais le jour et la date, avec la marque de chaque voiture, l'heure de passage et la couleur.

J'ai vu d'abord son chapeau. Une silhouette s'avançait vers moi le long des ronces couvertes de poussière verte. « Cindy, Cindy ! Viens. » C'était Virgil.

J'ai cherché des yeux les cinq dollars. Je ne croyais pas les avoir lâchés pendant tout ce temps mais ils avaient disparu. J'ai pensé aux cinq dollars s'abritant dans une tente de racines cachées, frémissant dans le vent, tout seuls comme ça. Ça m'a fait pleurer. Je pleurais quand je pensais à la solitude de n'importe quoi, même des choses inanimées. Virgil m'a conduite en haut d'un petit éboulis, puis nous sommes arrivés sur une voie de tracteur qui tournait dans tous les sens, et enfin sur l'allée gravillonnée qui descendait à notre boîte à lettres sur la route principale. Je ne m'étais même pas perdue tant que ça. Nous sommes arrivés à la maison en un rien de temps. Il ne m'a pas demandé ce qui m'avait pris. Il ne m'a pas dit ce que j'aurais dû faire à la place.

Clinton était debout devant la porte. À l'intérieur, il faisait tellement sombre que tout était plat, et le trajet semblait s'inventer sous mes pieds quand j'allais d'une pièce à l'autre. Virgil m'a prise par les épaules et guidée vers la salle de bains. Il m'a fait attendre dehors pendant que l'eau chauffait, puis il s'est planté devant la porte quand je suis entrée. Il a dit qu'il allait rester là jusqu'à ce que j'aie fini et que personne n'allait venir m'embêter. Alors je suis restée dans le bain un petit moment, à regarder la teinte blanc triste, écumeuse que prenait ma peau dans l'eau. Mes cheveux flottaient à la surface, dans un va-et-vient infime et lancinant. J'étais très surprise.

Ça coûtait trop cher de chauffer une telle quantité d'eau pour un bain, et on ne le faisait presque jamais.

« Elle était dingue. Folle à lier, la petiote, disait Clinton. On jouait à la lutte, et elle est partie d'un coup. C'est tout ce qui s'est passé. » Ils parlaient dehors, essayant de chuchoter.

« J'en ai assez entendu, a dit Virgil. Plus un mot. »

VIII

Le lendemain de ma fugue, j'ai décidé de ne plus parler, peut-être plus jamais.

Mais le fait de m'enfuir n'avait fait qu'aggraver la situation, bien sûr. Ça avait mis en lumière toutes les choses auxquelles j'essayais de ne pas penser. Je faisais beaucoup d'efforts pour ne pas penser à Clinton, mais je n'avais pas tellement d'autres distractions puisque c'était le début de l'été et que chaque journée comprenait huit ou neuf ères à elle toute seule, sans espoir d'aller en cours. Je le flairais avachi quelque part dans la maison. Avec Virgil absent tous les jours, Clinton et moi nous retrouvions une fois de plus à regarder le tirage du loto de midi tandis que le jour nous tirait dessus de tout là-haut. J'en avais tellement marre de lui que j'allais me poster à l'exact opposé de là où il se tenait dans la maison. Et s'il était au milieu, je sortais rejoindre les chiens sous le porche, où la poussière était soyeuse.

Donc j'ai pris une décision. Je me suis levée tôt, avant que Virgil ne parte chez Bernadette. Il faisait encore nuit. Je me suis installée sur le siège passager avec ma friandise volée et mes magazines et j'ai lu à la lueur du plafonnier. Je n'avais jamais eu le droit de monter à l'avant jusque-là, donc pour moi, c'était un acte assez époustouflant. Je lisais des noms de rouges à lèvres dans un catalogue, et réfléchissais à ce que j'aimerais faire en portant chacun d'entre eux. J'aimerais être dans une grande ville. J'aimerais monter en haut d'un gratte-ciel. J'aimerais manger un petit poisson poché, même si je ne savais pas trop ce que ça signifiait, en compagnie d'un homme qui laisserait échapper un filet de fumée de sa bouche. Corail. Corail. Je prononçais le mot et je les voyais à moitié, ces scènes. J'ai passé mes ongles sur mes bras et mon esprit a fichu le camp.

Je crois que j'ai fait peur à Virgil. Il a sursauté violement en me voyant assise là en train de dire corail, corail, et fruit du crépuscule.

« Rentre à la maison, mon lapin.

— Non », j'ai dit. Est-ce que j'avais déjà dit ça ? On ne sait pas.

« Je rentrerai déjeuner aujourd'hui pour voir si tout va bien. Qu'est-ce que tu en dis ?

— Non. » Je l'ai dit avec tout mon corps. Je l'ai dit comme une sorcière l'aurait dit. « Je viens avec toi. Je ne reste pas là avec lui.

— OK. » Il a poussé un soupir. « Je vais t'emmener chez Bernie. Mais tu ne peux pas monter à l'étage. Sous aucun prétexte. Pas du tout. C'est compris ? » Quand il a démarré le pick-up, je rayonnais de triomphe.

Nous sommes descendus de la crête par étapes. Il y avait quelque chose d'effrayant à me retrouver dans le petit habitacle du véhicule. Dans les virages, nous dérapions parfois vers le milieu de la route. Je ne l'avais jamais remarqué auparavant, mais Virgil ne conduisait pas très bien. J'étais toujours à l'arrière, allongée sur le dos, à regarder les feuilles des arbres qui glissaient sur nous, les trouées blanches où le ciel s'engouffrait. Virgil se tenait penché en avant et donnait des petits coups de volant saccadés à droite à gauche, les pouces en l'air.

Arrivés au bas de la route, nous avons tourné devant mon école primaire. On aurait dit qu'elle avait rétréci par rapport à mes souvenirs. Une passerelle de bois pourri reliait un mobile home au mur latéral. Des arbrisseaux s'élançaient allègrement vers le ciel en plein milieu du terrain de base-ball.

La maison de Bernadette, de près, était plus sinistre qu'elle n'en avait l'air depuis la route. Les fenêtres étaient biffées de traînées de crasse noire comme des écorchures, et une partie de la balustrade du porche s'était écroulée. Ou peut-être que j'avais pensé si fort à Jude, aux sorcières, aux propriétés magiques des fougères, que le simple spectacle de la maison devant moi m'a fait l'effet d'une chose aqueuse venue du lieu silencieux et mort où mon esprit aimait se rendre. Le jardin sur le côté était rasé jusqu'à la corde par un troupeau de chèvres dans un enclos de fils barbelés fixés à des parpaings, et à l'intérieur d'autres parpaings avaient été empilés pour former des îlots anguleux disséminés un peu partout. Sur chacun d'entre eux se tenait une chèvre, sept à première vue. Des chèvres en pleine santé, extraordinairement belles. Elles sont restées immobiles comme si je ne les regardais pas et qu'avec un peu de chance j'allais m'en aller sans rien dire.

Nous sommes restés un moment devant la porte-moustiquaire, à scruter la pénombre à l'intérieur. Une pile de journaux avait moisi sous la balancelle du porche, formant une colonne dont les rebords dégageaient une vapeur verte, et des plateaux de fruits orange, le noyau retiré, séchaient à l'air libre tels des cœurs ratatinés.

« Bernie ! »

Virgil a glissé la main par une fente de la moustiquaire et défait le loquet, et nous sommes entrés dans l'obscurité grisâtre. Les pièces étaient grandes et à l'abri du soleil même sans les rideaux. La chaleur était comme un objet transporté longtemps dans une poche, trop employé par l'homme pour avoir encore la moindre utilité. Virgil était déjà passé dans la cuisine. J'ai posé la main sur le dossier d'une chaise afin de me repérer. Elle était tiède, comme si elle avait la fièvre.

De ma vie, je n'avais jamais vu autant de choses dans une maison. À croire que le sol était prêt à partir sous mes pieds. Il n'y avait qu'un passage étroit entre les prospectus, les Pères Noël en plastique et les plats spécial bacon pour micro-ondes. Les babioles et les sacs plastique formaient des couches superposées. Régulièrement, mon pied écrasait un objet caché et le son me retournait l'estomac. Et partout se trahissait la superstition. Une vieille affiche complètement délavée scotchée derrière la porte du débarras représentait les arcanes du *I-Ching*, avec des halos de graisse là où une main avait consulté, encore et encore, les hexagrammes. Je pouvais à peine voir par la fenêtre de la cuisine, où le mucilage en dur tassé autour du cadre avait été parsemé de cristaux, de piécettes aplaties sous les roues d'un train, de petits oiseaux rigides trouvés à l'intérieur de dollars des sables. C'était difficile de regarder longtemps quoi que ce soit. Chaque chose avait l'intelligence des objets beaucoup maniés, cet éclat. Au-dessus de la porte, les saints Anne, Bernadette et Pio sur des cartes à collectionner, Dock Ellis des Pirates de Pittsburgh sur la sienne, et des badges de l'AFL-CIO enfoncés dans le bois tendre. Des étoiles en alu. Il y avait du linge sale, aussi, ou des vêtements, du moins, sur chaque meuble, en piles molles, avachies. On aurait cru marcher sur un intestin en train de fondre. Des plantes araignées, une cruche de vin Carlo Rossi pleine d'écume, une paire de bottes de cheval renversées, avec une bande verticale bleu ciel peinte à la tempera sur le côté. Il y avait des statuettes Ibeji de jumeaux dans une série de petites boîtes punaisées au mur. Je ne savais même pas qu'il s'agissait de salières et de poivrières décoratives. Je n'avais jamais entendu parler d'un truc pareil, c'est certain. Elles avaient des visages stupides, ingrats. Elles n'avaient pas l'air destinées à avoir la moindre utilité. Virgil s'est accroupi devant le placard sous l'évier et a sorti un seau et un tampon à récurer. J'ai soulevé un mariachi et sa copine et me suis interrogée sur les trous au sommet de leurs crânes.

« On va tout nettoyer. Aide-moi à ramasser tout ça. Mais tu ne dois pas faire de bruit, et tu ne peux pas monter. »

J'ai souri, parce que je ne l'avais jamais vu faire le ménage.

Virgil mettait les détritus dans des sacs-poubelle mais, à part pour les emballages de Sno Balls, ce n'était pas si facile de faire le distinguo. Ça ne lui venait pas naturellement, de travailler à l'intérieur. Quand il se penchait, son ventre faisait un pli sous son tee-shirt et il avait les joues gonflées par la concentration. Peut-être que c'était une expression qu'il bannissait de son visage, mais il avait l'air plus jeune. Ou peut-être que c'était l'impossibilité de la tâche. J'ai regardé tout le bazar, médusée. Des taies d'oreillers brodées, un bol de cendres, des barrettes en plastique blanc en forme de chien, des projecteurs de diapos, des enjoliveurs, des cubes en bois pour bébés. Sur une table basse, il y avait cinq statues de paons. Qu'est-ce qu'on peut faire d'un truc pareil ? Je les ai disposées de façon que leurs têtes soient tournées vers le centre, puis j'ai laissé tomber et les ai bougées au hasard. J'ai ramassé le bol de cendres pour aller les jeter, histoire de me rendre utile.

« Nan-nan, attends, a-t-il dit. Ça doit servir à quelque chose.

— À quoi ?

— Je sais pas. Ça a l'air important.

— C'est des déchets cramés, Virgil.

— Fais-moi confiance. Tous les trucs qui ont l'air de déchets, c'est sans doute, genre, ses affaires de magie.

— Ah ouais, ça, par exemple ? » J'ai soulevé une barre Sno Ball dont il manquait une bouchée, avec une fourmi désorientée qui errait sur son paysage.

« Ah, putain, j'en sais rien. Aide-moi, OK ? Un petit effort. »

Parfois, honnêtement, j'étais douée pour le ménage. Je savais qu'il fallait toucher le rebord des objets pour chercher la crasse invisible, et j'aimais la façon dont ça me permettait de ranger une partie de mon esprit à distance sur un lieu plat, en hauteur, pour le récupérer plus tard. J'aimais que, ensuite, mes reins me tirent, comme si j'avais pris un coup. La maison n'avait pas été nettoyée depuis longtemps, et en déplaçant les objets, même le plus doucement possible, je soulevais de la poussière qui moussait à la lumière. Il régnait une odeur très vivante, telle l'ombre sur un lac. Et j'avais une vive conscience du fait que c'était l'air qui s'était introduit dans les poumons de Jude, s'était mêlé à son sang et s'était transformé en elle. Je pouvais comprendre, quelque part, ce qui avait pu la pousser à vouloir s'enfuir. La maison paraissait lourde, comme si elle s'apprêtait à s'enfoncer dans la terre.

Il y avait des livres partout, en piles, alignés le long de l'escalier, et quelques-uns ouverts, à l'envers, sur le canapé. *Autant en emporte le vent*, *La Mort d'Ivan Ilitch*, et *Plantes fourragères comestibles des Appalaches. L'Homme et ses symboles*. Ils avaient tous la couverture plastifiée des livres de bibliothèque. J'ai consulté les pages de garde et constaté qu'ils auraient dû être rendus deux mois de janvier auparavant, ce qui m'a ravie.

Le meilleur de cette première journée, c'est que j'ai trouvé un nid de crottes de nez sur le mur à côté du canapé. Si ça, c'était vrai, les autres histoires de sorcière qu'avait racontées Virgil devaient l'être aussi. Je m'apprêtais à les retirer en les grattant du bout de l'ongle, mais j'ai décidé alors qu'elles pouvaient bien sûr appartenir à un important rituel magique, un travail en cours, alors je me suis contentée de nettoyer soigneusement tout autour avec de l'eau savonneuse.

Une pile de cartons de céréales était tombée du dessus du frigo. Chacun d'entre eux, quand je les ai ouverts, contenait à peu près une bouchée de céréales si vieilles qu'elles craquaient à peine sous ma dent. J'ai déchiré les boîtes et les ai aplaties. J'ai trouvé un tas de sacs en plastique sous l'évier et commencé à trier. Sous l'évier, il y avait aussi à peu près huit bouteilles en verre à l'étiquette arrachée. L'air à l'intérieur était chaud et gras. J'en ai porté une à mes lèvres et j'ai fait couler une goutte sur ma langue. Le liquide semblait vivant, comme s'il se débattait encore une fois avalé, et aussitôt j'ai paniqué à l'idée de m'être empoisonnée. Je n'entendais plus Virgil. Je m'apprêtais à l'appeler à grands cris, dans ma détresse, mais j'ai remarqué que l'étiquette d'une des bouteilles était tombée sous celles du fond, et elle annonçait Gilbey's Gin, donc j'ai su que je n'allais pas mourir, mais aussi que je ne devais pas lui dire ce que je venais de faire. Comme Virgil ne buvait pas, j'ai pensé que ça risquait de l'alarmer que j'aie goûté.

J'étais montée sur une chaise de la cuisine, sur la pointe des pieds, pour essuyer la poussière des moulures au plafond lorsque quelque chose dans mes tripes a tourné. Le bas de mon dos est devenu brûlant et j'ai senti sur mon visage les lignes froides de la bile qui remontaient dans ma salive. J'ai dû m'accrocher au mur, puis aux placards pour redescendre. Dans ma tête, une légèreté excessive, mais pas dans mes jambes, qui étaient pourries de sang et m'ont portée, voûtée, pendant plus d'une minute avant que je ne comprenne que j'étais sur le point de me chier dessus.

Je n'ai pas pensé à sortir chier dans le jardin, même si, avec le recul, ça aurait été la solution la plus raisonnable. Mais les chèvres m'effrayaient trop. Elles n'avaient pas peur de moi. Leurs yeux étaient jaunes avec des trous carrés au milieu. Je savais qu'il n'y avait pas de toilettes au rez-de-chaussée car j'avais arpenté toutes les pièces, pas vraiment pour faire le ménage, juste pour voir, et je savais que c'était important de ne pas monter, mais je l'ai fait quand même. J'ai dû enjamber des cartons de poupées nues, de guirlandes et de cassettes vidéo, de palmiers lumineux et de sandales en plastique. J'ai étouffé le bruit de mes pas autant que possible et traîné les pieds pour ne pas faire grincer les planches.

Une énorme hotte était installée en haut des marches, avec un long cordon. Elle ronronnait comme ça depuis une éternité. Le son m'a fait penser comme une mouche, comme une petite créature qui allait être aspirée dans le néant, même si elle ne faisait pas tant d'air que ça.

J'ai d'abord trouvé les toilettes. J'ai défait mon short et il est tombé sur le sol en même temps que ma merde remplissait la cuvette. Un soulagement magnifique. C'était tellement bon de laisser mon malaise se déverser hors de mon corps. Le bas de mon dos était redevenu normal, ma sueur avait séché, et j'avais envie de rester assise là pour toujours, dans ce bien-être. Il y avait un bulletin de l'église dans la pile de courrier et de magazines à côté des toilettes et j'ai lu une recette de gratin de pâtes surmonté de frites.

On a frappé à la porte, un petit coup poli et hésitant.

« C'est toi, chérie ?

— Oui », j'ai dit. Et j'ai paniqué, car j'aurais dû me taire. Mais dans ce cas, serait-elle entrée voir comment j'allais ? Où était Virgil ? J'avais complètement oublié qu'il m'avait fait promettre de rester en bas. Je me suis demandé si, peut-être, elle était dangereuse. Je savais que, passé un certain degré de tristesse, les gens pouvaient devenir mauvais. J'avais encore mon short sur les chevilles.

« Tu as besoin d'aide ?

— Non. Tout va bien. Désolée, je ne voulais pas te réveiller.

— Tu ne m'as pas réveillée, chérie. » Puis : « Jude, chérie, tous ces trucs que j'ai dits, je ne les pensais pas. »

Je n'ai rien répondu du tout. J'ai décomposé la situation, soupesé les choses, une par une. Le plancher était en sapin peint de couleur claire. Sur le mur d'en face, il y avait une affiche du Metropolitan Museum montrant une silhouette en deux dimensions qui flottait dans le ciel, avec son cœur qui cognait, dessiné grossièrement. L'après-midi devait toucher à sa fin car un rai de lumière a pénétré par les interstices de la porte. La poignée s'agitait.

« Comment ça ? ai-je demandé. Tu disais quoi ?

— Pourquoi tu te caches de moi ? Pourquoi tu te caches ? Tu as peur ? sifflait-elle. Je suis ta mère. Pourquoi tu te caches ? » Elle a dit d'autres trucs, mais je n'ai pas entendu car je soufflais *oh merde oh merde oh merde*. Quelque chose cognait contre le montant de la porte. Ce n'était pas fermé à clé. Mais elle donnait des coups de poing dedans en sanglotant. Dans un bruit de noyade. Elle prenait de grandes gorgées d'air, tremblantes. Elle râlait comme une feuille de papier qu'on déchire. « Mon bébé, mon bébé, mon agneau chéri. Je suis tellement désolée. » Enfin ses pas se sont éloignés. Le plancher a craqué à l'autre bout de la maison, ou peut-être les lattes du lit. On aurait dit au bruit qu'elle s'était jetée dessus. Puis plus rien.

Je me suis essuyée et j'ai remis mon short. Il était lourd, moite, comme s'il était en peau d'animal. Je me suis lavée pendant un long moment parce que je ne savais pas, j'avais peur qu'elle soit cachée dans un coin s'apprêtant à me sauter à la gorge. J'ai même passé le savon sous mes aisselles et les ai aspergées d'eau jusqu'à ce que ma peau soit crissante de propreté. Quand je suis ressortie, le couloir était vide. La hotte d'aération s'activait telle une migraine extraterrestre.

Lorsque Virgil est enfin rentré et s'est donné une

claque sur les côtes en disant qu'il avait fini son service pour la journée, j'avais encore des palpitations. Le moindre bruit faisait grimper mon pouls en flèche, alors j'avais pris un livre pour me changer les idées. Je lisais *La Mort d'Ivan Ilitch*. Je l'avais ouvert à une page au milieu, au hasard, où l'on appliquait du miel sur les parties intimes d'une femme qui voulait des enfants, une scène si osée que j'avais oublié que je me trouvais dans la maison d'une sorcière.

C'est étrange maintenant d'y repenser, à ces premiers jours dans la maison, quand je n'avais pas encore fait la connaissance de Bernadette. Ma mémoire est tellement pleine de ce qui s'est produit par la suite : son empressement quand elle enroulait du fil autour d'un papier cartonné afin de confectionner des pompons pour accrocher à nos bottes, au collier de Mondo, et finalement à toutes les chèvres, ou quand elle faisait bouillir du gingembre pour guérir la toux qui nous avait prises, toutes les deux, dans l'humidité, quand elle suspendait les racines de ginseng qui ressemblaient à de petits bébés gras sans tête, les pieds ligotés. Ou quand elle brûlait des cartons dans le jardin et remuait les braises avec un râteau déglingué, tout comme ma mère, et les cendres et les flocons qui tourbillonnaient dans le vent. Sans doute qu'elle cuvait, endormie, ce jour-là, mais ça, je ne l'apprendrais que plus tard.

Quand Virgil est redescendu, je me suis aperçue qu'il s'était changé. Ses vêtements étaient flambant neufs. Le pantalon avait des bandes plus foncées au niveau de la pliure. Il rangeait quelque chose dans sa poche.

« Bon, tu es prête ? Qu'est-ce que t'as, là ?

— Je peux le prendre ? » j'ai demandé, lui montrant la couverture du livre. Il a plissé les yeux.

« Tu ne peux rien prendre sans sa permission. On lui demandera la prochaine fois, OK ?

— On peut demander maintenant ?

— Laisse tomber, Cindy. Repose ça. »

Je me suis levée précautionneusement, car j'avais déjà caché *Autant en emporte le vent* dans mon short, et je ne voulais pas risquer qu'il dépasse sous mon tee-shirt. Même après la peur qu'elle m'avait causée, je savais que ça n'aurait pas dérangé Bernadette.

IX

Il y avait une fille avec qui Clinton parlait par ordinateur. Elle s'appelait Shayna et habitait à Port Arthur, au Texas. Un vieux trou graisseux, qu'elle disait. Elle se passait la main dans les cheveux, comme une serre d'oiseau, à répétition, et s'arrachait des mèches brunes qu'elle laissait tomber par terre, où je ne pouvais les voir.

J'étais défoncée à force de la regarder. La lumière bleue lui faisait un visage un peu bouffi, à moins que ce soit la caméra. Sa figure paraissait large, même si on voyait son menton qui pointait, si bien qu'on sentait qu'elle était saine et pas trop grosse, cela dit c'était le genre de choses sur lesquelles une fille pouvait vous induire en erreur à sa façon de tenir la tête, d'après Clinton. Il avait beaucoup de copines dans d'autres villes.

Shayna parlait comme tous les gens que j'ai connus, ma vie entière. Elle n'avait pas envie d'aller à son boulot qui consistait, quand elle le faisait, à vendre des shampooings et des crèmes dans une boutique du centre commercial. Elle se dessinait des yeux au crayon mauve autour des yeux et elle avait l'air d'être une mutation du miroir aux rebords irréguliers où elle mélangeait la crème couleur chair. Je le savais parce qu'elle se maquillait en parlant avec Clinton. Pendant qu'elle s'activait avec ses pinceaux, une autre femme surgissait en elle, mine de rien, comme des ombres jetées par le soleil.

Depuis que l'électricité avait été coupée chez nous, Clinton branchait l'ordinateur et Internet sur le groupe électrogène, ce qui signifiait que je ne pouvais pas regarder la télé quand il parlait avec Shayna. L'appareil produisait un tel boucan que je ne savais pas comment ils arrivaient à s'entendre parler, mais peut-être que l'important, c'était de se voir. Dans le reste de la maison, il faisait noir et il régnait un grand silence. C'était le noir pur, le noir complet. Clinton fermait la porte de la chambre, autant que possible, mais celle-ci avait été repeinte tant de fois qu'il y avait du jeu : elle commençait à plusieurs centimètres du sol et je pouvais regarder par l'interstice.

Je commençais sur le canapé avec mon livre de comptes sur les genoux. Parfois je dessinais les voitures qui étaient passées ce jour-là, avec quelques embellissements de mon cru : elles étaient en feu, elles fonçaient sur la lune, elles avaient des yeux à la place des roues, des trucs comme ça. Ou alors je dessinais des châteaux faits de cristaux et de larmes, et de grosses roses qui pleuraient, et des femmes enroulées autour d'épées. Quand il commençait à faire trop sombre pour dessiner, j'attendais d'entendre sa voix sortir des haut-parleurs comme une poussière électrique, et je me laissais glisser par terre, ou presque, et me traînais devant la porte afin de la voir se projeter sur Clinton comme la lumière bleue d'une télé.

« C'est important pour moi, la façon dont c'est noté, disait-elle. Je ne peux pas les laisser penser que je n'y fais pas attention, au cas où ils aient envie de me faire payer cent dollars de trop sur un autre service. Je tiens à ce qu'ils connaissent mon nom quand j'appelle. » Shayna répétait beaucoup en vue du reste de sa vie. Elle passait constamment en revue ce qu'elle allait dire aux gens.

« C'est bien », répondait Clinton. Ça avait l'air vraiment assommant, d'être un petit copain. J'avais envie de savoir quand il allait enfin parler d'autre chose que de ses paperasses à elle.

Tout en expliquant ça, elle se dessinait la bouche, si bien que ses mots sortaient par grappes émoussées. Elle a passé un crayon marron foncé sur le contour de sa lèvre inférieure et estompé le rebord avec un coton-tige.

« Zut, qu'est-ce que je disais, déjà ? Désolée. J'en ai tellement marre. Je n'arrive pas à me débarrasser de ce fond de gueule de bois.

— Tu vas travailler, ce soir ?

— Oui, un peu. »

Je savais, obscurément, qu'ils parlaient d'un autre travail, lequel ne consistait pas à vendre des crèmes de beauté au centre commercial. Mais je n'avais pas tout à fait saisi de quoi il retournait. Apparemment, genre, elle aimait ça, mais elle ne voulait pas le montrer. Je voyais bien qu'elle s'en plaignait pour de faux. Et Clinton posait toujours la question. Il voulait toujours savoir.

Parfois, j'avais une sensation bizarre, comme si mon crâne devenait trop étroit, et je tirais sur mes paupières ou m'appuyais sur l'arête du nez pour remettre les os à leur place. Je me sentais toute drôle, en regardant

Shayna, mais je ne remuais pas. Quand je croisais les jambes d'une certaine façon, la couture de mon short s'enfonçait dans mes parties et la sensation devenait un puits mais aussi une vague.

Je me suis redressée pour mieux repousser la tension et ma jambe est partie sur le côté, une lueur sur le mollet, je ne savais pas d'où venait la lumière et je me suis dit que je ferais mieux d'arrêter, d'arrêter avant qu'ils ne m'entendent, mais Shayna baissait la tête et brossait le dessous de sa chevelure. On l'aurait crue issue d'une race extraterrestre. J'ai couru dehors et me suis postée dans le noir. Je ne savais pas ce que je faisais sauf que totalement. Une voiture arrivait. Son grognement s'est fait plus aigu à mesure qu'elle s'approchait et j'ai vu les phares se mettre à clignoter entre les branches. Ce genre de bruine venue de l'espace qui passe à travers vous, si légère, tombait, et il faisait chaud. Je me suis plantée derrière la clôture et j'ai soulevé mon tee-shirt au passage de la voiture. Je ne sais pas ce que j'espérais qu'ils en pensent, qu'ils en fassent. Mon ventre sous mon tee-shirt était blanc et marbré, avec des plaques rouges, rêches, de part en part là où le sang affluait dans les petits vaisseaux colorés par la nuit chaude pleine de bourrasques. Merveille ! L'air sonnait autour de moi et je me suis laissée tomber derrière la clôture aussitôt la voiture passée pour qu'ils ne me voient pas, et je serais un fantôme, et ils se poseraient des questions.

Un jour, Shayna est devenue réelle, j'entends par là qu'elle est venue chez nous. Clinton était parti en ville acheter des provisions et des pneus neufs pour une des tondeuses, donc je n'ai pas fait particulièrement attention quand j'ai entendu le pick-up se garer dans la remise de l'autre côté du chemin de terre, comme d'habitude. Sauf que j'ai entendu sa voix tout de suite. Une voix aiguë, comme celle de Clinton, mais joyeuse. Elle portait un carton de courses, un volumineux sac à main sur l'épaule et des lunettes de soleil perchées sur le sommet du crâne. Elle s'est tournée pour rire à une remarque de Clinton.

D'abord, j'ai pensé que ce devait être une célébrité, parce que je savais que j'avais déjà vu son visage et qu'elle était maigre, maigre comme une célébrité, et puis ses bras étaient d'un bronzage agressif. Je ne l'avais vue qu'à la lueur bleutée de l'ordinateur jusque-là, quand elle se maquillait, secouait la tête et gloussait devant la caméra. Je me suis rendu compte que je la fixais, ce qui m'a intimidée encore plus. Clinton avait l'air sinistre, comme s'il avait des poids suspendus aux coins de la bouche. Les mouvements des bras de Shayna faisaient des formes lumineuses. On aurait dit qu'elle était la seule chose réelle, comme si l'herbe et la poussière d'écorce n'étaient qu'une toile de fond. J'allais apprendre qu'elle créait cet effet en s'appliquant soigneusement des couches de spray bronzant et du fard à paillettes avec une bombe mauve. Elle en mettait tous les jours, et se tenait en X dans la salle de bains le temps qu'il pénètre sa peau. Elle me laissait m'asseoir sur les toilettes et feuilleter ses magazines pendant l'opération.

Shayna avait apporté tous ses vêtements pour son séjour dans son énorme sac à main. Un sac blanc en peau de serpent avec des rayures roses et bleues. Elle en avait beaucoup, d'habits, là-dedans, mais seulement des petites choses, des shorts, des débardeurs ou des tubes qui se dépliaient lorsqu'elle les sortait de sous son aisselle et se révélaient être des robes entières, turquoise et orange et lamé.

Clinton n'avait pas l'air content. Je n'arrivais pas à savoir s'il était au courant qu'elle allait venir. Tous les deux, ils disparurent dans la chambre de maman pendant tout l'après-midi, et je savais à leur silence qu'ils faisaient l'amour. Je veux dire, ils produisaient quand même des sons, mais les sons qu'ils s'efforçaient de retenir étaient encore plus bruyants. Hésitants, frémissants. J'imaginais une chrysalide de la taille de la pièce qui remuait, qui se détachait avec une lumière plastique terne au milieu. Même si bien sûr j'essayais de ne pas m'attarder près de la porte parce que je ne voulais pas qu'ils me surprennent en ressortant.

Shayna a immédiatement été ma meilleure amie parce qu'elle avait apporté une pile de magazines. J'adorais les magazines. J'adorais regarder les gens.

Je ne voyais jamais personne. Ce n'était pas comme mes catalogues. Les miens, ils faisaient tous l'article de boutiques comme Sears. On aurait cru que les modèles n'avaient même pas de nombril. Jusque-là, je ne m'étais jamais maquillée et je ne savais pas si j'aimerais ce que ça donnerait sur moi, mais j'ai commencé à me poser la question. Je feuilletais les magazines à la première occasion.

Les femmes y arboraient des visages animés. Parfois, elles avaient l'air blessées, ou seules, mais toujours splendides. Peut-être étais-je habituée aux images de femmes qui paraissaient contentes de me voir, des femmes qui semblaient dire : Oh là là, il neige, regarde comme on est contentes dans nos tenues de ski à quarante-neuf dollars quatre-vingt-quinze ! Je savais que c'était factice. Mais parfois je me surprenais à rendre leur sourire à ces photos joyeuses, ou à la télé, quand elle parlait d'un événement heureux, comme une femme qui retrouvait son chien perdu, ou une adolescente qui se faisait opérer au laser et jetait ses lunettes pour toujours. Vous pouvez constater l'étendue de ma bêtise.

Ces femmes-là n'étaient pas comme ça. Rien ne leur arrivait, en fait, mais elles avaient l'air parfaites. Non, ce n'est pas ça. Elles avaient l'air de savoir des choses. Elles savaient qu'elles avaient l'air parfaites, et on aurait dit qu'elles savaient que je les regardais. À la seconde où le photographe avait pris la photo, semblait-il, elles contemplaient un avenir où je grattais la poussière de mes plantes de pied salies dans la cuisine dégueulasse pour pouvoir les replier sous moi en lisant, je veux dire en regardant les images, et la chaleur de l'été se gonflait, bleue, dans les collines lointaines que je voyais s'éloigner si lentement qu'on aurait cru qu'elles ne bougeaient pas du tout.

Un jour, j'ai demandé à Shayna de me maquiller, et elle a ri.

« Oh, chaton. Je ne peux pas faire ça. Ce que tu as, toi, ça s'appelle la fraîcheur. »

Mais ce n'était pas vrai. On aurait dit que mon visage était en pâte à pain crue. J'avais beaucoup de taches de rousseur qui se touchaient presque, et des grains de beauté en relief dans le cou. À quatorze ans, j'avais décidé que j'étais prête à devenir une femme. Je me détestais de chercher tant dans le miroir. On devinait à mes yeux que j'aurais voulu voir quelqu'un d'autre, là, dans mon visage.

Au départ, elle n'a accepté de me refiler qu'un peu de rouge à lèvres pâle et du mascara. Je m'asseyais sur les toilettes et elle s'accroupissait devant moi, un genou levé. Je me sentais toute drôle quand je me regardais. Ce malaise, et quelque chose qui sourdait dans mon estomac. Le mascara me donnait l'air d'avoir plus d'œil dans la tête que d'habitude, et ils étaient déjà trop gros. Le rouge à lèvres me donnait l'air d'avoir tété la blessure d'une bête morte, un loup. Les aisselles de Shayna sentaient l'oignon, mais ce n'était pas répugnant. Ça me donnait faim. Elle portait un corsage pêche avec un nœud à la taille qui laissait voir son ventre.

« Et comme ça ? » Je lui ai montré ma photo préférée dans le magazine. Elle appartenait à une série dans laquelle tous les mannequins faisaient des formes évidées devant le mur réfléchissant d'un gratte-ciel. Celle que j'aimais, elle avait la peau brun clair et ses cheveux étaient relevés en globe autour de son visage, presque comme une tête juste au-dessus de sa tête. Elle avait des yeux foncés, bleu foncé, qui scintillaient. Elle portait une chaîne en or avec un rectangle attaché aux coins, tout petit, et sa bouche était humide et luisante.

« OK, mais on nettoiera avant que Clinton voie ça, d'accord ? » Comment savait-elle que nous devions cacher ça à Clinton ? Je n'y avais pas pensé, mais elle avait raison, bien sûr. Clinton était celui qui se scandalisait de mes tenues et appelait mes shorts « osés ». Shayna m'a adressé un clin d'œil, dans mon souvenir. Est-ce vraiment tout ce qu'il fallait pour me conquérir ? Qui est là ? Qui d'autre tire les fils ? Sommes-nous dans une pub pour les chewing-gums ? Es-tu ma mère ?

Mais comme j'ai dit, je souriais quand il arrivait des choses agréables aux gens à la télévision, donc il est possible que ça ait été aussi simple que ça.

Shayna a ouvert les rideaux qui protégeaient les petites fenêtres en hauteur pour y voir à la lumière naturelle. Dans les coins oubliés j'ai aperçu des faucheux morts et repliés par endroits en forme de diamant. Je devais garder les yeux fermés, et le frôlement des pinceaux m'évoquait des ailes de lucioles qui claquent contre une moustiquaire. Je sentais son haleine aigre et fraîche qui se déplaçait sur l'arête de mon nez. Elle n'avait qu'un an de plus que Clinton, mais j'aurais pu croire qu'elle avait trente-cinq ans, au lieu de dix-neuf. Son visage révélait déjà certains angles que j'associais aux minivans, aux taches de son et aux bijoux K-mart. Avec Clinton ils buvaient des margaritas en cannette toute la journée, lentement, civilement. En s'affairant, elle me demandait de regarder en haut ou en bas par moments, et par moments elle poussait un petit juron quand je battais des cils, ruinant le trait qu'elle essayait de tracer sous mes yeux.

« Il y a une fille du coin qui est morte », j'ai dit. Je voulais l'impressionner. Ça me faisait bizarre qu'on se taise. « Enfin, elle est probablement morte. Personne ne sait vraiment.

— Ah ouais. J'en connais, des mortes.

— Elle a disparu après un séjour en camping. Genre, elle s'est évaporée.

— Ça arrive. Ou peut-être qu'elle voulait disparaître. J'ai connu une fille, tout le monde croyait qu'elle était morte, mais en fait elle s'était juste mariée. » Je n'en revenais pas de la facilité avec laquelle elle avait fait tomber à plat l'histoire la plus dramatique que je connaissais.

On aurait dit qu'il ne se passait rien, et je me suis demandé si elle ne me faisait pas marcher, passant des brosses sans fard sur mon visage pour me faire plaisir, sans avoir l'intention de modifier mon apparence. Elle a soufflé sous mes yeux. Par endroits, elle a étalé les produits du bout des doigts et son ongle long m'a griffée un peu sous le sourcil mais je n'ai pas bougé. Toute son attention était comme une chaleur qui se déplaçait sur mon visage. J'avais peur de me mettre à transpirer, carrément. J'étais un peu vexée que Shayna ne s'intéresse même pas à Jude. C'était mon trophée, le meilleur morceau que j'avais à mettre sur la table.

Quand elle m'a laissée me regarder dans la glace, j'étais une créature à la douleur exquise. J'aurais pu être quelqu'un d'autre. Il y avait une gravité toute neuve dans mes yeux, qui coulaient et me coulaient contre mes propres contours, sauf que mes contours, désormais, étaient partout, et mon corps se métamorphosait pour leur faire de la place. Mes os étaient d'aluminium. Quand j'étais moi, je ne pouvais parler à personne sans être terrifiée, mais les choses que je pouvais l'imaginer dire, ce visage, employant des mots que je ne connaissais même pas, j'ai dû me toucher les lèvres pour m'assurer de ne pas les prononcer tout haut, toutes ces horreurs. Car Shayna aurait peur de moi, si elle savait pour mes os métalliques. Pour la première fois de ma vie, j'ai réalisé que je pourrais me lever, sortir de cette maison et ne jamais revenir.

« Waouh, hein ? » a-t-elle dit.

J'ai dit waouh.

Et quand Clinton et Virgil sont entrés dans la maison en s'insultant pour rire, du pollen s'échappant des cheveux telle l'écume dans le sillage d'un bateau, et que j'ai entendu les chaises racler le sol dans la cuisine, Shayna a lâché : *Merde.* Elle a roulé en boule des serviettes en papier et les a passées sous le robinet puis me les a tendues pour que je me nettoie. Elle a fermé la porte un peu trop violemment. Un peu trop fort, elle a demandé à Clinton de l'emmener quelque part, pour une fois, qu'elle puisse se prendre une boisson fraîche et savourer un vrai dîner.

Ça m'a fait mal d'enlever le maquillage. Je ne savais pas comment m'y prendre. Mon visage était tout rouge sous les yeux et des traînées noires demeuraient sur mes tempes comme de l'encre et de la suie. Pourquoi avais-je pleuré ? a demandé Virgil quand je suis sortie de la salle de bains un long moment après. La maison était vide. Clinton et Shayna étaient déjà partis. Virgil avait distribué les cartes pour une partie de solitaire. Mais je n'avais pas pleuré. C'était vrai, et je lui ai dit.

X

Shayna était chez nous depuis longtemps, j'en avais l'impression, même si j'ai réalisé ensuite que ça ne faisait qu'à peu près une semaine. Chaque jour, je chipais un rouge à lèvres ou un mascara. Petit à petit, j'ai constitué un petit kit que je cachais sous mon oreiller. J'en mettais un peu tous les jours et je défiais quiconque de me dire que je n'avais pas l'air adulte. C'est dingue, qu'on puisse changer complètement de visage et que personne n'en parle. N'empêche que j'avais vraiment l'air plus vieille. Je le sentais.

Vers ce moment-là, Virgil s'est mis à me laisser me rendre à pied chez Bernadette et nettoyer toute la journée, seule. Il passait me prendre à 5 heures et m'emmenait manger une glace chez Burns Delite. Je sentais que c'était pour se faire pardonner, mais je ne savais pas de quoi. La police l'interrogeait, bien sûr, mais je n'étais pas au courant à l'époque. Ça allait plus vite à pied, de toute façon, et j'étais tellement contente de quitter la maison et de m'éloigner de Clinton que je ne me posais pas trop de questions. En descendant la côte qui partait de notre porche de derrière, je pouvais y être en cinq minutes, à travers bois, et sentir en chemin mon rouge à lèvres chauffer au soleil, et la chaleur de l'herbe qui poussait, et le vol lourd des abeilles hébétées. Chaque matin Virgil me rappelait de ne monter à l'étage sous aucun prétexte, et de ne pas réveiller Bernadette. Je ne l'avais ni revue ni entendue depuis le jour où nous nous étions parlé à travers la porte des toilettes.

Je savais glisser la main par la déchirure de la moustiquaire, comme lui, et je me suis habituée à la chaleur, aux odeurs, aux coutumes de la maison. Je m'asseyais dans un tas de kimonos de soie et de robes de chambre en satin rose qui s'accrochaient à mes cuticules, je déplaçais les salières et touchais ses arrangements de cuivres et de cristaux d'une manière qui était peut-être spirituelle, pour faire l'expérience. C'était le début du rituel. En général, mes sentiments affluaient sur moi comme de l'eau. Ils étaient si ajustés que je ne les remarquais pas, ou bien je croyais que c'était juste un mauvais éclairage qui m'inondait, et le mauvais éclairage me cherchait toujours, quoi que je fasse. Mais quand j'enfilais les étranges pyjamas rayés de Bernadette par-dessus mon short en jean ou faisais tenir en équilibre sur le dos de mes mains ses clochettes en laiton au battant manquant, je ne sais pas. Je trouvais une distance. Je trouvais un perchoir d'où je pouvais observer les instants qui s'écoulaient. Des instants désespérés, magnifiques, désolés.

Je n'arrivais pas à progresser dans le ménage. Quel que soit le nombre de sacs-poubelle que je sortais afin que Virgil les emporte, le lendemain, je retrouvais le coin que j'avais dégagé encombré de sacs publicitaires en tissu, de bocaux pleins de badges et de cochonneries de ce genre. Je me demandais si, quand je partais,

Bernadette descendait sortir des saletés des placards pour recouvrir l'espace nu que j'avais ménagé sur le tapis.

Un jour, je nettoyais le four. Il restait encore des heures avant que Virgil revienne me chercher. J'étais à genoux sur une feuille de journal que j'avais repliée sous moi. C'était le recoin le plus dégueulasse de la maison. Quelqu'un y avait fourré des objets pour nettoyer à la va-vite. C'était le même bazar que partout, le bazar ordinaire, sauf qu'il y avait aussi des assiettes avec des reliefs de nourriture, et de gros amas de moisi intouché et aussi aérien que des lunes de pissenlit. Le four lui-même était noir de suie et des poils de chien et peaux mortes s'étaient accumulés dans la fine bande sur le sol, devant, là où le plancher laissait place au linoléum rouge. J'ai senti une bouffée humide sur mon visage quand j'ai ouvert la porte. Plusieurs fois, j'avais eu l'intention de m'en occuper, de ce four, mais m'étais bloquée à l'idée. Cependant j'ai commencé, et j'avais commencé en faisant une chose à la fois, jetant une chose après l'autre, quand avec joie j'ai décidé de balancer toute cette merde. Un sac-poubelle a tout gobé comme un serpent avide. Même les assiettes. Une fois que le four a été propre, il s'est mis à rayonner. Je veux dire que je pouvais me voir dedans, mais aussi qu'il avait acquis une sorte d'intelligence.

J'ai traîné le tout dehors et me suis passé la tête sous le robinet sur le côté de maison, après quoi je me suis assise sur les marches en béton avec un Coca-Cola tiède et j'ai observé les chèvres. Elles me contemplaient comme si j'étais un océan, et comme si j'avais pu leur faire n'importe quoi. L'été allait bientôt se terminer. La poussière commençait à coller aux catalpas. Ils n'en pouvaient plus de rester debout sous le soleil.

L'atmosphère était encore lourde, mais je savais bien qu'il n'allait pas faire éternellement chaud. Les jours allaient s'arrêter. C'était évident.

Je me suis dit que si je restais là suffisamment longtemps, les chèvres allaient peut-être m'accepter et se mettre à me considérer comme une chèvre, moi aussi. C'était le genre d'idées bizarres que j'avais tout le temps à l'époque. Je croyais pouvoir transformer des choses dans le monde en y pensant, alors j'y pensais tout le temps. Et la première chèvre allait m'approcher et me lécher la main, et les autres suivraient. Je ne ressemblais à personne, et elles le verraient. Elles s'installeraient en cercle autour de moi et me feraient des confidences, elles me montreraient comment elles grimpaient sur les plus minces promontoires d'ardoise dans les collines. Sans peur.

J'avais trouvé un paquet de Camel sous une grille de mots croisés à moitié finie, avec une pochette d'allumettes coincée dans la cellophane, et une idée en a entraîné une autre. C'était une journée sèche, la première où le vent était devenu froid et vrai, telle une créature qui jaillit à la fois de toutes les caves. Je savais exactement comment allumer une cigarette car j'avais observé Virgil, même si personne dans ma famille n'était censé fumer ou faire quoi que ce soit qui, techniquement, constitue un péché, et pourtant, c'est un peu tout ce qu'on faisait. La cigarette avait goût de bois, et de la salive a afflué dans mes joues. La chèvre la plus proche a cligné des yeux dans le nuage de fumée que j'ai recraché sur elle, mais foncièrement, elle est restée stoïque. J'aimais ma vie. Elle se refermait en un poing invisible autour de moi et l'air devenait miroitant comme si quelque chose s'était glissé dessus, un voile parfaitement transparent et trompeur. Je pourrais leur donner des noms, je me suis rendu compte, aux chèvres, et les gaver de pommes jusqu'à ce qu'elles se mettent à m'aimer, et si elles ne m'aimaient pas, au fond, je m'en fichais bien. Même moi, je voyais à quel point ma vie était affreuse, mais ses éléments bruts s'étaient combinés en un ensemble rafraîchissant et drôle, qui m'était tellement propre que je pouvais le gober sans jamais me laisser atteindre.

C'est comme ça qu'on vit, je l'ai réalisé. Mettre le feu à quelque chose. C'est ça qu'il faut faire.

Je ne sais pas où je vais chercher toutes ces conneries. Quel manque d'originalité ! Des trucs si menaçants, si banals. C'est le carburant universel. Dans chaque interrupteur, dans chaque ion, il y a une adolescente qui fume sa pauvre première clope, sous un toit en tôle ondulé, et qui fait ainsi sa marque dans l'atmosphère, je le promets. Essayez de trouver un juke-box où il n'y ait pas ce sentiment. Essayez de trouver une chute d'eau qui n'en soit pas constituée. Vous serez mort avant d'avoir trouvé, je le promets. L'équipe de recherche baissera les bras et rentrera chacun chez soi.

J'étais encore défoncée par le luxe de mon idée lorsque je me suis levée pour retourner à l'intérieur. J'avançais déjà la main vers la poignée de porte mais j'ai trouvé Bernadette sur le seuil, qui m'observait. Mon bras m'a brûlé quand elle l'a agrippé. Nous avons volé sur le canapé où elle m'a étendue sur ses genoux, à plat ventre. Ça s'est passé en un éclair. Elle a baissé mon short autant qu'elle l'a pu et m'a fessée avec un genre de chasse-mouches en cuir noir. Ça ne m'a pas vraiment fait mal. J'étais trop grande, et elle ne trouvait pas le bon angle pour frapper bien fort, mais j'avais le front qui frottait contre le coussin en tweed et j'ai essayé de ramener mes bras sous moi pour me dégager d'une roulade.

« T'étais où ? Ça suffit, je te promets, tu t'en vas encore comme ça, et je… c'est terminé. Merde. Merde merde merde. »

J'ai essayé de hurler, mais je n'avais que de l'air dans la gorge.

« Maintenant, ah oui. Ah oui, maintenant on a peur. »

Je me suis redressée et j'ai remonté mon short. Elle haletait. J'ai vu qu'elle était en sueur mais qu'elle voulait encore dire quelque chose.

« Je suis désolée », j'ai dit. J'avais les dents serrées et j'ai eu le plus grand mal à articuler ces mots.

Pour atteindre la porte, j'allais devoir passer en courant devant le canapé, et elle aurait pu m'atteindre, sans aucun doute. Ses doigts puissants se sont enfoncés dans l'arrière de mon tee-shirt. Elle m'a tirée en arrière et levé un coude. Elle m'a flanqué une gifle sur l'oreille. Ça m'aurait fait plus mal si elle avait bien visé mais c'est tombé à côté.

Elle portait un kimono mauve sur un maillot de corps d'homme et un caleçon. Son ventre était blanc comme un cachet d'aspirine, comme le mien, et ses jambes et ses bras incroyablement maigres. Elle m'a dévisagée durement, la respiration saccadée. Puis son regard s'est abaissé, et elle s'est nettoyé les coins de la bouche du bout de la langue.

« Chérie, a-t-elle dit. Je suis désolée. J'ai recommencé, n'est-ce pas ? Laisse-moi te préparer un sandwich. » Elle nous a guidées dans la cuisine. « J'ai réfléchi, on devrait vraiment se tirer d'ici, partir faire un petit voyage, toutes les deux », a-t-elle dit en cherchant du fromage et du beurre dans le frigo.

Sur la table, des prospectus de l'épicerie étaient étalés comme sur le fond d'une cage à oiseau. « Quelque part où la côte est belle, où il y a des petits motels avec des bungalows, tu sais. À quoi je pense ? L'Oregon, j'imagine. Mais j'ai besoin de voir l'eau, Jude. Je serai bientôt morte. Mon Dieu, ce que tu m'as manqué. »

Je savais que ce n'était pas moi qui lui avais manqué. Et j'aurais dû avoir peur. Mais je ne crois pas que quelqu'un avait jamais dit un truc aussi gentil à mon endroit, avec une voix sincère, en plus. Les larmes ont commencé tout au fond de ma tête et j'ai pressé mes paupières closes pour les retenir. Ma mère me manquait. Ça me manquait, sa façon de nous prendre par la main et de nous faire danser la polka dans la cuisine quand on était de mauvaise humeur et qu'on ne voulait même pas être consolés. *This ain't no party, this ain't no disco / This ain't no fooling around.*

Bernadette n'avait pas remarqué mon silence. Ça ne lui posait pas de problème d'entretenir la conversation toute seule. Elle avait une manière agréable de se mouvoir dans la cuisine, sans avoir besoin de rien regarder.

« Je sais que tu détestes que je parle de la mort, mais il faut bien. C'est la seule chose qu'on n'a jamais tort de redouter. Ta marraine, tu vois, cette femme se ferait une joie de te raconter qu'après la mort, c'est le paradis. Bien sûr, qu'elle veut que tu croies que ses prières vont me maintenir en vie jusqu'à ce que tu trouves quelqu'un pour subvenir à tes besoins. C'est juste que je te demande (elle prélevait des languettes de beurre sur la motte avec un œil plissé) de prendre en compte les sources. »

Mondo est venu se caler sous mes pieds de sorte que mes talons reposent sur sa colonne vertébrale. J'ai contracté mes cuisses pour les maintenir en l'air. Il y avait une précipitation excessive dans tous ses mots, dans la manière dont ils m'enveloppaient.

« Je crois qu'on devrait vraiment semer de la rhubarbe cette année. Enfin, rien d'étonnant. Je suis toujours pleine de regrets ! À cette époque de l'année, c'est presque foutu, de toute façon. J'ai la recette de la tarte que tu aimes, celle de ta tante Shirley. Elle est presque mangeable si on double la quantité de sucre. Elle s'imagine qu'on a tous du diabète, ou qu'on va en avoir d'un jour à l'autre. » Elle a fait glisser le sandwich sur une assiette. Une larme de vieux gras tachait le bord. « T'es sacrément silencieuse aujourd'hui, ma chérie. Il y a quelque chose qui ne va pas ? » J'avais déjà mordu dans le sandwich et gonflé les joues pour recracher la vapeur. Je ne savais pas depuis combien de temps je n'avais pas mangé un plat chaud.

« Pas vraiment, j'ai dit. C'est bon, ça. »

Le sourire qui a fendu son visage à ces mots était étincelant. Je me suis aperçue que je voulais à tout prix qu'elle le garde. Elle s'est calé la tête sur le poignet. La lumière a de nouveau atteint le sommet de sa tête et j'ai remarqué qu'il y avait du roux sous le brun.

« J'espère juste que tu me diras quand ce sera à cause des garçons. Vraiment, je l'espère. Je connais quelques trucs sur la question.

— Beurk.

— Oh, ça va venir. N'en doute pas. Et je vais te dire une chose : on a toujours eu beaucoup de chance en amour, nous, les femmes de notre lignée. »

Je vais vous dire un secret : jouer la comédie, ce n'est rien du tout. La comédie, c'est comme ça que vous devez appeler ça par la suite, pour vous donner l'air d'avoir des remords, après que vous avez parlé comme vous aviez envie, agi comme vous aviez envie, et donné à votre souffle les formes qui vous plaisaient. Alors j'ai employé cet étrange moment pour tenter de dire la vérité.

« D'accord, j'ai dit. Il y a un garçon. Mais je le déteste.

— Peut-être que tu l'aimes, en fait ?

— Non, je le déteste. Je ne veux pas qu'il me touche.

— Qu'est-ce qu'il fait ?

— Je sais pas, il me chatouille. Et d'autres trucs.

— Beurk, a dit Bernadette. Les mecs qui font des chatouilles sont les pires. Des lâches ! Pas de chatouilles pour Jude ! Pas question. » Elle a insulté l'allumette qu'elle tenait contre le bout de sa cigarette, puis l'a secouée jusqu'à ce que mort s'ensuive, d'un coup de poignet. « La seule solution, j'en ai peur, c'est l'assassinat. »

J'ai avalé un gros morceau de croûte. Était-elle sérieuse ?

« Oh oui, on va le buter. Une balle en plein dans le blanc de l'œil ! » J'ai ri d'appréhension, un rire plus proche d'un aboiement. Puis nous avons ri de mon rire. Et elle a renversé la tête en arrière comme si elle buvait une pluie cachée, magnifique. Magnifique. Je n'avais jamais ri auparavant, j'en suis sûre.

« Je vais le tuer, je vais le noyer dans l'océan. On va le gaver de jus d'orange jusqu'à ce que sa peau bleuisse et que son estomac explose. » Je riais encore. Mon sang bourdonnait. C'était tellement agréable de dire une chose pareille, même si, peut-être, ce que je disais était un peu trop bizarre.

Puis le soleil s'est caché derrière un nuage et il n'est plus resté sur nous que la lumière mauvaise qui venait de la fenêtre. La radio s'est brouillée ; les aigus granuleux et sacrés de la station gospel tentaient de pousser sous les arpèges, les saxophones, les clochettes. Bernadette a étudié les cuticules de ses pouces, lèvres pincées. J'étais encore en train de manger la deuxième moitié du sandwich.

« Qui es-tu ? a-t-elle demandé.

— Je…

— Non. Maintenant, tu vas me dire qui tu es, bordel.

— Je suis la sœur de Virgil. Je suis là pour faire le ménage.

— Je ne connais pas de Virgil.

— Il tond la pelouse. Il fait les balles de foin. Il est grand, j'ai dit, sans espoir.

— Va-t'en.

— Il vient me chercher à 5 heures.

— Je suis du Texas, et je connais la loi. J'ai le droit de *t'abattre*.

— Oui. Mais on n'est pas au Texas. On est en Pennsylvanie. » Je ne sais pas pourquoi, ça l'a fait penser à Jude, et son visage s'est affaissé.

« Tu l'as tuée ! Mon bébé, oh, mon Dieu. C'est toi !

— Je ne sais pas où est Jude, je le promets ! Je le promets. Je ne la connais même pas, à part du lycée.

— Comment connais-tu son nom ? Comment oses-tu ? Mon bébé ! Elle est morte. »

Je me suis précipitée vers la porte avec Bernadette à mes trousses, une fois de plus. Sauf que cette fois elle n'essayait pas de m'attraper. Son crachat s'est aplati sur l'arrière de ma jambe. Un autre a atteint mon tee-shirt. Quand je me suis retournée, elle était tombée à genoux. Sa bouche était grande ouverte, et il n'en sortait pas un son, pas un souffle. J'ai grimpé en haut des collines, m'accrochant à des racines quand c'était trop vertical, les feuilles trop glissantes, elles se détachaient en grandes traînées sous mes talons et le sang allait me faire éclater la tête. J'aurais voulu être une tique et me coller à la peau du monde, me contenter de ce qu'il me fournissait pour vivre, sans lutter, et c'est comme ça que je suis arrivée en haut de la colline, de notre côté de la crête, où Clinton lançait un couteau sur une souche pourrie tandis que Virgil était introuvable.

Virgil m'a ramenée chez Bernadette le lendemain. Il a dit qu'il n'y avait pas de problème, qu'elle le confondait, lui aussi, de temps en temps. Parfois elle le prenait pour Rock Hudson, parfois pour son amour d'enfance, Bobby Bickham. C'était la boisson. Il allait lui expliquer clairement qui j'étais, et réparer l'évier si jamais elle ne le croyait pas – dans tous les cas, d'après lui, c'était bien d'avoir une raison claire et tangible d'être dans sa maison pour quand elle perdait les pédales. Ça lui arrivait surtout au lever et au coucher du soleil, donc on a attendu que la lumière tombe bien franche, indivise, au milieu du matin sec pour s'y rendre.

On a tout de suite su que quelque chose n'allait pas – Bernadette était dans le salon, assise par terre, les jambes en V, et la tête en arrière sur le canapé, à un angle qui faisait mal à voir. De la fumée se déversait du four.

Virgil s'est mis à genoux à côté d'elle pour donner des claques dans sa mâchoire relâchée, juste de petites tapes, et elle est revenue à elle, les yeux fous. Ils tournaient dans sa tête comme si le cordon qui les maintenait en place avait été coupé. Il m'a fait signe d'aller dans la cuisine. Le four m'a accueillie dans un vacarme. Il était resté allumé toute la nuit, à cliqueter et à gronder. Elle avait déchiré un sachet de pain du mauvais côté et les deux tranches qu'elle avait tenté de faire griller était tellement brûlées qu'elles sont tombées en poussière noire sous mes doigts.

Bernadette se cramponnait à une des bouteilles que j'avais trouvées sous l'évier et je ne suis pas arrivée à la lui retirer. Le verre cognait contre mes bras lorsque nous l'avons portée à l'étage, dans la salle de bains. Virgil a levé le rideau de douche pour le coincer par-dessus la barre et nous l'avons déposée contre l'avant, où des taches de rouille bavaient des robinets. L'anneau autour de la bonde était couleur jungle, et l'intérieur aussi, jusqu'au fond. De l'eau limpide s'est mise à couler dru tandis que Virgil remuait sa tête d'avant en arrière sous le jet froid. La bouteille faisait un tel boucan en cognant contre la porcelaine que j'ai eu peur que quelqu'un débarque pour nous arrêter.

Quand elle a crié, ce n'était pas un son qui correspondait à des mots, mais il était clair, et j'ai su qu'elle était en train de ressurgir du lieu caché où son esprit était parti en chasse, et Virgil a coupé l'eau pour que nous puissions la redresser. Elle a réussi à enjamber le rebord de la baignoire mais nous avons dû la porter jusqu'à la chambre. Il y régnait une odeur bizarre, sévère, un arôme puissant avec des relents de cuir. Ses vêtements débordaient du placard, jusque sur le lit. Il n'y avait qu'une petite bande dégagée, près de l'oreiller, où les couvertures avaient été rabattues. Elle dormait sous un tas de manteaux, comme si tout le monde venait de quitter une fête pour aller courir dans la neige.

Virgil l'a assise bien droite, et il est allé chercher quelque chose à lui mettre sur les épaules dans le placard. C'est là que j'ai remarqué qu'elle avait la poitrine à l'air. Ses deux nichons étaient sortis de l'encolure stretch de son tee-shirt, qui s'était boudiné autour de sa taille. Quand j'ai détourné les yeux, elle est tombée du lit, tête la première, et mes nerfs se sont tirebouchonnés violemment. Lorsqu'elle s'est redressée, le sang dégoulinait d'une de ses narines et elle riait.

« Oh là là, a-t-elle dit. Je ne me suis vraiment pas loupée, cette fois. »

Je lui ai tendu une chaussette pour éponger le sang.

« C'est adorable, a-t-elle dit. Mais ça va très bien, très, très bien. Oh là là. Oh là là. » Nous l'avons laissée là, à prononcer ces mots, couchée sur le côté.

Nous avons remis les meubles renversés à leur place dans le salon en nous basant sur les empreintes laissées dans la moquette. J'ai jeté la poussière de pain brûlé dans le jardin et une chèvre est venue se repaître de l'herbe noircie.

Au sous-sol, Virgil m'a montré où chercher les bouteilles. C'était Alistair qui le lui avait indiqué, je suppose. Je ne sais pas à quoi nous pensions que ça pourrait servir, les uns comme les autres, vu qu'elle en achetait toujours d'autres, mais peut-être que ça suffisait à nous donner l'impression que nous avions essayé. Elle avait quelques coins bien planqués qu'il a vérifiés d'abord – le dessous d'un établi, couvert d'une pelisse de poussière sous-marine, une étagère derrière l'escalier en bois. J'ai cru qu'il délirait quand il a ôté le couvercle de la citerne, mais il en a tiré un lot empaqueté dans un sac plastique triplé, attaché avec de la ficelle et enserré dans une telle couche de fil de pêche qu'on ne pouvait plus voir la trame métallique, au rebord, le tout bien enfoncé dans l'obscurité. Il est passé à un clapier ancien, en noyer, bourré de raisins en conserve. Les boîtes étaient poussiéreuses, avec des traces de doigts des fois précédentes où il avait cherché. Il en a retiré une autre bouteille de gin.

Il a vidé les bouteilles, arraché les étiquettes au milieu et gratté les reliefs de colle à l'arrière. Je ne voulais pas les toucher car je savais qu'elles possédaient une espèce de pouvoir. Notre mère avait arrêté de boire quand nous étions bébés. Sa méthode avait consisté à s'affamer pour devenir belle, à acheter des jeux à gratter, à lire la Bible, et à me remonter les cheveux en tresses hautes qui me faisaient hurler car elle devait les peigner et les repeigner jusqu'à ce qu'ils soient prêts et le sang cognait contre la peau de mon crâne. Elle cousait elle-même tous nos vêtements. Elle a inscrit Virgil à des concours de beauté. Elle lui a confectionné un costume de Superman qui avait l'air d'un vrai, parfait.

Virgil a jeté les bouteilles vides dans des sacs-poubelle, qu'il m'a envoyée ranger à l'arrière du camion, coincés contre la paroi du fond pour éviter qu'ils roulent. Les poignées me mordaient les doigts et ça m'épuisait d'être au soleil, comme si je venais d'extraire ma nouvelle incarnation d'un œuf. Quand je suis rentrée, la luminosité m'avait brûlé les yeux et Virgil ressemblait à une masse rouge et vert.

« Ce qu'il y a, a-t-il dit, c'est qu'elle se met dans tous ses états quand elle se rappelle que Jude a vraiment disparu. Écoute, je veux que tu vérifies tous les jours et que tu vides les bouteilles, d'accord ? Regarde dans tous les coins que je t'ai montrés.

— OK.

— Elle m'a aidé à tenir le coup. Tu sais. Quand maman n'était pas là. » Mais je ne me demandais pas ce qui poussait Virgil à vouloir l'aider. Je voulais l'aider aussi. Je trouvais que Bernadette était merveilleuse, juste un peu flippante.

« Elle a cru que j'étais Jude. Plusieurs fois. »

Virgil y a réfléchi. « C'est peut-être la meilleure solution, en fait.

— Pour faire quoi ?

— Arrange-toi juste pour qu'elle ne se branche pas là-dessus, d'accord ? Et empêche-la de foutre le feu à la baraque. Peut-être que si elle te prend pour Jude, elle n'éprouvera pas le besoin de picoler autant. »

En retournant vers notre crête, il s'est arrêté à côté sur une aire gravillonnée où la route s'élargissait dans le virage. Sans couper le moteur. Il a accroché les deux sacs à ses doigts et les a lancés en bas, là où la colline allait s'enfoncer dans la jungle. Je ne les ai pas entendus rouler, mais ils ont fait trembler les vignes. On aurait dit, presque, qu'une créature allait y apparaître.

Les cheveux teints, c'était mon idée. Virgil avait dit que je devais empêcher Bernadette de penser à ses soucis, après tout. C'était juste une expérience. C'était juste pour un petit moment, pour égayer Bernadette. C'était une gentillesse.

Je me suis demandé pourquoi elle s'était brusquement retournée contre moi alors qu'un instant avant, nous mangions des sandwiches en paix tout en projetant la mort de Clinton. La seule explication que j'ai pu trouver, c'était que mes cheveux étaient mouillés, sauf qu'en séchant, ils étaient redevenus blonds, et un élément crucial de la ressemblance s'était enfui. Je ne voyais pas d'autre raison plausible. Si je me teignais les cheveux et trouvais une paire de lunettes de rechange appartenant à Jude, peut-être pourrais-je empêcher Bernadette de penser à sa fille disparue.

Soyons clairs : c'était du pur délire. Je ne ressemble pas du tout à Jude, même si on fait abstraction de la couleur de la peau. Elle avait les os calibrés d'une fille presque adulte, et les avant-bras bardés de muscles. J'étais grassouillette, à force de manger, de crever la dalle et de me rattraper sur le Pepsi et le sel. Elle était beaucoup plus grande que moi, avec les yeux plus larges. Mon visage était encore rond. Et j'avais une façon de me tenir qui indiquait que j'aurais aimé qu'on me retourne comme un gant et me fasse disparaître de la surface de la terre dans un tour de passe-passe. Jude n'était pas comme ça. Les gens se taisaient quand elle levait les yeux vers eux. Par là je veux dire : je n'étais pas une bonne actrice, et je n'avais pas de réel déguisement. Bernadette était en bien plus sale état que quiconque ne se serait douté.

À vrai dire, Jude et moi avons, malgré tout, le même genre de voix, grave. À nous entendre, toutes les deux, on croirait qu'on fume comme des pompiers, depuis avant notre naissance. Virgil l'avait déjà remarqué, d'ailleurs. Mais c'est l'unique ressemblance que je revendiquerai. Ce n'est pas très compliqué de duper quelqu'un qui vous demande si vous voulez du café, qui vous en sert, puis vous repose la question aussi sec.

Un jour, j'ai réussi à convaincre Shayna de m'accompagner chez Pecjak pour nous acheter des glaces à l'eau. On avait passé la journée à regarder *Dr Phil* et nos pensées flottaient dans l'irréalité. Pendant qu'elle payait, je me suis faufilée dans les rayons et j'ai glissé une boîte de teinture noire dans mon short. C'était facile, parce que Shayna était en train d'expliquer à Sissy Pecjak comment se dessiner des sourcils parfaits.

« Non, a-t-elle dit quand je l'ai laissée tomber sur ses genoux de retour à la maison.

— C'est pas pour toi. C'est pour moi.

— Mais il n'y a aucune profondeur, dans la teinte que tu as prise. Les reflets bleus vont te donner l'air d'une vieille bique.

— J'y connais rien, aux reflets.

— Apparemment, oui. T'es sûre ? Parce qu'avec cette daube, tu vas avoir l'air d'un cadavre, je te le dis. » Elle a poussé un soupir. Je l'ai entraînée dans la salle de bains et me suis juchée sur le couvercle des toilettes.

La teinture était fraîche. Un truc s'est débloqué dans ma colonne vertébrale pendant qu'elle l'étalait sur mon crâne. J'ai eu la sensation que quelque chose se mettait droit dans mon dos, pour une fois. Elle a empilé mes mèches en chignon sur le sommet de mon crâne, comme un cygne frisé. J'ai grandi, je le jure, sur-le-champ.

Aucune de nous deux n'avait de montre pour vérifier le temps de pose, donc elle s'est glissée à pas de loup dans la cuisine et a décroché la pendule, une pauvre chose en carton, du mur. De près, la grande aiguille tremblait chaque fois qu'elle avançait, ce que je n'avais jamais remarqué auparavant.

« Je m'ennuie, j'ai fait. J'ai envie d'un Pepsi.

— Tu vas *être* un Pepsi. » J'adorais quand elle disait des trucs de ce genre.

« Qu'est-ce que ça veut dire ?

— Je ne sais pas, c'est une expression de ma mère.

— Elle est comment ? » Je ne réalisais pas la portée de la question que je venais de poser, car Shayna m'a raconté toute l'histoire.

Apparemment, Shayna travaillait au Bath & Body Works de Port Arthur, mais elle n'avait fini le lycée que depuis un an et ne gagnait pas suffisamment pour vivre seule, donc elle payait un loyer à sa mère afin de continuer à occuper sa chambre d'adolescente. Elle estimait que, puisqu'elle payait un loyer, elle aurait au moins pu être quelque part où elle n'était pas obligée de décrocher la deuxième ligne dans la cuisine et d'entendre parler des genoux, des dos et des bassins de ses tantes. Elle avait l'impression de vivre dans une coquille qui entourait la maison, le centre commercial et la station-service, qu'elle ne parvenait pas à quitter pour de bon. Mais bon, tout le monde était forcé de vivre dans la coquille, et la vie était la coquille. À ce qu'il semblait, personne ne s'échappait. Sauf qu'une des filles de la boutique s'est soudain mise à offrir à tout le monde des smoothies et des sacs à main neufs, et à se payer des brunches à cinquante dollars sans que personne ne sache d'où elle tirait l'argent. Elle a confié à Shayna qu'elle faisait des shows sur webcam : des gens payaient pour la regarder traîner sur son lit en sous-vêtements sans rien faire, ajoutant des pourboires si elle baissait son soutien-gorge, se caressait ou dansait, et elle avait un habitué qui lui donnait davantage que ce qu'elle se faisait en une semaine à vendre du lait pour le corps Lovely Dreamer, à condition qu'elle apporte l'ordinateur aux toilettes pendant qu'elle chiait. Donc Shayna s'est procuré les lampes et les équipements nécessaires, et elle a créé un profil nommé xVapeQueenx.

Elle ne se doutait pas du tout que ça allait lui plaire à ce point. Mais c'était comme monter dans un gros camion. Ce n'était pas les conneries habituelles, les hommes qui ralentissaient devant elle en voiture et lui lançaient des bruits de baiser, ceux qui disaient je te sens d'ici et tout ça. Ou plutôt, si, c'étaient exactement les mêmes conneries, mais avec une compensation financière. Ils n'étaient que des noms, DannyBoi87, TomKat, eddie_murderfag. Ils n'avaient pas de visages et ils vivaient pour elle, et si l'un d'entre eux disait un truc de travers, elle pouvait le bannir de sa chat-room d'un clic.

Mais elle apprenait aussi des choses sur eux, presque par accident. DannyBoi87 disparaissait toutes les quelques semaines pour des opérations intestinales complexes, après quoi, pendant des semaines, il prenait des antidouleurs qui lui donnaient des démangeaisons. La sœur de TomKat était une adolescente handicapée qui pissait dans sa culotte, n'avait pas réussi sa scolarité et avait besoin de son attention en permanence. Eddie_murderfag aimait arracher les poils doubles de son torse à la pince à épiler et il lui versait des suppléments pour qu'elle s'étale de la confiture et du beurre de cacahuète sur tout le corps dans la baignoire. Ses habitués s'empressaient de se liguer contre les amateurs qui faisaient parfois irruption pour critiquer les cuisses de Shayna ou la salir. TomKat était un veilleur particulièrement attentif ; il n'essayait jamais de la convaincre de parler gratuitement, ne lui parlait jamais irrespectueusement, alors elle l'avait nommé son garde du corps. Son dévouement pour sa sœur l'impressionnait énormément. Il semblait avoir la vie dure, mais il se faisait un devoir de voir le bon côté des choses. Lorsqu'ils avaient commencé à parler en dehors de ses heures ouvrables, par Skype, c'était son initiative, à elle. Elle lui avait révélé son vrai nom. Ils avaient commencé à préparer ses démonstrations ensemble. C'était TomKat qui lui avait donné l'idée d'installer l'ordinateur portable à côté de la baignoire afin de dévoiler quelques usages alternatifs du lait corporel Lovely Dreamer. Ils avaient un rapport sain. TomKat, c'était Clinton, bien sûr.

La mère de Shayna, infirmière dans un hospice, avait des horaires très prenants, et Shayna ne faisait ses shows que quand elle n'était pas à la maison. Plus ses séances devenaient élaborées, plus elle craignait d'être découverte, alors pour se doter d'une sécurité supplémentaire, elle s'était mise à caler une planche contre la porte de façon que sa mère la fasse tomber si jamais elle rentrait sans prévenir. Le bruit lui servirait d'alarme.

Mais il s'était passé une chose terrible quand ça n'avait pas marché. Enfin, ça avait marché, mais la planche était tombée sur le côté, et avait écrasé un cale-porte en porcelaine en forme de cochon, si bien que la mère de Shayna avait pensé qu'il y avait un intrus. Ramassant la planche, elle était partie à sa recherche dans la maison. Elle avait entendu couler le robinet de la baignoire. Elle avait entendu sa petite fille qui faisait des bruits. N'importe quelle mère assommerait la personne qui s'en prend à son enfant, mais celle de Shayna n'avait trouvé que sa fille dans la baignoire, des traînées baveuses de crème sur les seins, avec l'ordinateur qui tintait comme une machine à sous à chaque pourboire. Le muscle déjà palpitant, déjà lancé, il lui avait été impossible d'arrêter son geste une fois que le premier coup avait cassé le genou de Shayna.

De toutes les représentations de Shayna, c'était celle qui avait rapporté le plus. Elle avait tout explosé. Quelle chance que quelqu'un ait enregistré la scène, a-t-elle dit – elle l'avait mise en filigrane et vendue sur YouKandy.com sous le titre : « Une salope se fait choper – Une leçon par maman dominatrice ! » et avait généré d'excellents revenus passifs. Ses habitués, en particulier les sadiques, réclamaient davantage de clips avec des coups de planche. Les soumis offraient des fortunes pour une séance avec la maman dominatrice. Mais l'épisode avait mis fin à l'arrangement. Fini, la chambre d'adolescente, fini les tantes. Shayna avait dormi quelques nuits chez le responsable du magasin, Bryan, mais il gardait des serpents dans sa voiture et l'ensemble, l'ensemble de la vie de Bryan, semblait peu recommandable. Comme sa façon de dire : « Je comprends tout à fait » en réponse à absolument tout ce qu'elle pouvait raconter. Clinton lui avait dit qu'elle n'avait qu'à venir habiter chez lui, à titre gratuit. Elle n'en revenait pas de ce qu'elle était en train de faire lorsqu'elle avait acheté le billet d'avion. Mais Clinton était extrêmement beau, et l'amour n'était-il pas une série d'actes insensés qu'on accomplissait quand même, après tout ? L'amour est dingue, et c'était dingue, donc ça devait être l'amour. Ça devait.

Elle ne se doutait pas à quel point ce serait difficile de trouver notre maison. Elle avait dû monter, en stop, dans un camion-citerne qui se rendait sur le puits de gaz du terrain de Bernadette, et elle avait eu des haut-le-cœur en sillonnant les hauteurs qui faisaient claquer les oreilles, avec d'un côté la falaise et le vide de l'autre, les ombres plates des faucons qui planaient au-dessus de la route et le dernier feu de circulation des kilomètres et des kilomètres derrière eux.

« Tu sais que tout se ressemble, par ici ? » m'a-t-elle demandé.

J'ai regardé dehors. C'était vert. Mais pas sans nuances. Il y avait une tache plus claire sur la colline d'en face, tel un crâne chauve émergeant entre deux seins. Des mules se promenaient sur les seins, avançant latéralement dans l'herbe marron, et un tracteur peignait les tempes en suivant une perpendiculaire. C'était une région où le soleil cognait dur en milieu de journée. Les nuages bougeaient vite et se chargeaient d'un son lorsqu'ils passaient devant le soleil. Quand ils repartaient, le soleil ruisselait davantage et les faucons naviguaient seuls dans ce son. Il brillait, il brillait. C'était le sang dans ma tête et le vent dans mes dents. Toutes les granges alentour étaient devenues grises avec la pluie, et les planches au sommet, branlantes, voire effondrées. Je n'ai pas toujours vu ça comme ça, cela dit. Quand j'étais plus jeune, je croyais que le monde entier était une partie de mon corps. Je courais, et j'entendais le vent de ma course. Je pensais que c'était une seule et même chose. Je pensais que si je courais assez vite, je pourrais m'élancer d'une de ces crêtes et disparaître en tourbillonnant dans l'espace. Je ne savais pas vraiment ce que Shayna pensait de nous, pas plus que je ne pouvais voir les ténèbres dans ma tête.

« Ouais, c'est pas faux », j'ai dit. Elle tirait de gros nuages de sa cigarette électronique. On aurait dit une radio en métal avec un kazoo sur le côté. J'ai tendu la main pour la lui prendre. Je me demandais si je pourrais recracher des serpents de fumée, comme les siens, qui coulaient vers le sol avant de disparaître, et j'ai découvert que oui. Je pouvais vraiment le faire.

L'air s'est raréfié autour de moi car j'étais très haut perchée. D'un instant à l'autre, j'étais devenue adulte. Elle m'a fait pencher la tête dans la baignoire pour rincer la teinture. Mes cheveux se sont déployés dans l'eau.

« Pourquoi il est tellement bizarre avec toi ?

— Je crois qu'il est juste bizarre, point. Il ne sait même pas ce qu'il est en train de faire, la moitié du temps.

— Je l'espère vraiment, qu'il ne sait pas », j'ai dit. Elle a ri, mais pas moi. « Je ne pisse pas dans ma culotte.

— Je sais.

— Donc il t'a menti.

— Oui, bon. Clinton est le seul homme qui m'aime vraiment.

— C'est vrai, ça ? »

Elle a tiré sur sa lèvre. « Oh, sois pas idiote. J'en sais rien. C'est un truc que disent les gens. »

XI

J'avais instauré une nouvelle routine. Avant l'aube je traversais les bois pour aller chez Bernadette. Si elle dormait, ou si du moins elle était en haut, je commençais par chercher sa bouteille. Parfois, j'en trouvais une vide sur la table, avec un souvenir incroyablement ténu de liquide au fond, et j'arrachais l'étiquette et la mettais sous le porche pour la prendre en partant. Je descendais à la cave et cherchais dans les mêmes cachettes que Virgil. Les emplacements changeaient, parfois. La plupart du temps, je trouvais les bouteilles dans la citerne, ce qui me sidérait, car c'était tellement de boulot de les planquer là. Parfois, c'était presque comique, ses planques. Sous une étagère où étaient posées des poupées aux jambes écartées, le visage barbouillé au feutre bleu : poupée, poupée, gin, poupée. Parfois, je me disais qu'elle repérait les cachettes que j'avais découvertes, mais bien sûr sa mémoire n'était pas bonne, comme j'allais le découvrir, et j'accomplissais ma besogne avec un certain détachement.

Je trouvais ça dur, cependant, de les vider. Je

n'aimais pas faire ça. C'était le pire moment de la journée. Si je n'arrachais pas le verseur en plastique avec un couteau à beurre, ce pour quoi j'étais parfois trop empotée, le liquide s'écoulait lentement, comme s'il ne se résolvait à disparaître qu'à contrecœur. L'odeur me faisait penser à de l'essence. Elle jaillissait, prenante, comme de la peinture. J'ai toujours aimé les émanations toxiques. Quand Virgil faisait le plein d'une de ses tondeuses dans la remise, je retournais parfois humer les petites flaques qu'il avait laissées, et tenais ma tête au-dessus du point où elles sourdaient de la terre tel un autre monde, avec ses contours hideux, que j'adorais.

Pour me récompenser d'avoir vidé le gin, je fumais une cigarette avec les chèvres. J'aurais pu essayer de gagner leur affection, mais en fait j'ai commencé à aimer leur indifférence. C'est le génie de la nature, une chose à la fois vivante et indifférente.

C'était moins risqué d'arriver avant qu'elle se réveille. Quand elle était dans le cirage elle était plus facile à tromper. Lorsque je disais bonjour maman, elle me répondait par un salut laconique, les yeux plissés. Elle me préparait de petits bols de céréales pâteuses, que je mangeais pour lui faire plaisir. Quand nous parlions, je parvenais à lui arracher tous les détails d'un événement sans difficulté, car ses conversations décrivaient des boucles qui plongeaient, plongeaient jusqu'au cœur de sa vie.

Ce n'était pas très dur à comprendre. Lorsque Bernadette savait que j'étais Cindy, elle était triste, parce que ça voulait dire que sa fille était partie, ou morte. Quand j'étais cet être incertain, à l'aube ou au crépuscule, quand je commençais à porter les lunettes à monture noire sévère de Jude dans la maison, même si elles me donnaient des maux de tête et me faisaient voir le monde flou et lointain, quand je répondais à ses remontrances, quand je boudais, quand je chantais tout fort, toutes ces choses que je ne faisais jamais chez moi, je crois qu'elle me prenait pour sa fille, d'une certaine façon. Je me tenais à la place où aurait dû se trouver Jude, en tout cas. Et ça, je me disais, c'était lui rendre service.

Un jour, le car scolaire s'est arrêté devant chez Bernadette. J'étais en train de manger du pâté végétal sur du pain avec du thé pu'erh et des kakis, un roman moisi à la main, et il m'a tout bonnement paru impossible, en cette seconde, de penser que j'avais pu un jour me hisser dans ce car et m'asseoir des journées entières pour entendre parler d'éducation civique et tout ça.

Je n'avais pas du tout pensé au collège pendant tout ce temps. En ce qui me concernait, tout était pardonné – à condition que je ne sois jamais obligée d'y retourner. Les carrés de lumière jaune et les électrons qui sautaient de halo en halo et les haricots verts gris avec le jarret filandreux en cube (mon plat préféré en réalité, même si c'était dégoûtant) étaient de petits détails comiques d'une autre vie, et je comptais qu'ils le demeurent. La porte s'est ouverte. Le chauffeur s'est penché pour me regarder. Par l'une des vitres du fond, j'ai repéré Wyatt Tedrow, de ma classe, qui plissait le front et essayait de comprendre qui j'étais, avec mes cheveux noirs, dans une maison qui n'était pas la mienne. Son front était tout blanc, appuyé contre la vitre.

J'ai tourné la page de mon livre d'un geste languide qui ferait adulte, je l'espérais, sans lever les yeux, même si j'étais trop paniquée pour lire. J'avais peur qu'ils m'emmènent de force. Je me demandais s'ils allaient parler de moi, et inventer des histoires comme quoi j'avais disparu, à mon tour. J'ai imaginé mon prof principal en train de faire l'appel, prononçant mon nom dans le silence.

Le car s'est éloigné, et ne s'est plus arrêté là de l'année.

Le nez cassé de Bernadette ne se remettait pas tout à fait dans l'axe, mais elle refusait d'aller chez le médecin, et elle ne se rappelait pas du tout ce qui s'était passé au départ. Quelquefois, je la surprenais à faire de petites grimaces quand elle appuyait à certains endroits, et je lui demandais si elle avait quelque chose au visage.

« Tu vois, en général, pas du tout, mais aujourd'hui, c'est bizarre. Je ne sais pas. Ça fait un peu mal ? Je crois que je ferais bien de prendre une aspirine. Ou un verre. » Elle revenait souvent à ce dernier point. Le soleil était mauvais, alors elle ferait bien de mettre son chapeau, ou de prendre un verre. Elle avait lu une histoire d'amour incroyable entre une serveuse et un flic, je voulais bien venir m'asseoir une minute, qu'elle me raconte comme c'était beau ? Et lui apporter un verre ? C'était la Sainte-Trea, et on devrait la fêter en mangeant des oranges. Et les oranges, c'est délicieux, dans un grog, tiens, et si j'apportais la bouteille ? Je ne disais pas non. J'avais arrêté de vider les bouteilles. Elles étaient mon meilleur déguisement, après tout.

Virgil avait bien précisé que ma vraie mission consistait à empêcher Bernadette de se tuer par accident, ce qu'elle pouvait facilement faire en tombant dans l'escalier, en mettant le feu à la maison, ou en s'étouffant dans son vomi. L'allumage automatique du four ne marchait plus, si bien qu'il fallait effleurer le gaz avec une allumette, mais comme elle était en train de me parler de l'empire des Habsbourg, elle oubliait, et le gaz s'échappait pendant Dieu sait combien de temps. (« Il paraît que la mâchoire de Leopold était tellement déformée que sa bouche prenait l'eau quand il pleuvait. ») Donc je veillais à ça, et je nettoyais. Je descendais tous les objets en hauteur et je les frottais avec un chiffon mouillé, tous ses totems sculptés, ses pierres semi-précieuses, ses plumes et ses bibelots métalliques à valeur sentimentale. Elle n'aimait pas que je touche ces trucs et elle affirmait même qu'ils étaient rangés dans un ordre particulier, formant des triades, des hexagones et des trigones dont je ne pouvais rien connaître, mais si elle ne me prenait pas sur le fait, elle semblait ne rien remarquer.

Elle était facile à manipuler. Je regrette qu'il en ait été ainsi. Mais à part le chagrin et l'alcool, elle ne parvenait pas à garder une idée en tête plus de cinq minutes, la plupart du temps, et jamais plus longtemps que les moments que je passais dans une pièce avec elle. Dès que je sortais, ou qu'elle sortait, les compteurs étaient remis à zéro. Je ne pouvais rien faire pour m'éviter d'avoir les mêmes conversations avec elle quatre-vingts fois par jour. Par exemple :

« Où est mon pull avec les perles noires ?

— Il fait trop chaud pour mettre un pull.

— Oh, je sais bien. Mais je veux savoir où il est.

— Pourquoi ?

— Je veux être sûre que tu ne me l'as pas volé.

— J'en veux pas, de ton vieux pull dégueulasse. Je m'en fous. »

Trop dur. Quitte la pièce, recommence.

« Chérie, tu as vu mon pull à perles noires ?

— Non, désolée.

— Tu l'as volé.

— Maman, il est juste là. » Le pull était étalé, en croix, sur le canapé. Elle était assise dessus, en fait. Il flottait derrière elle telle une ombre maléfique.

« Oh. » Elle a tourné la tête et l'a caressé, rassurée par sa présence. « Bien. C'est mon préféré. Je l'ai acheté à Redondo Beach, tu sais.

— C'est quoi, Redondo Beach ?

— C'est un endroit en Californie où ils te servent l'âme d'un poisson pour dix petits cents.

— C'est comment, la Californie ?

— Serein. Mais sombre. C'est une région terrifiante, mais les fleurs sont belles. » Il commençait à faire nuit. L'air a quitté la pièce avec un sifflement. La lumière de la lampe glissait sur les perles telle une créature rampante. Bernadette est allée lancer la bouilloire. Elle l'avait déjà oubliée deux fois dans la soirée. J'ai su que la poignée était encore chaude, parce qu'elle a retiré sa main en sursaut, même si elle n'a rien dit. Elle a baissé l'allumette sur le brûleur et la flamme s'est élevée avec un petit boum. J'avais jeté les allumettes déjà grattées. Elle croyait toujours que c'était la première fois, pour tout.

Elle est retournée s'asseoir sur le canapé et a repris ses mots croisés. Et m'a demandé c'est quoi ci, c'est quoi ça, le Tibre, l'émeu, le pahoehoe, Tiger Woods.

« Où est mon pull à perles noires ?

— Il fait trop chaud pour mettre un pull.

— Oh, je sais bien. Mais je veux savoir où il est.
— Pourquoi ?
— Je veux être sûre que tu ne me l'as pas volé.
— J'en veux pas, de ta saleté de vieux pull. D'ailleurs, je ne porte pas de noir. Ça ne va pas aux jeunes filles. » C'est exactement le genre de commentaires légers que moi, Cindy, je n'aurais jamais fait.

« Tu l'as volé !
— Maman ! Derrière toi !
— Oh. Bon, tant mieux. Tu sais, c'est mon préféré.
— Redondo Beach.
— Redondo Beach ! Je chantais, là-bas, si tu veux savoir.
— Pas à la plage ! Tu aurais eu l'air folle. On t'aurait arrêtée.
— Haha. Ils auraient bien aimé, crois-moi. Non, dans un bar. C'était un bar magnifique. À l'intérieur, il y avait un parfum d'ancien. Le vin était gratuit, mais il fallait payer la location du verre. J'ai oublié pourquoi. Une loi quelconque, sans doute. »

Quand le thé était prêt, je l'apportais et passais un petit moment avec elle. On faisait les mots croisés. Puis Virgil venait à la nuit, pour me tranquilliser et me ramener en haut de la colline, à la maison, avec l'encens qui s'échappait encore de mes vêtements, des zones que mon pouls réchauffait. Je me disais qu'elle ne pouvait pas s'attirer trop d'ennuis si je faisais attention aux quantités qu'elle buvait. Elle avalait son thé. En général elle commençait à être bourrée au moment où Virgil arrivait, donc je cachais tout dans des planques de ma propre invention. Chaque soir, je racontais à Bernadette que j'allais passer la nuit chez Kayla. Parfois ça l'attristait, apparemment. D'autres fois elle me saluait d'un geste sans lever les yeux de son livre.

Je crois qu'en plus de toutes les fois où elle m'a demandé qui j'étais et ce que je faisais dans sa maison, il y en a eu des centaines d'autres où elle s'est posé la question mais n'a rien dit. Elle avait encore suffisamment de présence d'esprit pour conserver une certaine fierté. Ça la gênait, de ne pas savoir. Elle se rendait compte qu'elle aurait dû savoir ce que je fabriquais là avec la clé à molette, à me glisser derrière le plan de travail pour aller remettre le gaz. Elle avait sans doute essayé de se faire une tasse de thé en pleine nuit et se demandait pourquoi cet acte n'était pas autorisé. Et le pire, c'est qu'elle restait seule dans son incompréhension. Je n'avais sans doute pas l'air d'une cambrioleuse, en chaussettes, tournant les pages d'un vieux catalogue de chez Met avec Mondo qui se frottait contre mes mollets. Je comprenais qu'elle cachait son égarement quand elle ébouriffait les petits cheveux sur sa nuque, un truc que font les adolescentes. Un truc que je faisais, qu'elle avait peut-être même copié sur moi inconsciemment pour se mettre dans mes bonnes grâces.

Et dans ces moments aussi, il était plus sûr de ne parler que des choses qui se trouvaient là, visibles de nous deux, et n'ayant pas de rapport particulier avec le passé. Nous ne pouvions pas évoquer, par exemple, ce que nous avions fait la veille. Cela ne ferait que souligner qu'elle ne s'en souvenait pas. Nous ne pouvions pas non plus parler de moi. Si ça se trouve, je lui avais tout raconté sur ma vie. J'avais peut-être débarqué juste avant que les moments qui se reliaient entre eux se soient tous disloqués, et il aurait été douloureux de me rappeler ça, à moi, que je ne pouvais rien signifier pour elle.

Alors Bernadette choisissait un objet dans la pièce et émettait des commentaires à son sujet, comme si c'était la première fois qu'elle le remarquait au cours de toutes ces années. Mais le problème, dans ce cas, c'était qu'elle choisissait toujours la même poignée d'objets. Parmi eux, un jeu de dominos verts disposés selon un dessin quasi totémique, un sachet de graines d'asters décolorées par le soleil, plié en deux pour caler la table branlante. Ou la photo de Rosetta Tharpe scotchée au réfrigérateur, et savais-je que Bernadette l'avait rencontrée, un jour ? Ah, oui, je le savais. Mais je devais prétendre que non.

Nous parlions des chèvres tous les jours. C'était notre feuilleton, notre famille royale, nos tabloïds, et nos actrices qui avaient grossi. Bernadette montrait les pattes arrière de Dolores, son poil crotté de mousse et de terre. C'était le signe qu'elle venait d'être montée. Le bouc se pissait dessus afin de sentir assez fort pour l'accouplement, et il laissait sa crasse sur les femelles. Le lendemain, c'était l'arrière-train de Panda Jane qui était sali. Je faisais semblant d'être outrée, mais seulement parce que Bernadette adorait me taquiner. En fait, ça n'avait rien de captivant, à mon avis. Mais j'aimais que ça fasse rire Bernadette comme ça.

L'une des chèvres était maladroite. On pouvait compter sur elle pour renverser un seau d'eau, même plein. Elle était si peu sauvage qu'elle m'avait marché sur les pieds. Comment s'appelle-t-elle ? j'ai demandé.

« Ann Richards, a dit Bernadette. Elle a un problème d'alcool, mais tu sais, elle est *tellement courageuse*. » Et elle a ri, aux larmes. Moi, je ne savais pas qui était

Ann Richards. Mais j'ai ri aussi, parce que ça nous faisait un truc à faire ensemble.

À la maison, j'ai découvert que ça m'aidait, cette habitude de ne m'attarder que sur les choses que j'avais sous les yeux. Je pouvais me glisser d'un instant à la vue vierge offerte par le suivant. Quand Clinton me serrait trop longtemps dans ses bras et caressait la bretelle de mon soutien-gorge à travers mon tee-shirt, je pouvais m'évanouir dans les parties obscures de l'air pur, les parties qui sont toujours là, et dans lesquelles on peut voyager. Instant, instant, instant. J'amputais un instant et je l'abandonnais. Je devenais quelqu'un qu'il ne pouvait pas suivre, et il n'en avait pas idée. À la maison, on regardait toujours des séries judiciaires débiles sur un litige entre colocataires qui ne parvenaient pas à se mettre d'accord sur celui qui devait payer le câble ce mois-ci. Chez Bernadette, je mangeais des grenades et je lisais Khalil Gibran. J'attendais toujours que quelqu'un décrète une heure normale pour le coucher, ou au moins me demande où j'avais trouvé la petite bougie noire parfumée à la cerise que j'allumais désormais dans ma chambre pour lire, et ce qui était arrivé à mon visage, car mon visage avait changé. Même en faisant abstraction du maquillage et de la teinture, je savais que quelque chose de neuf commençait à s'y manifester.

XII

Le pourquoi, je ne m'en souviens plus. Je crois que j'étais tombée dans les crottes de chèvre et que je m'en étais mis partout sur mon tee-shirt, ou peut-être que j'avais juste attrapé de la poussière dans la grange. Toujours est-il que j'avais besoin d'une tenue de rechange, et tout ce qui traînait dans les paniers à linge s'y trouvait depuis Dieu sait combien de temps et sentait le putois, si bien que j'ai décidé de mettre les habits de Jude.

Je savais que ce n'était pas bien d'entrer dans la chambre de Jude. Il y avait encore un ruban adhésif laissé par la police en travers de la porte. J'ai dû me baisser pour passer dessous. Je n'en suis pas revenue de la quantité d'affaires que possédait Jude. Une boîte à chaussures pleine de flacons de vernis à ongles avait été renversée sur le tapis chiffon, quatre-vingts variétés. Il y en avait partout par terre, restés exactement tels quels depuis que les policiers les avaient passés en revue.

La plupart de ses vêtements gisaient sur le plancher du placard, un fatras d'affaires et de détritus, et j'ai repéré un emballage de pilules contraceptives, ce qui m'a rendue douloureusement envieuse de son intimité, alors même que j'étais en train de la fouler aux pieds. J'aurais voulu la laisser tranquille, mais j'avais envie, aussi, de me rouler dans les habits qui gardaient son odeur, un parfum trop fort qui rappelait le bois brûlé. Il ne m'a pas semblé si grave que ça de prendre une de ses robes sur un cintre. J'étais couverte de crottes de bique, après tout. Il fallait bien que j'enfile des vêtements propres. La robe était une petite chose noire, douce au toucher, sans manches, avec un cordon à la taille, et même tout contre ma peau, elle me faisait l'effet d'un animal. Mon sang l'a réchauffée immédiatement.

Peut-être que c'était parce que la robe était agréable. Agréable d'une façon dont mes propres vêtements ne l'étaient jamais. Comme si j'avais dépecé un lac et enfilé sa peau par-dessus la mienne. Je dis ça, c'est pour essayer d'expliquer. J'ai repéré la petite fiole d'huile essentielle de néroli pure, avec son capuchon blanc et son étiquette presque arrachée. Je m'en suis appliqué quelques gouttes sur le cou et les poignets, comme ça se fait, on m'avait dit. J'avais la sensation de devoir aller m'asseoir, la robe autour de mes genoux, dans l'herbe, et jeter une pomme vers le ciel. Je n'étais pas moi-même. Mes poumons étaient plus grands. Le soleil donnait forme à un nuage et laissait son éclat se faire étouffer derrière lui. Rapidement, comme ça arrive souvent par ici, les panneaux de lumière ont chu en un instant. Je n'avais plus du tout besoin de Cindy. Alors j'ai mis d'autres affaires de la fille disparue. Ses bracelets. Elle en avait des tas, de ces trucs en aluminium, avec des formes de diamants gravées dans le métal. Et parce que j'aimais la façon dont ça les faisait glisser sur mon bras, j'ai aussi tripoté mes cheveux, et je les ai relevés à l'aide d'une barrette. Je n'ai pas d'autres mots pour raconter ça désormais. Ma colonne vertébrale était longue. J'avais la sensation qu'il m'était poussé une queue, un halo, une griffe.

Dans le couloir, pendant mon parcours expérimental jusqu'à la salle de bains, tout du long, j'ai été nerveuse à l'idée de me voir. Mais Cindy n'était pas là. Avec les habits de Jude sur moi, mes muscles tout neufs qui roulaient sous ma peau, elle n'était pas là. Ça, c'était un bateau avec lequel voguer sur un océan vert, et il pouvait y avoir des cloches qui sonnaient quelque part. Salut, Marilou ! J'ai vu le mot « ITALIE » s'allumer en majuscules, ou du moins je l'ai cru. Les poissons dans mon ventre se sont rassemblés à l'appel du tambour, ou dispersés. *À l'aide !* j'ai pensé. Je crois même que j'ai ri.

J'ai dû me regarder un long moment comme ça.

Bernadette est entrée dans la salle de bains. Pour une raison ou pour une autre, cela semblait beaucoup plus grave que mes précédentes tentatives de me dissoudre dans Jude. Peut-être avais-je commencé à me duper moi-même à un niveau beaucoup plus fondamental. Et peut-être avais-je déjà posé les fondements de tous les dégâts bien plus tôt, dans un instant qui m'échappe encore. Mais je sais une chose : si je pouvais revenir en arrière, c'est à ce moment-là que j'arrêterais tout. Mon cœur me répétait des avertissements sonores. J'ai vu ses cheveux en bataille derrière moi dans le miroir. Je n'avais rien prémédité, bien sûr. Je n'avais pas réfléchi à quoi lui dire, debout là dans la robe de sa fille, avec ses bijoux qui se réchauffaient à mes poignets. Et son parfum au néroli qui prenait vie au contact de ma peau pour se projeter dans le monde.

J'ai cru qu'elle allait me fesser à nouveau. Ou me prendre par la peau du cou et me jeter dehors. Mais elle est passée à pas de loup derrière moi et s'est assise sur les toilettes. Elle a relevé sa jupe et fait pipi, le visage aussi inexpressif qu'un animal. Puis elle est repassée derrière moi, s'est mouillé les mains au robinet, et humecté les aisselles du bout des doigts. Elle m'a souri, s'est léché un doigt, et a ôté une petite crotte d'œil de ma joue. Lorsque Virgil est venu me chercher ce soir-là, j'ai pleuré un peu en regardant Mondo courir derrière nous sur la route.

Pour rigoler un peu, nous avons commencé à appeler le numéro vert qui figurait sur le flyer qu'Alistair Vanderjohn avait déposé chez Pecjak. Shayna connaissait un mec qui faisait ça à plein temps, au Texas. Il consultait tous les appels à témoins du site Web des Crime Stoppers, et il appelait à plusieurs reprises pour raconter qu'il avait vu des voitures de différentes marques quitter les lieux de la fusillade, du cambriolage ou autre à toute vitesse. Parfois, il refilait un pourcentage à Shayna pour qu'elle appelle à sa place, car les bénévoles de Crime Stoppers commençaient à reconnaître sa voix, même quand il la modifiait ou parlait à travers une chaussette. Shayna connaissait bien le principe. Il employait un algorithme qui lui fournissait les numéros de plaques d'immatriculation les plus courants. Il écoutait la fréquence de la police en permanence. Il la laissait même allumée toute la nuit, pendant son sommeil. Et parfois, en se baladant, il tombait sur un lieu qui avait quelque chose de malsain. Ça pouvait simplement être un magasin de donuts dans un centre commercial, ou une école d'esthéticiennes sur un bord de route, n'importe quel endroit qui dégageait des mauvaises ondes. Ça n'avait pas d'importance. Et il le balançait. Parfois, il inventait des trucs de toutes pièces. Il inventait des femmes qui avaient commis des crimes, et décrivait aux numéros verts leur bouche en cœur, leurs boucles noisette, leurs grains de beauté, et le site où elles avaient planqué les cadavres. Et c'est assez dingue, mais ces tuyaux-là avaient plus de chance, quoique peu, de s'avérer payants. « C'est un peu comme si c'était un medium, disait Shayna. Il a contribué à faire arrêter une mère qui laissait ses bébés enchaînés dans un garde-meuble. Sur un simple pressentiment. Il a appelé pour dire que c'était une femme rousse, qui conduisait un Cruiser PT mauve. Et il a résolu l'affaire. Il s'est fait dix mille dollars, sur ce coup-là. »

Alors Shayna a appelé au sujet de Jude. Et rappelé.

« Je l'ai vue monter dans une voiture rouge. »

« Je l'ai vue monter dans une voiture bleue. »

« Elle est montée sur une moto, une deux cent cinquante centimètres cubes. »

« Elle s'est convertie à la scientologie, et elle s'est inscrite au truc, là ? Où on habite sur un bateau ? »

« Je l'ai vue il y a dix minutes au Wendy's sur l'I-79. Elle était avec un type obèse qui portait un short en maille. »

« Elle portait un foulard sur la tête. »

« Ils lui ont rasé le crâne. »

« Elle est dans une grange quelque part près de la ligne Mason-Dixon. »

« Elle a sauté du pont, le grand, au-dessus de la gorge. Le, je ne sais pas, le pont de la Gorge ? Non, je ne plaisante pas. »

Elle passait un appel pour chaque « tuyau ». Chaque

fois, elle notait un numéro à sept chiffres à l'arrière du flyer.

« Bon, le mec commence à me calculer. À toi.

— Je ne sais pas quoi dire.

— Chérie, tu fermes juste les yeux et tu vois quelque chose. Puis tu lui dis ce que tu as vu. » Elle m'a passé le stylo et le flyer. « Mais faut pas que ce soit trop précis, sinon ça prendra pas. »

J'ai composé le numéro. « Elle s'est enfuie vers l'océan, j'ai dit. Elle est assise sur un rocher, en cet instant même.

— Pardon ?

— Jude. C'est là qu'elle est.

— Qui ?

— Jude. Vanderjohn ? Qui a disparu ?

— Elle est sur un rocher – au bord de l'océan ?

— C'est ce que j'ai vu en fermant les yeux.

— Ce n'est pas une farce, jeune fille.

— OK. Désolée. » Il ne m'a pas donné le numéro pour réclamer la récompense.

J'étais de l'autre côté de l'allée avec les chèvres de Bernadette lorsqu'une petite berline bleu ciel s'est garée devant – mon cœur s'est arrêté. Personne n'était censé venir, à ma connaissance, et je n'avais jamais vu cette voiture. Je trouvais toujours que les voitures étaient un peu des extensions du visage de leur propriétaire. La coccinelle rouillée de Melda McConaughey ressemblait à Shelley Duval, par exemple. Mais l'homme que j'avais vu chez Pecjak – le père de Jude – en est sorti, a pris une boîte d'archives dans le coffre et est entré droit dans la maison, comme s'il était attendu. J'avais affreusement peur qu'il se tourne et me voie en train de l'observer. Et là-dessus, il a levé les yeux et a fait bonjour de la main.

La vérité, c'est que j'évitais les amis de Bernadette depuis que j'avais décidé de me teindre les cheveux et de devenir cet être incertain. Ça deviendrait trop compliqué de maintenir ma supercherie s'il y avait quelqu'un pour poser des questions, et c'est triste à dire, mais il y a beaucoup de gens qui ne demandent qu'à tourner le dos et s'éviter de traverser la moitié du comté en bagnole pour venir boire du thé amer dans un salon mal éclairé et se couvrir de poils de chien. Alors j'expliquais aux amis de Bernadette, quand ils appelaient, qu'elle ne se sentait pas bien, que j'étais la voisine et que ce n'était pas un souci de lui apporter des petits plats, mais qu'il valait mieux la laisser tranquille à part ça. Je n'ai eu besoin de le dire deux fois à personne. Il ne m'était pas vraiment venu à l'idée que quelqu'un puisse débarquer sans s'annoncer. Ou bien avais-je laissé le téléphone sans surveillance ? J'ai envisagé de le débrancher chaque fois que j'allais changer l'eau des chèvres et le soir, quand je partais, voire de le garder dans ma poche pour éviter que ce genre de surprises survienne à nouveau.

Ils n'étaient pas dans le salon, alors j'ai fait le tour par-derrière en douce, et je me suis accroupie sur mes talons sous la fenêtre de la cuisine. J'ai entendu des bruissements de papier sur la table, et mon pouls irrégulier, que j'ai tenté de calmer.

« Bernie. Bernie. Ça ne va pas aider. Il faut que tu regardes les choses en face. » Il avait la voix un peu lasse, mais sans colère.

« C'est que ça fait tellement plaisir de te voir, Alistair. Laissons le passé là où il est. Repartons à Chico. J'en ai assez de cet endroit. Oh, il me sort par les yeux, si tu veux savoir. J'ai envie de revoir le ciel.

— Écoute, l'essentiel, c'est ça, OK ? C'est de continuer à faire circuler son visage. J'ai parlé aux policiers, et ils disent que c'est la marche à suivre.

— Le visage de qui, chéri ?

— De Jude. Jude a disparu.

— Alistair, je le jure devant Dieu. Tu ne peux pas débarquer ici pour me chercher des poux chaque fois qu'elle se plaint d'un truc que j'ai fait.

— Je t'assure que je ne suis pas venu pour te chercher des poux. Notre fille a disparu.

— Jude et Virgil sont partis se faire une équipée sauvage en amoureux, c'est des adolescents. Tu es vraiment rabat-joie. Et je refuse de soumettre mon bébé à tes peurs irrationnelles. D'ailleurs, elle est juste de l'autre côté de la route, avec les chèvres. Ou c'est sa copine. Enfin, je ne sais pas ce qu'elles font. Tu n'as qu'à aller voir par toi-même.

— Je l'ai vue – c'est la sœur de Virgil, non ?

— Je ne tiens pas un registre des amies de Jude. Mais oui.

— Elle est toute seule. Jude a disparu. Jude n'est pas là.

— Pourquoi tu n'arrêtes pas de dire ça ? On s'est fait les ongles ce matin-même. On va faire du pain aux bananes.

— Bernadette, je refuse de me lancer là-dedans. Je ne vais pas me laisser prendre dans tes boucles, surtout si tu as bu. » À ma connaissance, elle n'avait pas bu, mais je comprenais sa méprise. Sa mémoire était flinguée, donc en réalité, ça ne changeait pas grand-chose. Un grand silence s'est répandu et répandu telle une flaque d'huile sur de l'eau, puis j'ai entendu la chaise de Bernadette grincer.

« Tu sais, je suis un peu fatiguée, a-t-elle dit. Tu ferais sans doute mieux de t'en aller. Je suis vraiment trop lasse pour ce genre de scène. Si tu as envie de me clouer sur la croix, il va falloir revenir demain.

— Je pars ce soir. Je vais directement à l'aéroport.

— L'aéroport ! Eh bien, emmène-moi, dans ce cas. Ramène-moi à Chico, chéri. J'en ai assez de cet endroit. Le ciel me manque. Ah, ça me rend malade de ne plus voir le ciel. »

J'ai retenu mon souffle dans l'attente de la réaction de M. Vanderjohn, mais à la fin de ce silence, je l'ai entendu pleurer. Un son haché. Comme s'il taillait des morceaux d'une grosse pierre, mais tout en s'efforçant de ne pas faire de bruit. Je ne savais pas quoi faire. Ça paraissait ridicule de me cacher puisqu'il m'avait reconnue, mais je ne voulais pas non plus voir un homme pleurer. J'avais l'impression que si je regardais, il allait savoir sur moi quelque chose que je faisais tout pour cacher. Il a pleuré longtemps, du moins c'est ce qu'il m'a semblé. Mes jambes me brûlaient et mes talons étaient ankylosés, mais je ne pouvais pas bouger.

Enfin, j'ai entendu la porte se refermer et la voiture démarrer. Il n'avait pas dit au revoir. Sans doute savait-il que ça n'aurait pas eu de sens. J'ai laissé s'écouler encore quelques minutes avant d'entrer. J'espérais que Bernadette serait épargnée par ce souvenir récent de sorte que je puisse la guider vers une activité sans danger mais elle tenait un des flyers juste sous son nez.

« Qui es-tu ? » Elle semblait perplexe, pas en colère, mais je n'avais pas envie de prendre le risque que son humeur vire au noir.

J'ai trouvé une bouteille de gin neuve, j'en ai versé la moitié dans son mug avec du Coca-Cola et je l'ai posé près d'elle.

« On échange », j'ai dit, et j'ai poussé le mug dans sa main. La liasse de flyers, je l'ai apportée à l'étage pour la détruire.

XIII

Celle-là, je l'ai entendue de la bouche de Sissy Pecjak, dont le frère était aide-soignant à l'hôpital. Apparemment, ne trouvant pas trace de Jude dans le système judiciaire, la police s'était mise à interroger les hôpitaux. À Mon General, ils avaient trouvé une fille qui ne se rappelait pas son nom. Son physique correspondait à la description de Jude. Elle n'avait présenté aucun papier. Les registres indiquaient que quelqu'un l'avait laissée sur une des chaises roulantes à disposition dans le hall des urgences le 19 mai, quelques jours après la dernière fois que Jude avait été vue. Elle avait été admise sous le nom de Janet Lockjaw, ce qui, comme il était apparu par la suite, était une sorte de blague.

En plus de souffrir de malnutrition sévère, elle présentait une infection osseuse à la mâchoire. Elle ne pouvait ou ne voulait pas dire d'où elle venait. Mais lorsqu'ils lui ont demandé si elle s'appelait Judith Vanderjohn, elle a dit oui. Quand ils lui ont demandé si elle habitait à Deep Valley avec sa mère, elle a dit oui. Était-elle blessée ? Oui. Qui lui avait fait ça ? Oui. Puis elle s'est mise à dire Ouah, à la place. Elle est restée bloquée sur Ouah. Ouah, ouah, ouah. Ouahouahou ! Les infirmières, quand tout le monde avait le dos tourné, l'appelaient l'Ambulance humaine.

Dans un autre hôpital, ils ont trouvé une autre fille noire qui disait qu'elle n'était pas qui elle disait être. Elle avait elle aussi été abandonnée sur une chaise roulante à l'accueil, même si elle avait juste besoin d'une dose de naloxone. Ils l'avaient gardée une semaine en psychiatrie pour évaluation car elle s'était infligé des coupures aux bras et prétendait ne pas connaître les États-Unis d'Amérique. Elle affirmait venir d'un autre monde, en fait. Vous croyez que cet endroit est réel, mais il ne l'est pas, disait-elle. C'est un simulacre, comme les feux d'artifice. Très joli. Mais irréel. Elle avait néanmoins entrepris de fournir à la police une description complète de son ex-petit ami, avec adresse et numéro de sécurité sociale, et indiqué dans quels tiroirs du coffre à porcelaine de sa mère celui-ci conservait ses disques durs remplis de pédopornographie. L'inspecteur Torboli avait procédé aux arrestations. Les informations qu'elle avait fournies avaient permis de mettre fin aux activités d'une poignée de petits criminels. Quand il était retourné lui annoncer la chose, elle avait signé une décharge pour sortir et disparu. Il l'a retrouvée des mois plus tard, elle vivait dans un centre d'hébergement pour toxicos. Elle avait monté une affaire florissante de manucure clandestine en interne. Elle s'était fabriqué un pinceau d'une grande précision en fixant ses propres cheveux sur un crayon à papier, avec un soin remarquable, et elle acceptait des paiements en cigarettes, Red Bull ou corvées de vaisselle. Toutes les filles de la résidence allumaient leurs cigarettes et s'épilaient les sourcils avec des ongles décorés de tigres et d'éclairs roses. Elle a remercié l'inspecteur Torboli pour ce qu'il avait fait, même si elle maintenait que toute chose était un dharma, et que chaque dharma devait être considéré comme un rêve.

Je n'ai pas dit ce que j'étais ou n'étais pas. C'était un jeu de devinettes. Comme la fois où nous avons joué à un jeu de mime : Bernadette a préparé les petits papiers roses pour le saladier, et dessus il y avait écrit des mots comme « TOXICO », « PAYSAN », « SCIENTIFIQUE », « KING KONG », « CHER ». Elle s'est saoulée. Un peu trop tôt dans l'après-midi, mais il faisait chaud ce jour-là et je ne pouvais pas vraiment argumenter contre le gin et la glace et le gin. C'était mon tour et je me sentais grosse. Une rose est. La rosée d'un mois d'octobre glacial. Les beaux yeux de Buster Keaton. J'ai dit qu'il n'y avait pas moyen de le jouer, celui-là. « HÉRACLITE » ? C'est qui, ça ? Elle a essayé de le mimer en abaissant encore et encore son pied pâle sur le tapis rouge et bleu. Je ne connaissais pas le fameux truc de la rivière dans laquelle on ne se baigne jamais deux fois, à l'époque, bien sûr. Les miens étaient trop faciles : « SOLEIL », « CARABINE », « POÊLE À FRIRE ». Pas stimulants, disait Bernadette, même si je maintiens que le soleil est difficile à mimer. Comment faire ? Faut-il montrer le ciel, son bras, son cœur ?

J'ai tiré une autre petite carte rose. Elle disait « OCÉAN ». Selon les règles impossibles, je devais montrer les bandes de pellicule brisées de mon enfance et espérer transmettre quelque chose de possible à deviner. Ce qui n'était que : reflet de la paille, flammes vertes, un oiseau noir buvant l'essence renversée. Le plus d'obligation les jours fériés, s'amuser avec toute la famille. Passer du temps ensemble, les muscles claquent. Vous laissez filer la chaîne dans un lac peu profond, mais le fond est si mou que vous ne réalisez pas le moment où l'ancre le touche. J'ai dit C'est qui, Buster Keaton, au fait ? Bernadette m'a expliqué qu'il était très athlétique. Mais névrosé.

Elle aimait jouer des tours aux types de la compagnie de gaz, quand ils venaient à la maison vérifier un repère laissé par le géomètre ou fumaient à la lisière du bosquet d'érables. Venez par-là, disait-elle. Prenez de la limonade. C'est ma copine Ann Richards – et elle me poussait dans leurs pattes brûlées par le labeur. Ah oui, moi et Ann Richards, on passe un beau dimanche. Lundi ? Comme vous voudrez, ça m'est égal. Ils demeuraient stoïques. L'un d'entre eux restait là, à parler joyeusement d'absurdités, les gants fourrés dans ses poches arrière, promenant les yeux de l'une à l'autre, comme s'il reniflait presque la supercherie. Le contremaître nous laissait un carton de donuts, de temps en temps.

Un jour, j'ai annoncé à Bernadette que c'était mon anniversaire, juste pour voir sa réaction.

« Mince, on est déjà en janvier ? Bien sûr. Bien sûr. Zut alors. Il faut qu'on lise ton avenir immédiatement. C'est la date idéale. Les anniversaires, c'est comme ça qu'on peut vraiment savoir. » Elle a placé le pouce devant le soleil et froncé les sourcils. « Tu aurais dû le dire un peu plus tôt, Ann Richards. On perd déjà la lumière. Il va falloir qu'on se dépêche pour faire ça comme il faut. »

Elle m'a installée à la table et a sorti une photocopie avec un cercle et un pentagramme à l'intérieur. Elle m'a demandé de fermer les yeux puis a arraché une petite touffe de cheveux du sommet de mon crâne et les a déposés au milieu. On aurait dit une racine étrange, vaporeuse. J'avais peur de la disperser en respirant trop fort, sauf que bien sûr, elle venait de ma propre tête et on pouvait en prélever d'autres. De la main gauche, elle tenait le pendule avec la colonne de quartz transparent au bout, le cordon enroulé autour de son index. De la main droite, elle a appuyé sur mon épaule et tâtonné mon visage.

« OK, j'y suis. Qu'est-ce que tu veux savoir sur toi-même ?

— Qu'est-ce que je serai plus tard ?

— Être ? Être ? Non. Trop complexe. Commence par un petit truc.

— Qu'est-ce qui va m'arriver demain ? » Le pendule s'est coulé dans une orbite de faible amplitude. Bernadette a promené ses doigts sur la carte. À un moment, il s'est mis à tourner dans l'autre sens.

« Demain, tu vas traverser une rivière. Depuis l'autre côté, tu verras la vérité.

— Est-ce que je tomberai amoureuse un jour ?

— Oui, une fois. Mais tu n'auras pas besoin de davantage.

— Est-ce que je suis quelqu'un de bien ?

— Chérie. Bien sûr.

— Qu'est-ce que je vais être ? »

Elle a pris un long moment. Elle a touché mon menton et mon nez et passé les doigts sur mon front à plusieurs reprises. Son visage s'est assombri, et elle a vérifié de nouveau ces points. Le pendule dansait dans tous les sens. Elle a agité la main et recommencé. C'était vraiment mon anniversaire. Je ne l'avais dit à personne, mais j'étais sûre que ça donnerait une vérité supplémentaire à ce qu'elle disait.

« Qu'est-ce qu'il y a ? Ça dit quoi ?

— Tu seras une luciole.

— Qu'est-ce que ça signifie ?

— Ah, ça, je ne sais pas ! Je connais seulement les réponses. Je ne sais jamais pourquoi elles sont justes. »

XIV

La nuit tombait plus tôt. La lumière bleue se chargeait d'une profondeur vitreuse. Bernadette disait que c'étaient les heures précédant le lever de la lune qui faisaient se réverbérer cette couleur dans son socle voûté au-dessus de nous. Les premières étoiles s'inscrivaient dans le ciel, hésitantes, et Virgil était en retard pour venir me chercher. Quand j'ai appelé à la maison, personne n'a répondu. J'avais déjà tout fermé pour la nuit, mais Bernadette me tenait compagnie sous le porche, enveloppée dans sa couverture. Elle tenait un petit cigare. On aurait dit qu'elle fumait un doigt d'enfant. Je n'avais pas pris de couverture car j'étais sûre que Virgil serait là d'une minute à l'autre.

Mais la nuit s'est épaissie et les lumières au-dessus des corniches des granges de chaque côté de la route se sont mises à projeter dans l'obscurité des faisceaux orange où s'agglutinaient les lucioles. Je ne voulais pas retourner à l'intérieur car cela serait revenu à admettre que quelque chose était arrivé à Virgil et j'avoue que cette perspective m'angoissait. Il n'avait jamais manqué de venir me récupérer. Il n'avait jamais même été en retard. Je me suis dirigée vers la route, pour voir si je pouvais repérer ses phares.

Et je n'avais jamais passé la nuit chez Bernadette auparavant. Je partais en général quand le jour déclinant éclairait encore les choses d'une lumière crue. J'ai avancé un peu sur le chemin gravillonné vers la route, comme si j'allais entendre le pick-up par miracle. J'avais le sac en papier où je mettais mes affaires – un jeu de pièces de monnaie que nous avions trouvées derrière les étagères, et un sachet de pelures d'orange que je faisais sécher sur les radiateurs pour m'amuser. Mais la nuit rendait son unique son, *brille brille*, et le silence ne tintait de rien d'autre pour l'absorber ou le contrer.

Quand je me suis retournée, j'ai eu l'impression de voir la maison pour la première fois. C'était une lanterne sur la pente et à l'intérieur le magma d'empreintes de doigts et de mains rendait seulement un jaune tendre partout. C'était quelque chose. Magnifique. Comme je ne l'avais jamais vraiment vue jusque-là, ça m'intimidait à présent de m'y rendre à nouveau. Mais je me suis assise aux pieds de Bernadette. Je lui avais raconté que j'étais censée dormir chez une amie, et que la mère de l'amie était juste en retard, c'est tout. Elle m'a suggéré de lui passer un coup de fil. Je n'ai pas eu le courage de lui faire remarquer que j'avais déjà appelé deux fois. J'avais écouté la sonnerie retentir dans le vide, jusqu'au bout.

« Tu as l'air inquiète, a-t-elle dit.

— C'est rien. Je n'ai aucune raison de m'inquiéter.

— Ce n'est pas l'impression que ça donne. » Elle

a posé une main sur mon dos. J'ai fait de mon mieux pour ne pas me contracter. « Je le sens, juste là.

— Ça va !

— Je voudrais vraiment que tu m'expliques, ma chérie. Je le vois bien. Ça fait un moment que c'est dur. Tu n'es pas comme d'habitude, ces derniers temps. » Les deux premières larmes sont tombées droit de mes yeux car je regardais le sol. La honte que j'éprouvais, de pleurer car je faisais l'objet d'une tendresse usurpée, me faisait perdre toute volonté. J'ai appuyé ma mâchoire très fort contre ma poitrine.

Shayna ne trouvait pas la disparition de Jude mystérieuse. Elle disait qu'elle était tombée enceinte et s'était enfuie, dans la panique, ou qu'elle était morte d'une hémorragie dans la cuisine d'un avorteur clandestin, ou qu'elle n'était pas bien dans sa tête, pour des raisons immémoriales, qu'on considérera toujours comme des classiques : L'adolescence ! L'adolescence ! L'adolescence ! Et qu'y a-t-il d'autre ? Je le savais. Je me suis écrit les choses, comme un mémento, sur les cuisses, bien haut, là où la peau était dissimulée par mes shorts : *A-M-O-U-R*, j'ai écrit avec une épingle à nourrice, sans appuyer, si bien que ce n'était qu'une pâle égratignure. Je n'ai jamais été capable de faire couler mon propre sang. Même à l'adolescence, je n'étais pas comme ça.

Mais aussi, ce que j'en pensais, c'était : Nous sommes pareils à des animaux, de toute façon. Et un animal quitte son domicile pour des raisons pressantes qui lui appartiennent. Ne l'avais-je pas fait, moi ? La logique file sur un circuit aussi étroit que celui d'un petit train en bois, elle décrit des boucles, des boucles. Je ne peux ni le confirmer ni le nier.

Mais c'est ce qui fait de moi une vraie fille de la campagne, je crois.

J'aurais été Jude un million de fois si vous m'aviez posé la question chaque jour de ce million. La pesanteur ne la soudait pas très fermement à cette terre, me disais-je. Même disparue et torturée, je voulais être elle, et pas moi. Jude, me semblait-il, avait projeté son univers personnel sur le monde avec une telle puissance qu'il l'avait complètement retournée, et absorbée. J'étais forcée d'aimer ce genre de problème de loin car je ne pouvais pas me l'approprier. Oui, c'est délirant, de dire une chose pareille. Mais c'est vrai que j'enviais une chose que je comprenais complètement de travers.

Bernadette s'est frotté les mains et les a placées sur mon dos. J'avais la sensation qu'on me préparait pour un voyage mythique. On allait me confier pour mission de me rendre en un territoire dangereux, seule, en qualité d'émissaire, c'est peut-être ça que j'éprouvais. Bien que je sois légère, on ne me soulevait presque jamais, pas un morceau de moi. Elle a retiré le châle de ses épaules et l'a posé sur les miennes. Il faisait de plus en plus froid.

C'était le soir où Virgil s'est fait arrêter, mais je ne l'ai su que par la suite. Un laveur d'auto a trouvé un portefeuille et un portable coincés sous le tapis du coffre de la voiture d'Amber quand elle l'a fait réviser. Les deux appartenaient à Jude. C'était logique – les filles avaient quitté le terrain de camping dans la précipitation, et avaient jeté leurs affaires dans les voitures sans réfléchir, en se disant qu'elles trieraient plus tard. Elle a aussitôt apporté le tout à la police, enveloppé dans un sac Giant Eagle. Et immédiatement, la théorie de la fugue a volé en éclats. Tout d'un coup, il leur a paru anormal que Virgil ait pu parler à tort et à travers de sa conviction que Jude s'était enfuie. Rien qu'une semaine avant, il avait dit aux policiers que Bernadette battait sa fille. Il avait vu ses bleus, sous ses vêtements. Pourtant il adorait Bernadette. Elle était presque plus une mère pour lui que sa vraie mère, malgré son côté colérique. La police était sur le point d'abandonner complètement les recherches, non qu'ils aient jamais disposé de pistes très concluantes. Cependant, quand Amber a trouvé les affaires de Jude, l'enquête a fait un bond en avant d'un coup.

Et ce n'était pas tout : visiblement, Virgil avait volé l'argenterie Tiffany's de Bernadette au cours de l'été, et il avait tenté de la revendre au même antiquaire qui avait estimé sa valeur pour Bernadette l'année d'avant. Celui-ci avait reconnu une irrégularité sur les fourchettes à dessert. Quand ils avaient questionné Virgil à ce sujet, ils l'avaient encore pris en flagrant délit de mensonge. Je ne sais pas lesquels au juste, toujours est-il que les choses se présentaient mal pour lui.

Je n'étais pas au courant de tout ça à ce moment-là. C'est plutôt sur mon sort que je m'apitoyais grandement, oubliée comme je l'étais, et je le ressentais jusqu'au fond de mon estomac, qui me paraissait soudain aussi creux qu'une cloche. Qu'allais-je faire si Virgil ne revenait jamais ? Assise sous le porche, j'essayais de réfléchir à comment j'allais pouvoir me repérer dans les bois, dans le noir. Je n'aurais pas dû me laisser impressionner par l'obscurité, puisque j'avais grandi là, mais il y avait dans son silence une espèce d'attente qui faisait que je n'avais jamais trop aimé m'éloigner de la maison quand la nuit imbibait les arbres. Bernadette frissonnait. Moi aussi. À vrai dire, j'étais furieuse. Où étaient-il, tous, ma famille ? La maison de Bernadette me donnait plus l'impression d'être chez moi, en un sens, et c'est vrai que je l'aimais, mais quelque part, j'attendais aussi que l'un d'entre eux dise : « Assez ! », et me ramène chez nous par la peau du cou. Quelle idée, de me laisser faire une chose pareille ? Ils s'en fichaient, et j'en avais là la preuve. Mentalement, j'ai coupé le cordon qui nous reliait. Je ne me soucierais plus d'eux davantage qu'ils se souciaient de moi. Alors j'ai laissé Bernadette me ramener à l'intérieur. Sa main sur mes épaules, je ne sais comment, dégageait l'espace devant moi pour que je m'y déplace. Plus facilement que d'habitude. Nous avons monté l'escalier, dépassé la salle de bains et les cartons de cochonneries dans le couloir, et la nuit sans rideaux frémissait contre nous à chaque courant d'air, et l'air noir, l'air immense se promenait à travers mes côtes. Il n'y changeait rien. C'était un sortilège. Je l'aurais gâché si j'avais parlé alors je me suis tue.

Les rubans de la police bloquaient toujours la chambre de Jude. Je m'étais glissée dessous chaque fois que j'y étais entrée en douce pour lui voler des habits. Bernadette a tiré un des bouts du ruban et il est tombé doucement, puis nous sommes entrées. Il régnait une odeur un peu humide dans la pièce. Une fenêtre était ouverte. Je l'ai regardée tirer les couvertures. Sous l'oreiller était fourré un livre de poche dont la tranche était peinte en vert. Je me suis assise sur la trace peu profonde qu'il avait laissée et j'ai tout relâché, mais tout. Je veux dire que je me suis allongée. Comme on s'allongerait au bord d'une rivière pour mourir. Bernadette a remonté les draps sur moi et qui étions-nous en cet instant ? Je vous en supplie, je vous en supplie. Dites-le-moi. Dites-le-moi. Elle a branché une veilleuse en forme de coquillage. J'ai fermé les yeux et j'ai vu la même chose que d'habitude, les tempes rouge et bleu, avant de m'endormir.

XV

L'année où je suis retournée au lycée, j'ai vu une psy, pendant un petit moment. C'était gratuit, gratuit pour moi, en tout cas. Un article dans *People* m'avait rendue célèbre, temporairement, mais pas d'une façon qui me plaisait ou que je parvenais à gérer. Je ne savais pas comment faire pour recommencer à vivre avec ma mère comme si tout le reste ne s'était pas produit. J'avais conscience que ma manière d'incarner un être humain n'était pas convaincante, je le voyais rien qu'à la manière dont les profs me regardaient, mais je ne savais pas où je me plantais. La conseillère d'orientation me conduisait elle-même chez la psy, et repassait me prendre pour me ramener au lycée afin que je récupère le car scolaire pour rentrer. Elle me renvoyait chez moi avec des devoirs supplémentaires, comme si j'étais en retenue. Je n'ai compris que plus tard qu'elle montait ce manège au cas où ma mère n'aurait pas voulu me laisser voir la thérapeute. Ce qui montre juste à quel point elle comprenait mal mon cas – cela faisait des années que je signais mes propres bulletins et mots d'excuse. Elle paraissait prendre plaisir à se donner l'impression de braver les conventions pour m'aider. Elle avait une manière très tendue, très sérieuse, de me demander si je voulais choisir la station de radio. Si je rentrais dans son jeu (courageuse mais timide/laconique, mais poétique), elle nous achetait des cheeseburgers sur le trajet du retour.

J'aimais aller chez la psy. À voir le bâtiment, je devinais qu'il y avait des gens qui payaient de grosses sommes pour s'asseoir là et regarder les photos en noir et blanc qu'elle avait accrochées au mur d'un beige apaisant de son bureau.

C'était un bâtiment étrange. L'extérieur était couvert jusqu'au toit de carrelage vert, comme des éclats de coquillages. Tous les autres bâtiments de la rue étaient des maisons de retraite. Tous les bâtiments, y compris le bureau du Dr Holden, possédaient une aire de stationnement, comme des hôtels, et il y avait toujours quelqu'un qui attendait, l'air affligé, qu'on vienne le chercher. Ces gens portaient des vêtements amples de couleurs pastel, mais on voyait tout de même que les corps sous le tissu avaient été salement écrabouillés, pour qu'ils aient l'air si vieux, et que la chair formait des bulles irrégulières sous les aisselles et au-dessus de la ceinture. J'adorais ça, entrer dans ce décor. Quoi qu'il arrive, je pouvais sentir la colonne essentielle de mon corps sous moi, ses muscles, la juste répartition de tendons et d'os qui d'un côté me faisaient tenir droite et de l'autre me propulsaient sur la peau de la terre à peu près correctement.

Curieusement, les murs et le plafond étaient recouverts de la même moquette marron que le sol. Le Dr Holden avait de longs cheveux gris, très jolis. Elle portait de grands colliers avec de gros morceaux d'ambre accrochés par de la corde et du fil de fer, des boucles d'oreilles qui ressemblaient à de petits yeux jaunes pendaient sous ses cheveux. Elle prenait des notes sur un carnet à feuilles jaunes pendant que je parlais. Parfois elle se contentait de m'observer, sans écrire. Elle me rappelait quelqu'un que j'aimais bien, et je n'ai pas réussi à voir qui pendant bien longtemps. Ce que je disais n'y changeait rien. Son visage restait immobile.

Je lui ai parlé de tous les rouges à lèvres que j'avais volés dans ma vie, de Shayna, raconté que je montrais mes seins aux voitures qui passaient. J'avais le sentiment de rabâcher la même chose chaque séance, mais nous savions toutes les deux qu'il y avait une chose que je refusais de dire. Chaque fois qu'elle me demandait de retourner mes poches, l'inventaire était le même, avec toujours le même sou magique qui apparaissait là et sous-tendait toutes mes pensées, j'avais beau me sentir différente et spéciale, c'était comme si je ne disposais en fait que d'un seul élément sur moi-même, à savoir ce que j'avais fait à Jude. Et je refusais de le dire. Je sais, ce n'est pas censé marcher comme ça, la thérapie, mais je trouvais ça déprimant qu'il n'y ait rien d'autre pour caractériser ma vie que sa propre paille, sa poussière, son rembourrage.

Parfois elle me laissait parler de choses sans queue ni tête. Je lui expliquais que j'avais toujours vu un vide dans toutes choses, un vide calme et presque amical. Il sonnait, il sonnait comme une chambre blanche. Et parfois il faisait étinceler les choses d'un éclat auquel on ne pouvait se fier, et le sourire des gens à l'épicerie soudain se faisait perturbant. Parfois, elle m'interrogeait sur Virgil, mais de Virgil je ne décrivais que son talent pour siffler, son don pour imiter la voix d'un prêcheur.

Je pensais que je choquerais le Dr Holden si je lui disais à quel point j'avais aimé vivre avec Bernadette. J'adorais regarder les jupes de Jude onduler autour de mes jambes tandis que, installée sous un pommier sauvage, je lisais l'exemplaire sale et jauni de *Miss Lonelyhearts* que j'avais trouvé à côté de la baignoire, en laissant ma main s'attarder rêveusement dans mes cheveux, à l'exact opposé de la gestuelle de Cindy. J'adorais les taches que les pommes pourries laissaient sur ma jupe – ou j'adorais ne pas m'en soucier car j'étais tellement belle qu'elles n'avaient pas d'importance, voire me rendaient plus belle parce que je m'en fichais. Je pouvais remplir ma bouche de raisins presque jusqu'à m'étouffer, et rire avec le soleil dans mes cheveux. J'adorais avoir faim car je pouvais manger des sandwiches au fromage et à la goyave jusqu'à m'en faire passer l'envie. L'envie se déplaçait sur autre chose, même de l'eau. Même de l'eau plate, froide. J'adorais l'oreiller vide à l'intérieur de ma cervelle quand j'écoutais les disques de jazz de Bernadette, j'adorais que mes petits seins ne soient qu'une poignée de porridge. J'adorais que Panda Jane me suive dans les champs. J'adorais le grain de ma sueur qui étincelait dans mes cheveux quand nous avions rentré le bois ou ramassé du mouron, courbées en deux. J'aimais découvrir ce que j'aimais. Je le découvrais par écho. *À moi, à moi, à moi*, pensais-je. *Le monde est à moi. Il est à moi. Il est à moi.*

Cela ne changeait rien, le nombre de fois que je lui en parlais. De temps à autre, elle levait les yeux de ses notes. Elle n'avait jamais l'air choquée. Elle me regardait comme si mon visage était un long couloir, et que je me trouvais quelque part dans le fond, en train de jouer avec mes doigts, d'essuyer la poussière avec mes doigts. Elle n'avait pas tort. J'étais bien là au fond, tout au fond. En ressortant, je dépassais les personnes âgées en chemise de nuit, reliées à leur perfusion, pendant que les bus trapus baissaient leur plateforme pour les emmener dans toutes les directions, et j'essayais de retrouver à qui le Dr Holden me faisait penser.

C'étaient les chèvres, bien sûr. Elles me regardaient de la même façon lorsque je me glissais dehors avec une cigarette volée après avoir vidé le gin dans l'évier, et même après que j'avais commencé à en garder pour mon propre usage dans un petit pot de confiture ; je le buvais tiède, chaud même, par gorgées minuscules, comme si l'alcool allait pouvoir me coudre le visage pour toujours, si bien que je ne serais plus jamais obligée de parler à quiconque.

Je savais que le Dr Holden était une excellente psy, parce qu'elle ne croyait pas un mot de ce que je lui racontais.

Bernadette a semblé aller mieux. La météo s'est stabilisée. Les bouffées d'air chaud ont cessé de tournoyer, scintillantes, au-dessus du jardin. Finies, les journées lumineuses qui fleurissaient en milieu de semaine ; une lente progression vers l'hiver s'est instaurée. Je crois que c'était plus facile pour elle, de savoir plus ou moins ce qui allait se passer sur quelques jours de suite. Je ne rentrais plus chez nous. Elle portait son pull à perles noires toute la matinée et ne le retirait que dans l'après-midi, quand l'atmosphère se réchauffait et se ramassait autour de nous, bougeant si peu à l'ombre qu'elle nous aurait cuites, mais aussitôt que le soleil disparaissait derrière les collines, il se mettait à faire frais et sec, comme si quelqu'un avait appuyé sur un interrupteur.

Nos journées ont pris le pli d'une sorte de beauté ordinaire. Mondo repoussait les chèvres dans leur cercle d'herbe rase à petits coups de dents lorsqu'elles essayaient d'aller s'en prendre aux arbrisseaux. Je faisais du café. Je préparais des tartines de moules à l'orange, dont Bernadette raffolait mais auxquelles je n'ai jamais pris goût. On aurait dit des gommes bouillies, des lobes d'oreilles, quelque chose qui aurait dû encore être attaché à un corps absent. Je sortais l'assiette et la regardais manger tandis que la rosée s'évaporait dans l'herbe qui fonçait au soleil. J'ai complètement cessé de cacher les bouteilles de gin. Je pensais sincèrement que si je supervisais les quantités, tout irait bien. Il semblait y avoir, entre le premier verre et le moment où elle ne tenait plus debout, un stade où elle m'aimait.

C'est drôle. Je ne connaissais pas la sauce soja quand je me suis installée chez Bernadette. Elle aimait préparer un plat avec des haricots verts, du steak haché et du gingembre. Chaque fois qu'on en mangeait, près d'une fois par semaine, elle posait un petit flacon d'encre sur la table. Sans étiquette. Elle en versait de longs traits sur son assiette. Elle faisait toujours des choses que je ne comprenais pas. Observer ses lois était impossible, et ce n'était pas non plus faisable de suivre son exemple. Un jour, j'ai tenté de l'aider à plier un jeté de lit qu'elle battait contre le bord du canapé, et elle m'a repoussée d'un : « Non, je ne peux pas être assistée par une vierge. »

J'ai découvert par la suite qu'elle transvasait cette mixture d'un bidon rectangulaire qu'elle conservait au sous-sol, qui ressemblait exactement à un bidon d'essence, sauf que l'étiquette disait River Pearl, ou Black River, ou Black Swan, avec dessus un cygne, tête renversée, en pleine rêverie. Mais à mes yeux, on aurait vraiment dit de l'encre. Le flacon carré correspondait exactement à l'idée que je me faisais d'une bouteille d'encre.

Tellement de ses coutumes me paraissaient étranges. On dînait aux chandelles, alors que l'électricité marchait parfaitement et que la facture était payée. Certaines de ses affaires ne devaient pas passer à la machine. Elle a poussé un cri strident quand elle m'a surprise en train de fourrer un chemisier noir orné de chrysanthèmes blancs à laver avec les draps. On pouvait manger les carottes avec la terre. Les laver, c'était faire sa chochotte. Les laitues, en revanche, trempaient dans un saladier d'eau glacée jusqu'à ce que toute la saleté s'en soit retirée. On s'installait devant le poêle à bois avec un catalogue de musée, et elle me demandait de décrire ce qui se passait sur chaque image. Je me disais qu'elle voulait que je fasse montre d'intelligence, alors j'essayais. Mais ce qui lui faisait vraiment plaisir, c'était quand j'en avais marre de ce numéro et que je disais exactement ce que je pensais, à savoir que les saints avaient l'air d'ahuris finis et que la Vierge Marie semblait un peu imbue d'elle-même.

J'ai conçu une méthode : quelle que soit ma première impulsion, je faisais le contraire. Je pleurais aux plus beaux moments. Je mangeais les kakis – que je détestais, même les plus gluants. Je lui disais que je préférerais mourir que d'avoir l'air banale.

Mais assaisonner ma nourriture avec de l'encre, c'était trop. Je la regardais faire toutes les semaines. Elle la sortait du placard en mettant le couvert. Elle la rangeait après le repas. On ne parlait jamais du flacon le reste du temps. Il n'avait pas de rôle particulier. Ça aurait pu être un porte-bonheur. Elle en avait beaucoup. Elle mettait un éléphant en argile laminaire dans l'eau lorsqu'elle prenait son bain. Après quoi elle l'essuyait du coin de sa serviette et le remettait sur le rebord de la fenêtre. Parfois, elle se levait brusquement, notait quelque chose sur un carnet, puis sortait, étalait la page à plat sur l'herbe, laissait tomber dessus une allumette enflammée, et la regardait se gondoler et disparaître. C'était un petit mystère. Si ça la rendait heureuse, j'étais heureuse aussi de la laisser continuer à projeter autour de nous ses intentions avec ses statuettes et ses fiches.

Finalement, je l'ai fait. J'ai versé de grands traits noirs de cette mixture partout sur mon assiette. Bernadette m'avait cherchée pendant tout le dîner. Pourquoi est-ce que je tenais tant à me raser les aisselles ? C'était une telle marque de soumission. Pourquoi est-ce que je la regardais comme un guppy ? J'étais trop pressée. Pourquoi est-ce que j'avais mis de la saumure des cornichons sur la salade de pommes de terre ? Eh bien, je croyais que tout le monde le faisait. J'étais en colère contre elle, alors je me suis dit : *Voilà, espèce de grosse salope. Je vais la bouffer en entier, ton encre spirituelle à la noix, tu l'auras voulu, vieille bique.* Le sel m'a brûlée car j'en avais trop mis – comment étais-je censée connaître sa puissance maléfique ? Toute ma salive s'est retirée jusqu'aux gencives. Mais j'ai tout mangé, et j'ai souri, et j'ai appris ma vie.

Ensuite, il s'est passé trois choses. La météo s'est brutalement durcie et tout était lavé d'argent au matin. Le jour se décomposait pour ainsi dire en un instant. Le temps que je finisse de préparer le dîner, on se serait cru à minuit.

La saison de la chasse au chevreuil a commencé, et tout à coup les jours se sont emplis de coups de feu. Chaque fois c'était comme si un gros boulet de canon tout rond perçait le ciel, y pratiquant un trou aux rebords déchiquetés, gazeux. Je pensais à une obscurité qui s'ouvrait en plein dans l'atmosphère à l'endroit où la balle la déchirait pour foncer en plein, en plein, plein cœur, dans sa chaleur.

Et la nuit, les chasseurs s'employaient à chercher les coins qu'affectionnaient les chevreuils. Ils les traquaient à la lampe torche, de grosses lampes de chantier qu'ils braquaient par la vitre de leurs pick-up. Leurs faisceaux balayaient les champs telles des entités maléfiques. Comme n'importe quelle lumière, ils pouvaient se déplacer si vite du plus proche au plus lointain qu'on aurait cru des créatures fantastiques échappées d'un livre de contes. Je les voyais depuis le salon de Bernadette, qui inspectaient le champ des chèvres de l'autre côté de la route. De temps à autre, ils surprenaient un chevreuil qui se figeait, dans sa panique, ou quelquefois une chèvre. Les animaux me paraissaient toujours irréels lorsqu'ils étaient piégés ainsi, leurs contours embrasés, avec toutes les minuscules particules de poussière luminescente qui dansaient autour d'eux. Lesquelles étaient toujours là, mais il fallait une lampe torche pour voir que le monde était en réalité constellé de cette poussière d'étoiles, si fascinante.

En haut de la crête, nous n'avions pas la visite de ces traqueurs, car on n'y voyait rien, c'était trop difficile de conduire sur le bout de route escarpé tout en suivant les taches errantes de lumière dans les fourrés. Le faisceau se brisait et s'abîmait sans logique en haut ou en bas de la falaise, sans rien éclairer. En bas, là où la vallée s'étalait autour de la plaine inondable de la rivière, il était plus facile de faire des repérages.

Alors j'imagine que je n'avais jamais fait l'expérience d'être vue lorsque les chasseurs en reconnaissance passaient. Je pense à présent que c'était surtout un accident, en quelque sorte, une négligence : ils ne pensaient pas à couper leur torche en roulant devant la maison. Si je m'étais trouvée dans le pick-up à leur place, je n'aurais pas vu l'intérêt de l'éteindre pour cinq secondes chaque fois que nous passions devant une maison, j'aurais laissé la lumière en continu, j'aurais cherché les chevreuils sans réfléchir davantage, ou bien j'aurais aperçu la lueur bleue tremblotante des télévisions dans toutes les maisons, et je ne me serais pas rendu compte que ma torche était envahissante. Ça ne me serait pas venu à l'idée, pas du tout. Et ça ne m'aurait pas empêchée de dormir, c'est sûr.

Mais à l'intérieur, quand ils balayaient le terrain avec leur lampe, pendant une seconde, la pièce entière était éclairée, de bas en haut, jusque dans les coins, par un œil immense et baladeur qui soulignait toutes les traces de doigts et les rayures sur les vitres, lesquelles se paraient d'un halo orné de hachures blanches. Ça donnait l'impression, à moi en tout cas, ça me donnait exactement la même impression que celle que j'aurais pu avoir, j'imagine, si je m'étais trouvée dans une maison de poupée, sous l'œil énorme et menaçant d'un géant. Chaque fois, je me figeais. Et je me mettais à frotter mes poings contre mes cuisses, à les frotter n'importe où, mais imperceptiblement, car je savais en cet instant que quelqu'un, peut-être, me voyait.

En soi, c'était déjà assez pénible. Cela se produisait peut-être une fois par nuit, en général pendant les informations du soir à la radio, où une Anglaise blasée psalmodiait des histoires de sanctions, de sanctions, de sanctions, d'une voix qui semblait vivre à l'intérieur d'un citron. Mais le pire, c'est quand les pick-up ont commencé à ralentir et à regarder, à regarder vraiment dans la pièce. Je le savais, qu'ils regardaient, car ils déplaçaient le faisceau de la torche d'un côté sur l'autre. La lumière décrivait des cercles comme pour repérer une luciole en plein vol. Et ma peau se frigorifiait et j'étais tellement en colère que j'aurais pu tirer moi aussi sur quelque chose.

La deuxième chose qui s'est passée, c'est que j'ai lu le livre intitulé *Les Hauts de Hurle-Vent*, j'ai lu le livre intitulé *La Vallée des poupées*, j'ai lu le livre intitulé *L'Homme et ses symboles*, et j'ai lu le livre intitulé *Le Loup des steppes*. Je n'avais jamais vu de livre destiné aux adultes auparavant. Même au collège, nous n'avions de ces ouvrages que des adaptations. Les livres ayant été résumés et condensés puisqu'on ne pouvait pas compter sur nous pour en tirer davantage que les grains de sagesse les plus grossiers, dont nous n'étions déjà pas si friands que ça. Jusque-là, je croyais que les livres étaient destinés à faire passer un message évident : les vieux sont tristes, les enfants ont des problèmes, votre mère vous aime, le grand méchant loup vous guette, caché dans les bois. Je n'avais jamais lu un livre qui semble capable de m'imaginer en train de lire. Les phrases menaient dans un dédale de chemins blancs aveugles qui se dérobaient à mesure que je les traçais, car je les traçais. J'étais l'œil vif, l'œil inquisiteur qui se posait sur leurs chambres et contemplait l'ensemble impitoyable, l'éclat débordant, écumant, des manteaux de vison, des engelures et des journaux intimes, cachés. Là était la romance, comme je l'ai dit.

La troisième chose qui s'est produite, c'est un coup de téléphone. Je croyais Bernadette sous le porche en train de retirer les tiques de Mondo – l'hiver précédent, il n'avait pas fait assez froid pour les tuer toutes. Nous n'arrêtions pas d'en trouver sur ses oreilles et son arrière-train, aussi grosses que des grains de café et d'un gris malade et enflé. Mais en fait, elle était accroupie dans la cuisine, à la recherche d'un pot de filaments de safran et, avant que je puisse l'arrêter, elle a décroché.

« Bernadette Satterwhite, a-t-elle dit. Qui est-ce ? » Et, après un silence, elle a repris : « Qu'est-ce que c'est que ces absurdités ? Jude est juste là. »

Ça aurait pu être la fin de tout, ce moment-là. J'étais terrifiée à l'idée que les policiers, si jamais ils lui parlaient directement, envoient quelqu'un voir comment se portait Bernadette, voire la placent à l'hôpital. J'ai couru à l'étage brancher le second téléphone, que j'avais dissimulé sous un tapis chiffon dans un placard. J'ai décroché et mis ma main devant ma bouche pour étouffer le son de ma respiration.

« Tu m'écoutes ? » a dit une voix. Elle déployait tant d'efforts pour ne pas faire de bruit qu'elle en était rauque. Mon cœur a bondi dans ma poitrine. « Je suis à Cavetown, dans le Maryland. Il s'appelle Richard Klink. C'est une maison blanche, avec une grange blanche. Je ne connais pas le nom de la route. La boîte aux lettres est sur un poteau vert. Je suis au premier étage. J'entends des chevaux, des chevaux qui galopent – allô ? Allô ?

— Je ne vois pas ce qui vous amuse dans ce genre de bêtises, a dit Bernadette, mais ma fille est là, dans ma maison. » Mais je savais que c'était Jude.

« Je suis tellement désolée. Maman. Je suis désolée, je suis désolée.

— Quoi ?

— Maman, c'est moi. Il faut que tu notes tout ça et que tu appelles la police.

— Il faut que rien du tout. J'imagine que c'est une de ces farces de mauvais goût.

— OK, OK, tu m'as eue. Je suis en haut, et je pensais que ce serait rigolo, maman. De t'appeler. Je suis désolée. Ce n'était pas très rigolo.

— Effectivement.

— Mais jouons à un jeu, OK ? Tu l'écris, comme si c'était une histoire, et tu le racontes à papa. OK ? C'est un jeu, d'accord ? OK. Il m'a enfermée au premier étage. Je suis sûre qu'il a un revolver, je ne sais pas. Le soleil se lève de l'autre côté de la route. J'entends les chevaux…

— Bon, descends immédiatement. Rien à faire, je n'arrive pas à trouver le safran ! » Et elle a raccroché. « Franchement, Jude, tu es un peu vieille pour jouer des tours comme ça à ta pauvre vieille mère. Et raconter que tu as été kidnappée ! C'est quand même un peu gros, ma chérie. Qu'est-ce que tu es morbide. Je crois que tu as lu trop de Gogol, ou que tu lis trop, tout court.

— Désolée », j'ai marmonné, et j'ai couru dehors pour me reprendre dans le froid.

Je n'ai jamais eu l'intention de garder cette information pour moi. Ce n'était pas prémédité. Comme souvent le mal, j'imagine, celui que j'ai commis n'était qu'une blessure qui se cachait dans tous les matériaux à sa portée. Ma blessure n'avait pas d'imagination quand il s'agissait des autres. Les autres, Jude, Bernadette, qui on voudra, n'avaient que quelques centimètres de profondeur, quand j'en avais des kilomètres. Et c'est peut-être pour ça que, en cet instant, tandis que je crachais devant moi des nuages verglacés, mes pensées se sont mises à me souffler : *En même temps, tu ne peux pas être certaine que c'était Jude. Pourquoi elle n'appelle pas la police, sinon ? C'était peut-être juste une mauvaise blague, et dans ce cas, est-ce que ce ne serait pas un peu stupide de détruire tout ce confort ? Pour rien ? Et d'ailleurs, d'ailleurs, tu n'as rien fait, si ce n'est entendre une conversation qui ne te concernait pas. En fait, dans ces cas-là, la plupart des gens s'accorderaient à dire que la politesse consiste à faire comme si on n'avait rien entendu.*

Le lendemain soir, on a regardé *Boulevard du crépuscule*, et Bernadette m'a mis du vernis vert sur les ongles de pied. J'ai commencé à me sentir mal. Je savais pourquoi. Je n'étais pas une imbécile. Le téléphone était réapparu dans mon cerveau tel un éclair soudain et strident, et j'avais tellement honte que ça me coupait le souffle.

« On peut arrêter le film ?

— Chérie, tu sais que c'est mon passage préféré. » Gloria Swanson portait le revolver à son cœur, courant après William Holden qui descendait le grand escalier : *On ne quitte pas une star.*

« Mais ce…

— Tais-toi, bon sang ! » Elle se tenait le menton entre les mains, comme si elle ne savait pas qu'il allait tomber dans la piscine avec une balle dans le dos, mais en fait, on le regardait tout le temps, ce film. Une fois qu'il a été fini, elle m'a caressé les cheveux et expliqué cette vérité paresseuse, que la vie n'est que défaut, et c'est ce qui nous permet de nous aimer les uns les autres, et j'ai éprouvé une trop grande joie narcotique pour même ouvrir la bouche.

XVI

Après le coup de téléphone, l'éclat s'est retiré des choses. Nous nous sommes réveillées dans un hiver qui rendait mes orteils tout blancs et donnait au sifflement des étoiles le son très menaçant d'une attaque personnelle. Bon, nous buvions toutes les deux. Ce n'était plus un secret. Elle aimait ajouter une goutte de gin distillé à basse température dans son thé. Je le buvais pur, avec juste un glaçon, par petites gorgées au début, après quoi il se mettait à couler comme de l'eau dans ma gorge. Il m'arrivait de repenser au coup de téléphone de Jude avec panique, mais c'était facile d'oublier. Mon esprit savait comment s'en cacher.

Je la regardais repriser un pantalon de treillis. Son visage était dépourvu d'histoire, comme les têtes qu'ils mettent sur les pièces de monnaie, lesquelles ne regardent pas le monde humain mais le mince rebord de métal qui s'arque devant et derrière elles. Comme ça. Son visage était comme ça. Puis elle s'est arrêtée et le feu a grondé autour de la bûche qu'elle venait d'y jeter et elle m'a vue, et elle a ri.

« J'ai de la soupe à la saucisse pour le dîner, a dit

Bernadette. Je n'y vois plus rien, pour l'instant, de toute façon.

— Tu n'es pas obligée.

— Bah. »

La soupe à la saucisse, une des spécialités de Bernadette, c'était une boîte de bouillon de poule avec des morceaux de saucisse et une poignée de feuilles de choux hachées prélevées sur un trognon fané dans le frigo, avec une boîte de légumes pour équilibrer le tout et des croûtons de pain brun foncé sur les côtés du bol.

Nous nous sommes installées toutes deux et je me suis aperçue que je n'avais pas envie de regarder quoi que ce soit, mais au moins le sel brûlait et me réchauffait. Il trouvait une grotte pour pénétrer en moi, au moins. Mes cheveux en séchant avaient formé des accroche-cœurs bizarres, ondulés, dont certains rebiquaient quel que soit le nombre de fois où j'essayais de les rabattre à coups de brosse.

Levant les yeux de son livre, elle a dit : « Tu veux que je te raconte une histoire ?

— Vas-y », j'ai dit.

Elle a commencé : « J'étais jeune, et c'était Halloween, ou Pâques, un truc comme ça. Il y avait une presse à cidre à la ferme à côté de chez nous, et nous y sommes allés dans nos habits de messe pour donner un coup de main. Sauf que les enfants n'aident jamais pour ce genre de trucs. On trouvait une branche morte, on retirait les brindilles, et on jouait au base-ball avec les pommes pourries dans le champ.

— Au base-ball ?

— Ça n'a pas duré.

— Pourquoi ?

— Les pommes ont éclaté. Et on a dû aller en chercher d'autres.

— Ah.

— J'ai reçu une pomme dans la tête. Je courais vers les bases. Je n'avais jamais le droit de faire ce genre de trucs.

— Ça t'a fait mal ?

— Oh, que oui. J'ai été blessée à l'œil. Je n'ai pas pu l'ouvrir pendant une semaine. Mais quand j'ai pu le rouvrir, je voyais d'autres choses avec.

— Quel genre d'autres choses ?

— Je pouvais voir qui allait appeler au téléphone avant la première sonnerie. Je pouvais voir les catastrophes avant qu'elles se produisent. Je pouvais voir la neige tomber à travers l'espace.

— Pourquoi tu me racontes ça ?

— Je sais que tu n'es pas ma vraie fille. »

J'ai vu un petit éclat de glace voler autour de mon œil. Mondo a pressé son arrière-train contre le pied de la table et s'est assis, la moiteur de son haleine chaude s'évaporant sur mon genou.

« Tu n'es pas ma vraie fille. Tu es une usurpatrice. Ils ont pris la vraie pour l'emmener à l'hôpital et ils m'ont donné toi à la place. »

J'ai dû avoir l'air un peu choquée.

« Ce n'est pas grave. Ça ne me dérange pas. Je t'ai élevée comme si tu étais à moi, et je t'aime. »

Au départ, j'ai cru qu'elle voulait dire qu'elle m'avait choisie, moi, Cindy. Comme si elle se souvenait du coup de téléphone, et avait décidé qu'elle préférait me garder. Mais je savais que ça ne se pouvait pas. La mémoire de Bernadette n'avait fait qu'empirer. Elle avait toujours trait les chèvres, même après que j'ai commencé de m'occuper d'elles, mais un jour, elle est venue me demander docilement si je pouvais lui montrer comment s'y prendre. Elle me demandait où tante Gina rangeait ses cheveux, entre autres questions mystérieuses. Si je ne comprenais pas immédiatement de quoi elle parlait, elle se mettait en rogne et se pinçait les avant-bras, y laissant de petites lunes rouges qui se multipliaient.

« J'en suis heureuse », j'ai dit. Et je l'étais. Peut-être que j'étais tout autant sa vraie fille que Jude. J'ai réalisé qu'elle avait dû lui tenir ce discours pendant des années et des années. Pauvre Jude, me suis-je dit. Même Jude, qui était sortie de son corps, ne paraissait pas entièrement réelle à Bernadette. Toute ma vie, je m'étais sentie pas entièrement réelle. Par transitivité, j'avais peut-être trouvé ma vraie mère.

« Je suis un ouragan des marais, je ne peux pas avoir un vrai bébé humain.

— Redondo Beach.

— J'ai chanté, là-bas.

— C'est un endroit terrifiant. Mais il paraît que les fleurs sont belles.

— Redondo Beach. J'ai chanté là-bas. » Le ciel était déjà étranglé par le bleu. Il allait s'enfuir aussitôt que j'aurais le dos tourné. Les lumières de la grange jetaient un blanc pur comme à aucune autre période de l'année et me rappelaient les néons du gymnase, au collège. On aurait dit du fluor lumineux. Je n'étais pas allée au collège depuis longtemps.

« Qu'est-ce que tu chantais ? À Redondo Beach ? » J'avais la sensation que tous mes fils avaient été démêlés et je n'étais pas fâchée d'aller me coucher bientôt. Je ne faisais pas vraiment attention. Mais Bernadette a pris sa cuillère dans son poing serré. Elle l'a levée au niveau de son épaule. Ses muscles tremblaient. Le manche, quand elle l'a jetée, a ricoché sur l'os saillant de mon poignet. Après quoi elle est tombée bruyamment au sol. Mondo a sursauté.

« J'en ai tellement marre de devoir tout te dire. Pourquoi tu ne t'en vas pas, tout simplement ?

— Je suis désolée, j'ai dit.

— C'était “La Bamba”. Pour la dernière fois, zut ! » Puis elle s'est levée et m'a donné une gifle en plein sur la joue.

Je n'avais pas envie de pleurer pour ça, mais j'ai senti un goût de métal dans ma bouche, ce qui signifiait que j'allais le faire. Elles étaient de papier, de sable chaud, les larmes. J'ai détourné la tête pour les cacher, mais elle a vu et s'est mise à fouiller des yeux mon visage.

« Chérie ? Dis, chérie ? Je suis désolée. Je suis désolée. Je n'aurais pas dû. Je sais que je n'aurais pas dû. Je ne devrais jamais faire ça. D'accord ? » Elle a pris ma main et l'a serrée contre son cœur, qui palpitait. « Tu le sens, que je suis désolée ? »

Je ne voulais pas avoir de mouvement de recul, mais j'avais les nerfs en pelote. Elle l'a remarqué. Ses yeux se sont vidés de toute expression, elle m'a de nouveau giflée, et elle a gémi. Elle s'est écartée de la table, sans remettre sa chaise en place. J'ai cru qu'elle se rendait à la salle de bains pour se passer de l'eau fraîche sur la figure, alors je me suis mise à débarrasser la table. Mais là, j'ai entendu un déchirement dans l'air, puis un autre. Bernadette a poussé un cri, ou un grognement, un son qui témoignait d'un effort considérable. À l'entendre, j'ai cru qu'elle descendait des étagères du mur.

Mais ce que j'ai découvert : Bernadette avait baissé sa robe fourreau au niveau des épaules, et s'était appuyée au miroir de la salle de bains de façon à pouvoir se donner des coups dans le dos avec son petit fouet en cuir. La lanière devait être lestée au bout, car elle rendait un son aigu et sinistre. Son dos était rouge vif, avec des marques en relief, comme quand je me brûlais la peau avec une gomme, à l'école, je me souviens. C'est curieux, comme on remarque un mystère à l'instant même où on comprend son explication : les cicatrices sur les bras de Bernadette, et les cicatrices dont Jude disaient qu'elles n'étaient que les reliefs du bizutage de l'équipe de *color guards*. Et bien sûr, le jour où elle m'avait surprise en train de fumer. Elle ne m'a pas regardée, même si je suis sûre qu'elle me voyait par-dessus son épaule dans la glace. Je me suis approchée et j'ai lentement posé une main prudente, mais insistante, sur son épaule droite.

« Dis, Bernadette. Je peux voir ça ? »

Elle me l'a tendu. Elle avait l'air défaite.

« Merci », j'ai dit. Je suis partie le cacher d'un pas décidé. Je lui faisais confiance pour se reprendre.

J'ai débarrassé la table. J'ai versé le reste de la soupe à la saucisse dans un bol pour Mondo, mais il avait trop de bon sens pour manger de la nourriture qui avait donné lieu à une série de gifles. Il a pressé son museau contre l'arrière de mes genoux pendant que je nettoyais la casserole. Pourquoi ne suis-je pas rentrée à la maison ? Je ne sais pas. Je ne sais pas. Peut-être que je pensais que c'était là, la maison, toujours, en définitive. Dans mon esprit, la maison, ça finissait toujours par devenir comme ça.

XVII

Toutes les chèvres étaient rentrées, sauf une. Panda Jane s'est couchée, puis relevée. En général, elle était si familière avec moi que je devais faire attention à ne pas lui marcher dessus. De la matière lui sortait de l'arrière-train, sous la queue. Il y en avait un long filet, un liquide laiteux, maladif, comme de la morve. Il y avait des fragments rouges et bruns dedans, et j'ai bien été forcée de constater qu'il devait s'agir d'une urgence, puisqu'il y avait du sang. Il avait neigé toute la nuit d'avant, une nuit de faillite, et ce n'était pas encore fini. Le jardin et les enclos des chèvres avaient l'air bizarre, comme si la terre dessous s'était muée en verre.

N'importe qui pouvait avoir en soi le bras du salut. C'est un bras supplémentaire, le bras du salut, qui n'a rien à voir avec le brouillon osseux de la chair. Il vient de la poitrine. Il se projette à l'extérieur, et s'ouvre. La main s'accroche aux choses, surtout aux gens. Elle les tient par la crevasse entre leurs côtes.

C'était une mauvaise journée. Tout le jour nous nous étions disputées sur la période de l'hiver dans laquelle nous nous trouvions. Bernadette disait qu'il faisait froid, certes, mais que nous avions eu de la chance d'avoir eu un hiver si clément. Sauf que ce n'était pas le cas, pas du tout. Les canalisations avaient gelé quatre fois et, en définitive, j'avais fixé une chaise de jardin sur un seau au lieu d'utiliser les toilettes. Plusieurs fois il avait neigé pendant des jours et des jours, durant lesquels le livreur de Bell's Grocery n'avait pas pu faire le trajet jusqu'à la maison. Nous ne pouvions plus nous fier à rien. Nous nous nourrissions de crackers et buvions, toutes les deux.

Bernadette avait posé un pied sur la table et se dégourdissait les orteils. L'un des chatons que nous venions de trouver dans la grange gambadait sur son ventre. Il est tombé de l'autre côté. Dehors, Panda Jane était toujours dans son coin, et bêlait plaintivement.

« Je crois qu'elle a un problème. Panda Jane.

— Chérie, je l'ai auscultée hier.

— Tu devrais la voir maintenant. »

Nous nous sommes postées à la fenêtre. Panda Jane avait calé ses sabots en hauteur contre une souche. Elle regardait le ciel, comme si elle attendait des instructions.

« Elle regarde les étoiles, a dit Bernadette. Elles font ça quand elles sont sur le point d'accoucher. » Elle s'est allongée sur le canapé et a tapoté sa poitrine, et le chaton, du bout des doigts.

« Tu ne comptes pas faire quelque chose ?

— Faire quelque chose ? À quel sujet ?

— Panda Jane.

— Oh, chérie. Toutes les chèvres sont mortes. Elles sont toutes mortes. Le feu les a emportées. »

J'ai appelé Dr Vic, le vétérinaire. Bernadette avait noté son numéro privé à l'arrière d'une facture de téléphone. On aurait cru qu'il parlait du fond d'un puits.

« Oui ?

— Bonjour. J'appelle de chez Bernadette. J'ai une chèvre enceinte qui est sur le point d'avoir son petit.

— OK, et alors ?

— Je ne sais pas, je ne sais pas quoi faire.

— Bernie a accouché un tas de chèvres. Elle sait s'y prendre. » Pendant qu'il disait ça, Bernadette soufflait sur une plume d'édredon pour la maintenir en l'air le plus longtemps possible, comme une enfant.

« S'il vous plaît, j'ai insisté. Elle ne peut pas s'en occuper pour l'instant.

— Mais *qui* est-ce, au fait ?

— C'est… Jude. » Je ne pouvais pas rompre le charme, pas avec Bernadette assise juste en face de moi.

« Ce genre de plaisanterie est vraiment déplacé. Qui que vous soyez.

— S'il vous plaît, je n'y connais rien aux chèvres. Aidez-moi s'il vous plaît.

— Je ne communique pas avec les gens qui font ce genre de farces. Maintenant, au revoir. »

Mes bottes étaient encore trempées car, plus tôt, j'étais sortie déblayer l'allée et dégager le pick-up. Mes chaussettes étaient noires au niveau des orteils, et j'avais accumulé des confettis de paille et de gros sel en marchant dans la cuisine, avec la cordelette qui se prenait dans les chaises. Dans tous les westerns que j'avais vus, il fallait faire bouillir un seau d'eau en cas de naissance. Si personne ne voulait m'aider, j'étais déterminée à m'en charger moi-même. J'ai posé une casserole pleine sur le brûleur du fond et placé mes mains au-dessus, et j'ai regardé les premières bulles monter lentement à sa surface.

« Va me chercher des couvertures en haut », j'ai dit à Bernadette. Elle avait les yeux fermés, avec la plume entre les deux.

« Oh, la princesse aura ses couvertures, qu'elle en ait en grand nombre, des couvertures.

— C'est pas pour moi. La chèvre est en train d'accoucher, là. Juste là. »

Elle s'est redressée à grand-peine et elle est montée, sa jupe longue traînant derrière elle, pestant comme une adolescente.

La panique était tout entière dans mes mains, ce qui était une bonne chose, car je pouvais les mettre à distance de moi pour accomplir des tâches sans penser, sans laisser l'inquiétude s'immiscer dans mon estomac, où elle aurait pu me donner le vertige, m'aplatir contre les murs, me faire me sentir vide, ou vomir. J'ai lancé du café aussi. Le ciel bleuissait déjà. Cette lumière allongée transperçait le ciel, la dernière lueur que nous verrions avant la nuit, même s'il n'était en fait qu'à peine 16 heures.

Les chèvres vivaient dans un petit appentis. Une remise à bois à laquelle on avait fixé des parois à la va-vite, en réalité. L'espace était étroit, peut-être un mètre cinquante de large. Elles s'agglutinaient à la file pour se tenir chaud mais n'avaient pour ainsi dire pas la place de remuer. Ça sentait la poussière et la confiture. Panda Jane n'était plus là, alors qu'elle était dans le coin quand j'étais venue casser la glace sur leur abreuvoir.

De la neige volait du toit par vagues étincelantes et féroces avant de se poser de nouveau sur les arbres. C'était une chance que la couche soit épaisse, au moins, comme ça je pouvais suivre les traces de la chèvre, cela dit je n'ai pas tardé à l'entendre qui poussait des gémissements au beau milieu des aubépines, sur les branches mortes. Je n'avais pas pris de torche. Je pensais que la réverbération de la neige sur le sol suffirait, si pâle soit-elle. Nous étions des gens de la lune, nous avions toujours été des gens de la lune, on y voyait dans le noir comme par magie.

Le bouchon muqueux s'était enfoncé dans la neige car il était encore chaud lorsqu'elle l'avait expulsé. J'ai dû tâtonner tout autour pour le repérer. Elle ne voulait pas de ma présence. Elle s'est allongée et relevée. Le buisson d'aubépine formait un sas bas et sombre où je ne pouvais pas du tout l'atteindre. Il allait falloir que ça suffise. Elle hurlait par à-coups, telle une sirène, puis se fatiguait, se relevait et s'accroupissait pour lâcher quelques gouttes de pipi.

À l'intérieur, Bernadette avait complètement oublié les couvertures. Quand je l'ai hélée, elle a descendu quelques marches et penché la tête pour me voir.

« Hé, viens, j'ai dit. Et pense à mettre tes bottes. Je ne sais pas quoi faire mais j'ai besoin d'aide. »

Dans la maison, Bernadette avait pris l'habitude de porter une banane autour de la taille. C'était le moyen le plus simple d'avoir ses affaires à portée de main, les affaires qu'elle ne cessait de réclamer. Je ne comprenais pas ça. La salière, un quartz, une pièce de vingt-cinq cents oxydée, un roi déchiré sur une carte à jouer, c'était ce qu'elle avait là-dedans. Quand elle réfléchissait, elle glissait ses doigts dans la pochette et les passait sur le contour de ses objets fétiches comme s'ils étaient susceptibles de l'aider à se rappeler ce qui était en train de se passer.

« Mais l'accoucheur est déjà venu, ma puce. Il

est venu, il est reparti, et il a emmené tous les petits agneaux au ciel. »

Je suis sortie de son champ de vision et j'ai appuyé mon front contre la surface blanche incrustée de pierres du frigo. Si je parvenais à compter jusqu'à quinze, je pouvais réessayer. Elle oubliait encore, mais elle en était moins gênée vis-à-vis de moi. Depuis que je vivais à plein temps dans la maison, je m'étais mise à faire partie du décor, qu'elle révisait et éclairait d'une lumière favorable.

Je suis retournée dans le couloir. Elle s'était assise en haut des marches, sa jupe enfoncée comme une vallée entre ses genoux. Elle a sorti ses objets de sa banane et les a posés dans le pli, puis les a rangés de nouveau à l'intérieur dans un ordre que je ne devais jamais saisir.

« Viens, maman ! Je veux te montrer la lune ! Mets tes bottes. La lune est vraiment, vraiment magnifique ce soir.

— Oh, que non, ce n'est pas ça que tu veux. Le coup de la lune, je m'y suis laissé prendre bien assez souvent. Jamais plus, ma chère. »

J'ai pris les clés du pick-up et suis allée le garer devant le bosquet où Panda Jane s'était cachée afin de l'éclairer avec les phares. Je ne savais pas vraiment conduire, mais ma main a actionné le levier de vitesse comme si elle était devenue experte à mon insu. Je me suis glissée entre les branchages, laissant des traces profondes dans la boue. Panda Jane avait de nouveau hissé ses sabots sur la souche et levé la tête. Elle regardait la lune en haletant. Rien ne sortait d'elle, à part un globe transparent de matière. On aurait dit une bombe à eau, mais avec des veines à l'extérieur. J'avais encore le bouchon muqueux dans la poche.

Il avait perdu toutes ses viscosités. On aurait dit un petit savon transparent, avec des filaments rouges. Je l'ai retourné dans ma main. Le sang paraissait anormal.

Les phares clignotaient comme le pick-up au point mort avait des hoquets. De la mousse séchait sur les babines de la chèvre. Apparemment, cela faisait longtemps qu'elle essayait.

Je ne savais pas grand-chose des animaux. Il y avait des filles qui élevaient des veaux au biberon, ce genre de trucs, et elles auraient sans doute su quoi faire. Nous, les Stoat, on n'est pas tellement portés sur l'élevage. On n'a jamais rien eu de plus original qu'un chien, à part les poules maudites qui n'ont pas fait long feu, Toi Blond et Toi Noir les ayant tellement terrorisées que la lignée s'est éteinte en vitesse.

Dans un recoin du salon, entre des volumes sur la cuisine macrobiotique et les incantations védiques, j'ai déniché un ouvrage intitulé *Méthode moderne d'élevage des chèvres laitières*. Les pages étaient couleur thé, raidies d'être restées si longtemps sans être manipulées, et Jude avait dessiné de grosses têtes de chats sur la table des matières. Le chapitre sur l'accouchement était étonnamment léger : « Les chèvres se sont reproduites sans assistance humaine pendant des millénaires ! » affirmait-il à juste titre. On y trouvait pourtant aussi de multiples croquis sinistres représentant un homme en train d'extraire des chevreaux amorphes de la croupe de leur mère.

Bernadette s'était vautrée sur le fauteuil près du poêle à bois et promenait sa main rêveuse dans les scintillements des émanations de chaleur. Elle avait mis un disque de Nina Simone.

« Ça ne t'arrive pas, de penser que tous les meilleurs sont morts ? a-t-elle dit. Parce que moi, c'est vraiment mon impression. » Elle devait être saoule – il faut être saoul pour se dire ce genre de trucs, même si elle n'avait pas la voix pâteuse. Mais je n'avais pas de temps à perdre. J'ai ouvert le robinet et sorti mon bras de la manche de mon sweat-shirt. L'eau fumait. Je n'éprouvais rien d'autre que de la gaieté, lorsque j'ai savonné mon coude et mon épaule. C'était une émotion utile, satisfaisante malgré la situation de crise.

« C'est une drôle de manière de prendre un bain, mon petit chou. À la carte.

— Panda Jane est en train d'accoucher. Si tu veux bien m'accompagner, j'ai vraiment, vraiment besoin de ton aide.

— Accoucher ? *Accouche, toi*, si t'as quelque chose à dire, farceuse, va. » Et, sans transition, elle s'est mise à éplucher une orange.

Dehors, j'ai coincé le livre ouvert sous mon genou et la lampe torche entre mes dents. J'ai tourné les pages jusqu'à l'image qui ressemblait le plus à la position de Panda Jane et j'ai lu : « S'il y a matière à soupçonner un accouchement par le siège, vérifiez manuellement l'orientation du crâne avant de tirer (par la patte ou l'épaule). » J'ai hésité. Panda Jane poussait des hurlements de sirène. Mais elle souffrait déjà, ai-je raisonné. Je pouvais seulement espérer ne pas lui faire encore plus mal.

J'ai enfoncé un peu ma main en elle et j'ai été choquée de constater que je la refermais sur un crâne. J'ai eu l'impression de sentir les yeux du bébé frissonner dans leurs orbites.

Je suis restée un instant sans bouger. La mission paraissait complètement impossible. J'aurais voulu ne pas exister. Je n'avais rien. Les enfants n'ont rien qu'ils puissent dire. Alors je me suis courbée dans le noir, là où les racines s'enfonçaient dans la boue pâle, sous les étoiles qui scintillaient au-dessus de nos têtes, et peut-être que j'ai prié, dans mon cœur. J'aimais Panda Jane. J'aimais toutes les chèvres. Je savais que Bernadette les aimait aussi. Et je faisais semblant d'être Jude, qui était bonne et courageuse, bien plus que moi. J'étais tellement lâche que je ne parvenais même pas à voir autre chose que la douleur. Mais je pouvais au moins essayer de faire ça correctement.

Je me suis enfoncée plus profond que le crâne cette fois, les doigts en étoile de mer. On aurait cru l'intérieur d'une bouche. J'ai dit à Panda Jane toutes les gentillesses qui me venaient. Je lui ai dit qu'elle était belle, que je l'aimais. J'ai pleuré dans mon col en voyant sa respiration se transformer en râle humide et la tension faire trembler ses pattes arrière. Elle s'appuyait sur les pattes avant, les enfonçait dans la souche et pour rien, pour rien. Mais tout d'un coup mes doigts ont rencontré la courbe dure d'un sabot et à tâtons j'ai trouvé la rotule et l'épaule. Panda Jane s'est étranglée sur ses cris, puis elle a repris.

J'ai tiré juste un peu, mais rien ne bougeait. Il ne venait pas. J'ai de nouveau consulté le livre : « Faites attention à accompagner le rythme de la chèvre, au lieu de le contrer. Cependant, il peut être nécessaire de tirer fortement. » Il n'y avait pas d'autre suggestion.

J'ai réessayé. J'ai tiré tellement fort que j'ai cru que j'allais arracher la patte. Panda Jane hurlait sans discontinuer. Bon Dieu, ce qu'elle me détestait. J'ai senti la patte s'agiter dans le liquide amniotique. Mon bras me brûlait. J'ai entouré ses hanches de ma main libre pour prendre appui. Nous nous assassinions. J'arrachais le meurtre. Elle le criait. Nous étions prises en vie dans le sang de cet instant qui s'étirait et englobait le ciel, plus grand qu'aucun instant que j'aie jamais connu.

Lorsque je suis retombée sur mes fesses, j'ai cru que ma main avait glissé, mais le chevreau était là, sur mes genoux, à peu près de la taille de ma botte, et recouvert de mucosités jaunes et luisantes. Je l'avais écrasé ou tué, j'en étais sûre, cependant ses pattes se sont mises lentement à nager. Je l'ai fourré sous mon pull, contre ma peau.

Panda Jane s'était laissée tomber sur le flanc, et une petite patte sortait de son arrière-train. Il y en avait un autre. Je délirais, je surchauffais. J'avais un goût bizarre dans la bouche.

Mais le second chevreau est sorti comme un charme et Panda Jane s'est mise à lécher la gélatine jaune. Son placenta tremblotait à côté comme une goutte de lune.

Je me suis levée et je suis montée dans le pick-up pour couper le moteur. Je me suis reposée une minute, les mains sur le toit. Mon visage était mouillé. Je pleurais. Et je savais aussi ça : j'étais un luxe de sang. C'était ce que je ressentais. La joie folle que je ressentais. Je les ai emmenés dans l'appentis. Je ne me sentais pas de les laisser dehors, mais en fait, le livre prévenait qu'il ne fallait pas mettre des chevreaux nouveau-nés dans l'enclos avec les autres, donc j'ai su que je n'étais pas la première à avoir l'idée.

« Joyeux anniversaire », j'ai dit aux chevreaux, ou peut-être à la nuit, ou aux choses du monde en général.

J'ai crié à Bernadette de venir voir. Sa silhouette a remué dans la lumière jaune à l'intérieur. Mais un disque de big band a retenti à la place, et je l'ai vue valser toute seule. Alors je me suis allongée sur le ventre et j'ai regardé les chevreaux. Je les ai baptisés : Butter et Dirtbike. Cependant le froid s'insinuait dans mes épaules. Et j'ai senti le froid me brûler les poumons. Quand je suis rentrée, Bernadette était montée. Le disque tournait dans le vide. Sa bouteille, en revanche, était toujours sur la table, et quand j'en ai pris une gorgée, quelque chose s'est ouvert d'un coup dans ma poitrine. Comme si quelqu'un venait de défaire un nœud dans mon intestin. J'ai bu de nouveau, et du gin a coulé du coin de ma bouche. J'en ai versé un peu dans une tasse. Il a ri quand je l'ai versé, et moi aussi, j'ai ri. Joyeux anniversaire. Et je suis retournée m'asseoir dehors pour le boire sous les étoiles, qui traversaient fièrement les broussailles du ciel, aqueuses et splendides.

Celle-là, je l'ai apprise par Melda, longtemps après que toute l'affaire a été terminée et que je suis retournée, plus ou moins, à ma vie. La mère de Melda, Darienne, travaillait au bureau du shérif de Greene County, et elle avait assisté de ses yeux à l'irruption de la fausse Jude. La fausse Jude avait pris un *People Magazine* dans le casier, et elle n'avait rien de particulièrement remarquable, à première vue. Elle avait les cheveux blonds méchés, et portait du gloss rose. Elle n'a pas retiré sa parka ni même défait la fermeture éclair, et de son sac elle a sorti de petites bouteilles d'eau et un sachet de fruits secs. Visiblement, ce n'était pas la première fois qu'elle attendait la lecture de l'acte d'accusation ou du mandat d'amener de quelqu'un, enfin elle avait l'air au fait de la procédure à suivre pour éclaircir ce qui devait l'être, alors Darienne l'a laissée tranquille. D'un geste discipliné et morose, la femme a sorti de son sac un sandwich de trente centimètres et entrepris de le faire disparaître en bouchées rapides, presque sans mastiquer, en jetant des coups d'œil à la télé fixée au plafond, laquelle diffusait, comme toujours, un spot du gouvernement sur la nécessité de faire vérifier son taux de cholestérol. Elle a trié ses fruits secs sur la table en aggloméré, et avec les raisins elle a formé une croix. Elle fredonnait un chant patriotique, le « Battle Hymn of the Republic », peut-être. Elle n'arrêtait pas d'embêter les autres personnes qui se trouvaient dans la salle d'attente, leur demandant s'ils savaient ce qu'est la mort de l'ego, et quels en sont les symptômes.

« Je peux vous aider ? a fini par demander Darienne.

— Eh bien, oui. Je suis là au sujet d'une affaire de disparition. Jude Vanderjohn.

— OK. Vous avez des informations à fournir à un inspecteur, ou quelque chose comme ça ?

— Quelque chose comme ça », a dit la femme. Elle a poussé un gloussement de gorge. « Vous voyez, je suis Jude Vanderjohn. Je ne suis plus disparue. Vous pouvez arrêter de me chercher. »

On ne la lui faisait pas, à cette Darienne. Elle a conduit la femme dans une salle d'interrogatoire et l'y a enfermée. Au moment où l'inspecteur Torboli est arrivé, la femme s'était mise à protester contre ce traitement en chantant « We Shall Overcome », cognant ses mocassins contre le linoléum, les poings levés.

À en croire son permis de conduire, elle s'appelait Jeanette Rush, de Crucible, en Pennsylvanie, et d'ailleurs même sans cela, elle n'aurait trompé personne. Jeanette Rush était cent pour cent blanche et avait plus de cinquante ans, quoi qu'elle en dise. Elle a déclaré à l'inspecteur Torboli qu'elle avait été enlevée « par un grand Noir costaud », qui l'avait forcée à faire des choses « pas catholiques », qu'elle a décrites avec un zèle intarissable. Pendant qu'elle débitait sa litanie, l'inspecteur pliait et dépliait ses orteils dans ses chaussures, une stratégie qu'il adoptait pour conserver le sens de la réalité lorsque les circonstances le mettaient quelque peu à mal.

« Alors, vous pouvez me donner la récompense, maintenant, a-t-elle dit. Ha ha ! »

« Je suis la jeune Noire disparue », a-t-elle dit aussi.

« Ça a été tellement dur pour moi, a-t-elle dit aussi. Je suis exténuée, vidée jusqu'au fond de mon âme. »

XVIII

Je faisais des cocottes en papier dans le lit de Bernadette lorsque la voiture est arrivée. C'était la veille de Noël, mais nous ne comptions rien faire pour fêter ça ce soir-là car elle croyait que c'était Noël tous les deux ou trois jours, et je commençais à me sentir un peu empâtée à force de me gaver de caramels. D'abord, j'ai cru que c'était peut-être les parents de quelqu'un de la région qui venaient en visite et s'étaient égarés sans leur GPS. À la campagne, garer sa voiture devant une maison sans prévenir, c'est presque aussi intrusif que d'entrer dans la cuisine d'un inconnu et de se servir à dîner. Je me suis accroupie à la fenêtre. Alistair portait un manteau long. Sa valise à roulettes sautillait derrière lui dans la neige et le gravier. Il est ressorti chercher une caisse de vin et une dinde. Il a extrait une des bouteilles de la caisse et l'a offerte à Bernadette. « Du beaujolais ! » s'est-elle exclamée. On aurait dit une salutation, ou une bénédiction. Elle roucoulait de joie devant la bouteille comme si c'était un nouveau-né.

Je n'aurais jamais cru qu'Alistair reviendrait. Ne savait-il pas que nous avions tout un monde, sans lui ? Pour moi, ce n'était tout bonnement pas un geste de père. Je n'avais jamais vu mon propre père, par exemple. Un jour, il a appelé à la maison et c'est moi qui ai décroché. Il a dit : « Oh. Oh, merde », et il m'a demandé d'aller chercher ma mère.

À en juger par leurs voix chantantes, Alistair et Bernadette étaient contents de se voir. C'était comme si leur dernière dispute n'avait jamais eu lieu – et du point de vue de Bernadette, j'imagine qu'elle n'avait jamais eu lieu, de fait. Pour la première fois, j'ai réfléchi à l'éventualité que les pertes de mémoire de Bernadette facilitent la vie à d'autres que moi.

De toute évidence, il ne s'agissait pas d'un passage en coup de vent. J'étais en ébullition. Quand bien même je resterais dans un premier temps, j'allais finir par devoir soit prendre congé, soit expliquer tout l'arrangement à Alistair. Et si je restais, je ne savais pas du tout ce que Bernadette était susceptible de dire ou de faire.

Je me suis emmitouflée dans les vêtements les plus chauds que j'aie pu trouver – un manteau de fourrure, un pull sang de bœuf et des bottes de neige Walmart toutes crottées – et je suis sortie par la porte de derrière, dans le crépuscule. Je me suis dirigée vers chez nous, car je n'avais vraiment nulle part où aller, sinon. Je crois qu'Alistair m'a vue m'éclipser, mais je m'en fichais, et je n'avais pas de meilleure idée.

Les corvées agricoles m'avaient renforcé les muscles. Quand j'ai gravi la côte, seules quelques gouttelettes de sueur ont perlé et gelé sur mon crâne. Quelque part, je m'apitoyais profondément sur mon sort et, quelque part, je me délectais du romanesque d'un exil soudain – *seule, dans les bois, à Noël !* Il y avait dans ces mots quelque chose de misérable qui correspondait exactement à ce que j'aimais. Je n'arrivais pas à me rappeler comment j'avais un jour pu avoir peur de marcher dans les bois la nuit. Il n'y avait que des créatures, or j'étais une créature. Tout était en règle entre moi et le reste.

Et, même si je ne l'aurais pas dit comme ça sur le moment, peut-être que j'éprouvais une certaine beauté à sortir dans le monde sans essayer de tenir ma tête d'une certaine façon et d'agir comme je pensais qu'aurait agi Jude. J'étais vide de toutes ces préoccupations. C'était agréable de respirer, et en gagnant le sommet de la colline, j'ai commencé à reconnaître dans la forêt de petits coins où j'avais joué, tels l'arbre auquel j'aimais grimper et les zones de la falaise où la mousse était suspendue dans le vide comme un filet de bave. Quand je jouais à faire semblant, mon rôle préféré était celui d'un monstre marin, et les arbres bousculés par le vent émettaient un bruit fracassant, un bruit de vagues. Moi-même ! Pourquoi pas finalement ? À présent que j'étais de retour dans nos bois, j'avais la sensation d'avoir parcouru un long chemin. Quand je me suis arrêtée pour regarder en arrière, les lumières de chez Bernadette étaient toujours présentes, mais suffisamment petites pour que je puisse les cacher avec mon pouce.

J'ai entendu la musique avant d'arriver à la crête. Juste une petite musique lointaine, avec des voix dedans et tout ça. Des bruits de fête, quoi qu'on entende par là. Je suis sûre que vous connaissez. Pourquoi sont-ils toujours identiques ? Chaque fête que j'ai observée de l'extérieur, on aurait cru à l'entendre que les gens dedans s'étaient métamorphosés en musique. Je me suis demandé si Clinton avait mis la télé à fond, s'il regardait un film en noir et blanc.

Mais en fin de compte, il y avait bien une fête. Je l'ai vu dans les carrés jaunes des fenêtres. Clinton a porté un petit verre à shot aux lèvres de Shayna et lui a pincé les côtes quand elle a renversé la tête pour l'avaler, si bien que la tequila s'est intégralement renversée sur son corsage. Toi Blond et Toi Noir étaient à l'intérieur, ce qui était inhabituel, et ils chahutaient un peu trop vigoureusement, se cognant dans les pieds de table, pour essayer d'atteindre le jambon. Il y avait une quantité phénoménale de nourriture sur la table, même si on aurait dit qu'ils l'avaient attaquée déjà depuis longtemps. Et au milieu, ma mère. Ma mère, avec une couronne en papier jaune qui avait glissé sur un œil. Le plafonnier brûlait au-dessus de sa tête. Elle absorbait toute la lumière de la pièce.

« Oh, *merde* », a dit Clinton.

« Oh, *mon Dieu* », a dit ma mère.

Shayna a pointé mes racines blondes d'un doigt qu'elle avait moite. « Eh ben dis donc. Va falloir me laisser rafraîchir ça. Même si, je dois dire, t'as le look. »

Personne ne s'était levé jusqu'à ce que Shayna vienne retirer mon manteau et passer ses mains sur mes épaules pour me réchauffer. Puis ma mère s'est approchée et m'a serrée très fort contre elle. Elle était obligée de se dresser un peu sur la pointe des pieds. Avait-elle toujours été aussi petite ? Elle avait l'une de ces coiffures qui ressemblent à des nuages, et je voyais qu'elle venait juste de se faire une teinture car les petits cheveux sur ses tempes étaient trop vifs, une couleur pas naturelle, et bien que ce soit l'hiver elle portait un short et des sandalettes à talons hauts couleur bronze. Elle avait l'air bien, parfaite, merveilleuse. Elle me regardait comme si, moi, j'avais un problème. J'ai fermé les yeux et quelques larmes ont coulé, même si je n'en avais pas l'intention, même si je ne voulais pas. Elle sentait, comme toujours, le pain, le cuivre et la laque.

« Mon bijou, mon bijou, mon bijou, a-t-elle dit. Mon petit bébé, oh, comme tu m'as manqué. Laisse-moi te préparer une assiette. Tu es toute maigre ! » Clinton a fait une grimace, l'air de dire : C'est pas ça, maigre. Et je ne l'étais pas. Je ne l'ai jamais été, d'ailleurs. J'étais gênée pour maman, de la voir essayer de me flatter.

Mais elle est allée me préparer une assiette avec quelques tranches de jambon et leurs globes de gras, et des restes de purée, de haricots verts mousseux et de macédoine en gelée prélevés dans les saladiers. J'essayais de déduire depuis combien de temps elle était revenue en fonction de l'état de la maison. Au moins une semaine, *a priori* : les moulures étaient impeccables et les fenêtres étincelantes, sans les traces de doigts duveteuses que nous laissions en cherchant le monde à coups de pichenettes. Même le courrier publicitaire avait été entassé dans un panier en osier sous la table.

« Où est Virgil ? » j'ai demandé. Ils se sont figés. Tout le monde a regardé maman.

« Eh bien, ma chérie, il est en prison. » Ses sourcils étaient dressés au maximum. Elle m'a dévisagée comme si ma question était plus choquante que sa réponse. « Mais tu ne le savais pas ?

— Il est en prison ?

— Il y est depuis, merde, deux mois ? a dit Clinton. Je croyais que tu serais au courant. Tout le monde en a parlé. C'était après qu'ils ont retrouvé le portefeuille de cette fille. C'est du pipeau, bien sûr. Tout le monde sait ce qu'elle trafiquait. » Shayna a détourné les yeux vers le plafond.

« Comment voulais-tu que j'en entende parler ? »

Ma mère a levé les yeux au ciel et écrasé sa cigarette. Le cendrier en était plein. Des Camel light avec un peu de gloss rose humide sur le filtre. « Et tu es rentrée quand, au fait ? je lui ai demandé. Pourquoi tu me l'as pas dit ? »

Clinton a répondu à sa place : « C'est toi qui es partie.

— Pourquoi tu m'as pas dit que maman était rentrée ? »

Clinton a levé les mains, l'air de dire : Tu m'as eu. Il a haussé les épaules.

Un glacier s'est érigé autour de cet instant. Puis je me suis assise. J'ai mangé mon assiette car je ne voyais pas du tout quoi faire à part ça. Je coulais dans mes propres eaux. Elles se refermaient au-dessus de ma tête et je m'enfonçais, m'enfonçais. Ils s'étaient mis à parler d'autre chose. La mine d'exploitation de charbon en longue taille avait fracturé la nappe phréatique du Duke Lake, lequel s'était transformé en un vaste champ de boue. Quelqu'un incendiait des voitures sur les petites routes autour de Hundred. La maison d'Edna Mae était infestée de serpents, et elle refusait de faire entrer de l'aide. Quelqu'un avait chanté le mauvais hymne au Super Bowl, et des gens avaient grossi, et j'avais oublié que c'était comme ça. Toujours, toujours, toujours. Quel que soit l'événement, la parole venait l'inonder et l'expulser. Chez Bernadette aussi, nous étions inondés de parole, mais ce n'était pas pareil. Nous nommions les emplacements de notre corps où se trouvaient nos émotions, nous nous demandions si elles étaient : lourdes, duveteuses, étouffantes, glaçantes, électriques, sourdes. Nomme-les, me disait-elle, et tu ne seras pas à leur merci. Juste à ce moment-là, ma mère était en train de parler d'un régime dans *Parade Magazine,* consistant à prier avant de manger afin d'interdire l'entrée aux calories. J'ai baissé les yeux. J'avais honte d'une chose que je ne comprenais pas tout à fait en ce temps-là, à savoir que ma mère n'était pas très intelligente. Ce n'était pas seulement qu'elle n'avait jamais entendu parler du Tintoret, parce que qu'est-ce que ça peut bien foutre ? Mais il y avait dans son regard un certain immobilisme. Elle ne voyait pas d'autre monde derrière celui-ci. La prise de conscience était rude, et je n'aimais pas ça du tout.

C'est alors que j'ai remarqué le bébé. Il était installé dans un siège auto posé à même le sol, dans la cuisine, tel un sac de courses qu'on aurait oublié de ranger. Et personne ne lui parlait, personne ne le regardait. Il était à maman, je l'ai su immédiatement, même si je ne saurais dire comment. On l'aurait cru sculpté dans une pomme de terre, si ce n'est que son visage remuait.

Quand est venue l'heure des cadeaux, nous sommes passés au salon, qui était glacial d'avoir été inoccupé, comme souvent les pièces en hiver. Clinton a offert à maman un panier de crèmes de soin sous cellophane, emballé dans du papier crépon rouge. Shayna lui a offert un trio de vernis à ongles nacrés. Maman avait acheté de nouvelles lunettes pour Clinton, des chaussettes antidérapantes et des jeux à gratter pour Shayna. Les noms m'ont plu. L'Heure du cash. Le Roi du cash. Des seaux de cash. Cerises sauvages. Je n'ai pas compris qu'il n'y avait pas de cadeau pour moi, au départ. « Vous pouvez partager, les filles », a dit ma mère quand elle m'a vue lorgner sur les tickets de loterie. J'ai regardé autour de moi. Tous inspectaient leurs mains. L'atmosphère s'est désagrégée. Je me suis demandé si nous ne devrions pas verbaliser cette gêne, mais maman s'est contentée de pousser un soupir, de se donner une claque en haut des cuisses, et de s'éloigner pour s'enfiler une autre rasade de tequila. Shayna a chuchoté : *Mon cadeau pour toi, c'est un relooking, grande folle, va.*

Le reste de la journée, nous avons tenté de nous mettre au diapason les uns des autres, mais c'était difficile. Je me suis assise à côté du bébé et je l'ai étudié. Quand je posais un doigt sur son front, il laissait une marque blanche qui s'attardait un moment avant que le sang n'afflue de nouveau.

Je me suis éclipsée dans ma chambre, mais elle s'était un peu flétrie, elle était desséchée, exsangue. Je n'en revenais pas de la négligence avec laquelle j'avais abandonné là ma poupée au cou cassé, dans le noir. Elle gisait dans un coin, dans une pose de désespoir caricaturale. Je l'ai serrée contre moi et j'ai tenté de la réchauffer pour chasser sa solitude, mais elle est demeurée froide contre ma poitrine. À cet instant, Virgil se trouvait dans une pièce en brique qui s'appelait une prison. Je me suis demandé, je ne sais pourquoi, ce qu'il ferait s'il attrapait un rhume dans cet endroit. Est-ce qu'ils vous donnaient des mouchoirs ? Et j'ai imaginé mon frère en train de pincer le dessus de son nez et de regarder le plafond, là d'où je l'observais. Je jure qu'il m'a vue, et c'était pour de vrai. Il avait les yeux humides. Et moi aussi. Moi aussi. Je pleurais.

La plupart du temps, mon esprit savait que je commettais une mauvaise action en étant Jude, mais en général je n'autorisais pas l'intégralité de ma personne à le savoir. Chez Bernadette, tout était facile. Si mon esprit devenait trop bruyant, il me suffisait de la brancher sur Redondo Beach, et elle partait au quart de tour. Un jour, j'ai vexé Bernadette en recrachant une bouchée de pancake – il y avait une punaise dedans, à ma décharge, mais ça l'a quand même terriblement blessée. Tout ce que j'ai eu à faire, c'est quitter la pièce et à attendre trente secondes. Quand je suis revenue, tiens, bonjour mon agneau chéri, tu étais où ? Rien de tout cela ne marchait ici. Je savais que je pourrais faire sortir Virgil de prison si je disais la vérité au sujet du coup de téléphone. Et je savais aussi que je ne pouvais pas dire la vérité. Je souffrais trop de mon propre sort, j'avais trop peur pour laisser voir ce que j'avais fait. Le sentiment a culbuté et s'est mis à tournoyer, et je ne pouvais pas le laisser prendre de la vitesse, pas le laisser m'emporter et me jeter dans le décor. J'ai claqué la porte et je suis descendue laver les couverts du dîner car je ne voulais pas montrer que mes mains tremblaient.

Pendant que je faisais la vaisselle, maman, Clinton et Shayna regardaient un film pour enfants à la télé. Ça parlait d'une petite fille et d'un chien orphelin. Maman et Clinton se passaient un sachet de couennes de porc soufflées, et s'ils étaient attendris par la fillette ou par le chien, leur émotion ne transperçait pas la surface. La télé était neuve et tellement grosse qu'on aurait dit qu'elle essayait de vous engloutir, et ça leur plaisait.

Au moment où j'ai terminé, Clinton avait changé de chaîne et ils s'étaient mis à regarder une rediffusion d'un vieux match de football. Shayna m'a attirée sur le canapé et m'a donné un bout de sa couverture. Personne n'évoquait le bébé, personne n'évoquait Virgil, personne ne demandait même où j'avais bien pu dégotter un manteau de fourrure. Ils ne parlaient pas de Bernadette, ni de Jude, ni de l'engourdissement dans le ventre qui vous permet de manger jusqu'à ce que vous disparaissiez. La foule dans le stade à l'écran faisait comme une neige de son. Je trouve que le ronronnement d'un match de foot devrait être considéré comme un médicament, plus que toute autre chose. Je sais que j'en prendrais tous les jours, si c'était un cachet.

Je suis restée trois jours. Shayna et moi, on a regardé les talk-shows. Je l'ai laissée colorer mes racines. Nous sommes allés chez Pecjak à pied, tous ensemble, histoire de faire quelque chose. Maman était dans sa période chili « à la texane », ce qui signifiait seulement qu'elle le laissait mijoter jusqu'à ce qu'il devienne brun comme une croûte de sang. C'était là qu'elle avait été, apparemment. Au Texas. Le bébé s'appelait Wade. Je trouvais que c'était le prénom le plus prédestiné à la tragédie que j'aie jamais entendu. Comme par l'intervention d'une fée, je savais devoir m'abstenir de le prendre dans mes bras ou de lui dire des mots apaisants. Je sais que ça paraît cruel, mais je me disais que je m'en étais sortie toute seule, pour ma part, et qu'il allait devoir en faire de même.

Mes yeux fléchissaient bizarrement sans les lunettes de Jude, que j'avais cachées dans la poche de mon manteau. J'essayais de me couler de nouveau dans la peau de Cindy, mais je n'étais pas certaine de savoir encore comment faire. Je me tenais mal, non ? Je jouais avec mes doigts et je marmonnais, ou est-ce que je me rappelais tout de travers ? Je répondais du tac au tac aux taquineries de Shayna, si bien qu'elle s'est mise à m'appeler la Dynamite, mais pas méchamment, et ça m'a fait plaisir.

De notre clôture, je voyais la maison de Bernadette en bas de la vallée. Au cours de la journée, j'allais si souvent espionner que maman a cru que je fumais en douce, et dit que je ferais mieux de le faire ouvertement. Alors je fumais aussi, et je priais pour que mes yeux fassent disparaître la voiture d'Alistair. Quand elle est enfin partie et restée partie pendant quelques heures, j'ai risqué le coup et je suis descendue dans les bois. Je n'ai pas dit un mot d'adieu à ma famille.

J'ai ramassé un tas de bois de corde avant d'entrer dans la maison. Je voulais lui faire croire que j'avais travaillé dehors toute la matinée, suffisamment longtemps pour qu'elle ait pu oublier l'interruption dans notre train-train. J'avais envisagé la possibilité que, en passant quelques journées complètes dans la maison, Alistair ait finalement réussi à la convaincre que Jude avait disparu, et que ma magie ne fonctionne plus. Ce que j'espérais, c'était me couler en douceur dans le rythme du quotidien sans faire de vagues – si je faisais en sorte de rendre ma présence discrète pendant la plus grande partie de l'après-midi, je me disais que le danger serait passé. Je suis entrée l'air de rien et je me suis occupée de charger le poêle à bois et d'empiler les bûches sans parler, comme je l'aurais fait un jour ordinaire. Il régnait une odeur malsaine dans la maison, comme du lait régurgité. Bernadette portait une tenue toute neuve : des pantoufles en tissu tufté, un pull angora mauve, un pantalon large en soie noire. Un pli de son ventre dépassait à la taille. Ses joues et son nez étaient rouge vif. Elle n'a pas levé les yeux.

Il n'y avait pas tellement de traces visibles de la venue d'Alistair. Il avait oublié un rasoir dans l'évier, c'est tout. Mais j'ai détecté une note nouvelle dans le silence. Il était marqué d'une certaine bouderie, comme quand on attend les excuses de quelqu'un. J'ai trouvé les douze bouteilles de vin vides et impeccablement rincées, avec un soin exagéré que j'ai jugé un tantinet ostentatoire. J'ai deviné que la visite s'était terminée sur une dispute. Des ordures avaient débordé du dessus de la poubelle et une fois de plus, bizarrement, il y avait des assiettes sales dans le four.

« Chérie, dépêche-toi ! Il faut qu'on s'y mette si on veut finir le coffret ! Viens là !

— Le coffret ? » J'espérais que si je commençais à parler depuis les coulisses, ça m'aiderait à me réintroduire en douceur dans son esprit.

« Le coffret William Holden que tu m'as offert. Allez, tu l'as dit. Tu as dit qu'on le regarderait aujourd'hui, et demain, et après-demain. Et où sont les prêles ?

— Quelles prêles ? »

Et c'est quoi, des prêles ? me demandais-je.

« Celles que tu as promis de me ramener pour mon thé. »

Je suis allée me poster sur le seuil du salon.

« Oh, zut, ne me dis pas que tu as oublié. » Elle a claqué sa langue et s'est décalée sur le canapé pour que je puisse prendre place afin de regarder *Invisible Stripes*, s'est-il avéré. C'est Alistair qui devait lui avoir acheté. Bernadette m'a tapoté les épaules, comme toujours, sauf que ça s'est mis à me démanger – j'ai eu l'impression que j'allais me pulvériser si elle continuait à me toucher comme ça. J'ai écarté sa main d'un haussement d'épaule comme un cheval qui écarte une mouche. Mais elle est revenue s'y poser une seconde plus tard. J'ai tenté de prendre mon mal en patience, mais elle ne cessait de tracer le même cercle sur mon épaule, et la zone devenait chaude et irritée. Il y avait un accent de besoin dans son geste. Je l'ai écartée à nouveau. Elle a reposé sa main immédiatement.

« Maman, arrête.

— Hmm ? Comme tu voudras, mon petit agneau. »

Puis, comme si elle venait juste d'avoir l'idée, elle a posé la main sur mon épaule et recommencé à tracer le même cercle. J'ai serré les dents et me suis efforcée de ne pas avoir de mouvement de recul. Comment ma mère pouvait-elle être de retour depuis une semaine sans avoir envoyé quelqu'un me chercher ? Ma mère ? Comment se faisait-il que personne ne m'ait mise au courant pour Virgil ? J'arrivais toujours à lire dans les pensées des gens quand j'étais triste, et j'ai pu l'entendre à cet instant même : Clinton avait dû dire à maman que j'étais une enfant gâtée et que je m'étais mise à me croire au-dessus d'eux, tout d'un coup, que j'étais partie chez la voisine pour écouter de l'opéra et manger des figues, enfin les activités que je l'imaginais m'imaginer en train de faire, sauf que Clinton savait-il seulement ce qu'est une figue, rien n'était moins sûr. Pourquoi aurait-il pensé à l'opéra ? Ça ne lui serait pas venu à l'esprit. Mais c'était vrai. Bernadette mettait du vinaigre et du poivre noir sur les figues, et je les aimais préparées comme ça. J'avais adopté l'opinion selon laquelle *Nessun Dorma* est magnifique et je m'en fichais bien de ce que ça voulait dire.

J'avais commencé à penser que tout le vide que je voyais dans les choses n'était pas un lieu maléfique, mais sacré. Peut-être que c'était dingue que je ne parvienne pas à me donner la permission d'avoir ce genre d'idées sans incarner cet être incertain que j'avais inventé, qui disposait de tant de manières de disparaître et me semblait pourtant plus solide que ma personnalité disparue, qui était quelque part l'opposé de la vraie Jude, laquelle avait disparu aussi. Laquelle était en danger. Et là, j'ai repensé au coup de téléphone. J'ai bichonné toutes mes raisons, je les ai bien soignées : ce n'était pas mes affaires. Jude avait voulu appeler sa mère, et voilà le résultat. Ce n'était pas ma faute si sa mère était impossible.

J'avais l'impression que mon épaule était rouge, elle me brûlait à l'endroit où Bernadette continuait de tracer ses petits ronds. N'importe quel observateur aurait pensé qu'elle me réconfortait, toutefois c'était un réconfort dont je ne voulais pas. Il brûlait. Je me faisais violence pour rester sous sa main, et me mordais la lèvre pour m'empêcher de battre en retraite. À l'instant où le film s'est terminé, je me suis levée d'un bond pour éteindre la télé. Une ligne blanche continue sautillait en travers de l'écran.

« Oh, n'éteins pas ! J'adore ce passage, a dit Bernadette. Ah, c'est tellement triste, et tellement vrai. »

J'ai eu le sentiment que la chambre de Jude était hantée cette nuit-là. Oh, écoutez-moi donc : c'est moi qui étais hantée cette nuit-là, mais j'attribue toujours mes humeurs à l'atmosphère. Sur l'oreiller, quelqu'un avait laissé une boîte emballée dans un papier bleu et doré. J'ai ouvert la carte : *JUDE*. Je ne m'étais même pas autorisée à savoir à quel point ça m'avait fait mal de regarder ma famille ouvrir ses cadeaux sans moi, et tout est sorti à cet instant. Ma gorge s'est nouée. Il ne m'est même pas venu à l'esprit que ce cadeau pourrait bien être pour la vraie Jude, et non pour moi. Je n'ai pas reconnu l'écriture d'Alistair, et comment aurait-il pu en être autrement ?

J'ai sorti de la boîte un bol peint à la main. À l'intérieur, des chats, des chèvres et des lapins dansaient autour du soleil. Sur l'extérieur, un ciel nocturne constellé d'étoiles. Il y avait un mot enveloppé dans du papier de soie rose, et je l'ai ouvert également.

Ma chère fille,

Tu connais la définition de la foi ? Je croyais la connaître. Car toute ma vie, j'ai servi l'idée que l'espoir et la foi sont continus. Les événements récents m'ont persuadé de consulter à nouveau le dictionnaire, toutefois. La souffrance donne un goût étrange aux mots les plus familiers, je crois. Dans tous les cas, j'ai découvert que la foi se définit comme « la possession d'une certitude complète », ou dans certaines variantes, « le fait d'agir en fonction d'une certitude complète ». Je réalise, sincèrement, quelle tâche phénoménale cela représente pour nous sur Terre. Je ne sais pas comment faire. Je suis en proie à la superstition et au malheur. J'ai dit à d'autres que s'ils parvenaient à faire un vrai silence, ils entendraient en eux la voix de l'Éternel, et trouveraient la paix en toute chose. Je n'avais pas idée de ce que je leur demandais de faire. En fait, j'ai honte de m'être un jour estimé qualifié pour donner ce genre de conseils. Ce n'est que maintenant que je suis devenu réellement qualifié : mon cœur est brisé. J'écoute, je tends l'oreille pour entendre l'Éternel. Apparemment, je crois que si je t'apporte ce cadeau, tu vas forcément rentrer à la maison pour le recevoir. Peut-être suis-je un imbécile, mais peut-être qu'en fait, tu vas bien revenir. Peut-être que tu liras ces mots. Je tiens le fil de cet instant précieusement dans mes mains, même si l'espoir est un peu moins qu'une « certitude complète ». Mais en écrivant ces mots, peut-être que je maintiens en vie une partie de toi : la partie de toi qui les lit. Je sais qu'exprimer sa gratitude prouve la présence de Dieu – sans quoi, il n'y aurait personne à remercier. J'espère que ce cadeau te plaira. Il m'a rappelé ton conte préféré (les lapins).

Baisers,
Papa

La honte m'a poussée à faire les cent pas dans la chambre. Je me tenais quelque part, juste à l'extérieur de moi-même, pleurant pour l'éternité. J'ai vu Virgil lever les yeux vers un signe dans le bleu. Je l'ai vu tracer une croix contre le ciel nu, juste une petite croix, avec son auriculaire. Je ne savais pas ce que ça signifiait, mais c'était un avertissement. Tout me voyait. Le monde entier est un témoin. J'ai rangé le bol dans le placard, sous un tas de vêtements. Il semblait murmurer dans ma tête, un bruit que je ne pouvais cesser d'entendre. La lettre aussi. Je les ai cachés pour qu'ils ne puissent pas me voir. Et pourtant, je sentais leurs yeux luire dans l'obscurité.

XIX

C'était une journée chaude, étrange. Le soleil pesait sur mes épaules et j'en ai été perturbée jusqu'à ce que je comprenne de quoi il s'agissait. J'avais cru qu'il s'agissait d'une espèce de mammifère qui avait atterri sur moi, jeté à bas du ciel.

Je me suis postée près de la fenêtre et j'ai regardé un filet de glace suspendu, avec le soleil qui filtrait à travers. Il le traversait comme un chalumeau. J'en ai fait un jeu – je me brûlais les yeux dessus, puis je déplaçais le point mauve itinérant sur la vallée en suivant les zones où les collines et le ciel se rencontraient. Dans le jardin, les chèvres tournaient sur elles-mêmes. Elles décrivaient un large cercle, mais ne pouvaient pas en sortir. Ann Richards s'est dirigée vers la route et l'a longée, la tête bien enfoncée dans les épaules. Les autres chèvres marchaient comme ça aussi. Elles passaient sur le gazon, sur la longue déchirure ornementale que le vent avait sculptée dans la neige.

Bernadette saumurait des groseilles à maquereau – où avait-elle trouvé ces groseilles à maquereau ? – et l'odeur du poivre rose se répandait dans l'atmosphère, le vinaigre détonait tel un éclair dans mes narines. Elle était affreusement, affreusement saoule. Je ne prenais même plus la peine d'essayer de l'en empêcher. Elle s'était brûlé la main sur la casserole et avait collé une serviette en papier sur la cloque. Elle était impossible et je n'en pouvais plus. Elle voyait les films de William Holden partout. Je n'arrêtais pas de lui tirer la tête des vapeurs du four, dans lequel elle affirmait regarder *La Horde sauvage*. « Chérie, qu'est-ce que tu fais à la fenêtre ? Qu'est-ce que tu regardes ? m'a-t-elle demandé.

— Les chèvres jouent. C'est… Je ne sais pas. Elles dansent la valse. Viens voir. »

Elles continuaient à tourner en rond, les chèvres. Elles avaient toutes la tête tournée sur le côté. Butter et Dirtbike décrivaient de petits cercles sur elles-mêmes, telles des ballerines dans une boîte à bijoux. On aurait dit des humains contraints de faire semblant, pour une raison inconnue, d'être des chèvres, mais incapables de mettre assez de naturel dans leur prestation. Ça me faisait penser aux dessins animés, quand on sifflote pour se donner l'air innocent après avoir mal agi, ou bien quand on en a envie. Dolores a couru après sa queue encore et encore jusqu'à tomber. Peut-être qu'elles dansaient. Je n'en savais vraiment rien.

Je me disais que ça amuserait Bernadette. Il y avait tant de choses que je trouvais affreuses qui la faisait rire. Elle aimait les choses vraiment atroces. Mais elle est tombée à genoux à côté de Dolores, l'a apaisée d'une caresse, et a baissé la paupière inférieure de l'animal pour regarder la membrane. Elle était blanche, comme si une tranche d'œil était tombée. Avant que j'aie le temps de réfléchir, Bernadette est retournée dans la maison en courant. Dolores frémissait, très légèrement, mais le frisson l'empêchait de se relever. Quand je suis rentrée, Bernadette avait déjà décroché le téléphone pour appeler le vétérinaire. Elle pleurait. *Dépêchez-vous*, c'est tout ce que j'ai entendu. J'ai enfilé un vrai manteau. Je devinais qu'on allait peut-être passer un long moment dehors avec elles, mais je n'avais pas idée.

Dr Vic a garé son pick-up sur la pelouse et enfilé ses gants. Les poils noirs sur le dos de ses mains faisaient des rides à la surface. C'était un geste délicat. Tout ce qui se passait, je ne le voyais pas comme il faut.

Dr Vic a rassemblé les bêtes dans l'enclos. Jolie, jolie, les appelait-il. Viens par là, ma belle, juste là, c'est bien. Et il a sorti sa lampe crayon pour examiner le dessous de leurs yeux, comme avait fait Bernadette. Le moteur du pick-up tournait encore. Il a mis un masque stérile et en a donné un à Bernadette. Il a sorti un sac noir, et du sac, une mallette, et a réuni cinq aiguilles sur le siège conducteur. Avec des pistons vert fluo. Je m'en souviens, car c'est la seule couleur que j'ai vue de la journée.

Bernadette tenait les chèvres pendant qu'elles recevaient leurs piqûres. J'ai essayé de caresser Ann Richards, mais Dr Vic m'a retenue fermement. Je ne me rappelle rien de ce qu'ils disaient, juste de leur ton. On aurait dit des voix de télévision filtrant à travers la cloison d'une chambre de motel. Bernadette avait enfilé des gants elle aussi. Personne ne m'en a proposé.

Une fois de plus, j'ai cru trouver le moyen de les aider en me pliant en deux au-dessus des chèvres comme eux. Bernadette n'arrivait pas à me regarder.

« Rentre à la maison, a-t-elle dit.

— C'est trop tard pour ça, a dit Dr Vic. Ça suffit, compris ? »

Je voulais me rendre utile. J'ai refait du café. Quand il n'y a rien d'autre à faire, j'estime que c'est toujours bien de préparer du café. Mais ce jour-là, mes mains étaient ankylosées jusqu'aux poignets et je n'étais bonne à rien. J'ai regardé le percolateur et tenté de me remémorer sa fonction dans tout ça. Quelle partie de lui était une bouche, quelle partie pourrait me parler. La radio s'était bloquée sur une plage de friture à cause du mauvais temps. Il était tout autour de moi, le claquement saturé de ce son. Je suis restée plantée devant l'évier, tentant de l'éprouver. Il se fragmentait contre mes cheveux, contre ma gorge, qui était humide car je pleurais de nouveau.

J'ai rempli un Thermos et le leur ai porté. Dehors, Dr Vic était en train de déchiqueter à la main la balle de foin qui se trouvait dans la mangeoire. Il était devenu fou, sans doute. La balle de foin était d'un marron plus foncé à l'intérieur, et le soleil avait blanchi la croûte. Moi, je n'y connais rien, au foin. Il y a des gens qui peuvent trouver ça inconcevable, je sais. Les Stoat sont des spécialistes de la tonte des pelouses. Un Stoat, ce n'est bon qu'à ça. Si quelqu'un devrait connaître le foin, c'est bien les Stoat.

« Le voilà, votre problème », a dit Dr Vic. Bernadette avait retiré ses gants, mais se réchauffait les mains sur sa nuque. Elle a baissé les yeux sur ce qu'il lui tendait. Le foin était constellé de taches noires. Du moisi, même si je ne l'ai compris que plus tard. « Cette balle de foin n'a pas été changée correctement depuis des mois. Elles ont la listériose, toutes.

— Qu'est-ce que vous en pensez ? » lui a-t-elle demandé. Ils ne me regardaient toujours pas. Le foin, c'était mon boulot, et nous le savions tous.

« Je suis désolé », a-t-il dit.

XX

C'était comme si quelqu'un avait lancé une alerte à la radio. C'était le cas, peut-être.

Les pick-up se sont rangés à côté de celui de Dr Vic et, quand il n'y a plus eu de place, ils se sont garés le long de la route, avec deux pneus dans le vide, au niveau où la colline s'enfonçait dans le champ en face de la maison. Ils avaient des Thermos, aussi, et du bois fendu de leurs propres réserves. Dr Vic a choisi un lieu loin derrière la grange, de l'autre côté du ruisseau, qui était noir, comme s'il était profond de plusieurs kilomètres. Il leur a ordonné de préparer les feux à cet endroit. Ils ont constitué une chaîne pour se passer les bûches de main en main depuis la route. Damon Wise, Buddy Metheny, Marlon Whipkey, Asa Gehoe, Mark et Wyatt Tedrow. Même Clinton. Il ressemblait à n'importe quel inconnu. S'il m'a vue, il n'a rien fait pour le manifester.

Il n'y avait pas que des hommes. Il y avait Janice Creekmur, en combinaison brun clair, les cheveux fixés à la bande de plastique de sa casquette de base-ball, et Shauna Minor, vêtue d'une simple veste de flanelle, fumant une cigarette pendue à ses lèvres. Des jeux d'ombre leur rabotaient les joues et leurs lèvres pincées n'arrangeaient pas les choses. J'ai cherché un peu de maternage, et n'ai trouvé que de la pierre.

Clinton se tenait à l'endroit où ils déposaient le bois, il rectifiait la disposition des bûches. Je l'ai fixé jusqu'à ce qu'il lève les yeux, mais il n'y avait rien pour moi sur son visage, alors j'ai gardé mes distances. Kayla m'a fait un signe de la main, mais a aussitôt détourné le regard. Même Melda McConaughey était là. Elle portait un manteau rose angora qui ne pouvait guère être suffisamment chaud, à première vue. Mais elle tenait sa place dans la chaîne comme tous les autres.

Ils savaient quoi faire sans avoir besoin de parler. Une fois qu'ils ont fini de disposer les bûches, Shauna s'est approchée avec une pile de journaux sous un bras, froissant du papier de l'autre main, et le bourrant dans les interstices où il pourrait faire prendre le feu. N'avez-vous jamais vu une rangée d'hommes se coucher sur le flanc, à même le sol, et embrasser, embrasser l'air, et il faisait noir alors mais leurs visages ont commencé à s'embraser d'orange à chaque flamme qui prenait. Les gens, chaque fois qu'ils passaient devant elle, touchaient Bernadette quelque part au milieu du dos. Pas longtemps, mais souvent. Elle avait croisé les bras étroitement et pressait un mouchoir froissé contre son visage.

J'étais inutile. Toute la scène ressemblait à une fête dont on aurait entièrement retiré l'oxygène. Mark Tedrow avait renversé les abreuvoirs pour s'en servir de bancs. Autant se réchauffer les pieds devant le feu, je suppose. Bon. Et autant s'avouer qu'il y avait du whisky dans le Thermos que Janice Creekmur faisait passer dans la chaîne. Je n'ai pas eu la présomption d'essayer d'en prendre. J'avais trop honte. Il était destiné à ceux qui travaillaient, or je ne travaillais pas. Mondo est venu s'asseoir à mes pieds. J'ai passé la main dans son pelage, qui était sale et laissait une poudre sur ma paume. Mais il a fini par me quitter aussi. On ne pouvait pas me donner davantage. J'ai quitté le cercle de lumière et suis retournée dans la cuisine. Ça faisait trop mal de continuer à mentir. Je savais que, quoi qu'il arrive, lorsque je dirais la vérité, ça ferait mal aussi, mais cela ne semblait pas possible d'éprouver une émotion plus pénible, donc, en un sens, j'ai passé une porte invisible. Une partie de moi m'a remise sur pieds et fait sortir de mon silence.

J'ai appelé la police. La maison était étrange, à l'intérieur, tellement lumineuse et vide autour de ma voix. Je leur ai dit pour le coup de téléphone, Richard Klink, les chevaux, tout ce que je pouvais me rappeler. J'étais une voisine inquiète qui avait entendu par hasard la conversation en passant rendre visite, leur ai-je dit. Je leur ai fait croire que c'était arrivé le jour même. Je n'ai pas donné mon nom pour éviter qu'ils réalisent que Virgil était mon frère. Aussitôt raccroché, j'ai appelé Alistair. Je lui ai dit ce que je venais de dire à la police, lui ai conseillé de les appeler à son tour pour confirmer que je n'avais pas raconté des craques. J'ai attendu un long moment avant qu'il prenne la parole.

« Cindy Stoat. Tu n'étais pas dans la maison, la dernière fois que je suis passé ?

— Si.

— Tu es partie avant que j'aie le temps de te saluer. Tu as filé avec une de ces hâtes.

— Je devais rentrer chez moi pour Noël. » Pourquoi ne semblait-il pas en colère ? Ça m'a fait peur.

Un picotement est remonté entre mes omoplates et m'a tiré sur les cordes vocales.

« Bien sûr. Tu passes beaucoup de temps avec Bernie, apparemment.

— Je pensais qu'il ne fallait pas qu'elle reste seule.

— Cindy, tu peux peut-être me dire une chose : quand est-ce que Jude a téléphoné ?

— Il y a deux mois. Environ. » En fait, c'était plutôt trois. J'aurais beau faire semblant du contraire, je m'en souvenais parfaitement.

« Je vois. » Il a retenu sa respiration. Ou bien c'est moi.

« Je suis désolée, j'ai dit.

— Oui. Ça, je n'en doute pas. » Et il a raccroché.

J'avais envie de dormir pendant un long moment, et j'y ai pensé. Mais l'autre partie de moi l'a emporté, celle qui insistait pour que je regarde la suite.

Personne n'était resté avec les chèvres. Elles poussaient de petits gémissements que je pouvais entendre. Je ne peux plus y penser, jamais. Quand je me suis approchée d'elles, quelqu'un devant le feu s'est levé et m'a dévisagée, prêt peut-être à venir m'écarter physiquement. Je ne comprenais pas que les humains pouvaient attraper ce qui tuait les bêtes, que c'était dangereux. Mais je savais que c'était mon devoir de tout regarder. Peut-être puis-je me faire pardonner d'autres méfaits, si vous comprenez ça. Je ne suis pas rentrée dans la maison de la nuit, et je n'ai pas parlé. Bernadette est sortie avec un .22 long rifle et je l'ai regardée abattre toutes les chèvres d'une balle dans la nuque. Les dernières étaient paralysées, et leurs pattes tremblaient au son des détonations. J'ai observé. J'ai regardé le sang peindre une partie de leur pelage en noir. Je pensais que ma respiration allait me pulvériser.

Et j'ai regardé Mark Tedrow étendre chaque chèvre sur la bâche qu'il portait avec un autre homme. Les chèvres glissaient dans le feu. Et j'ai observé les femmes en combinaisons de travail qui agitaient les braises avec un râteau tandis que le bois se décomposait en cailloux gris. Je les ai regardées retourner le bois, et le retourner encore. Et l'odeur de cuir mouillé, brûlé de leurs bottes lorsqu'elles s'approchaient trop du brasier. Mais le plus terrible, ce que je n'oublierai jamais, c'est que, lorsque le feu a commencé à gagner les carcasses des chèvres, pendant un instant, elles ont eu l'air de reprendre vie. C'était juste l'idée d'un frisson, comme le petit sursaut d'une main juste avant la sonnerie du téléphone. Quand le feu s'emparait d'elles et commençait à fondre leurs os, on aurait dit le retour de leur respiration. J'ai cru qu'Ann Richards et Panda Jane et Butter et Dirtbike allaient peut-être se relever et marcher à travers les flammes, et il me semblait possible que nous nous soyons tous trompés, qu'aucune des chèvres ne soit morte mais que chacun d'entre nous, les humains, le soit, et nous nous tiendrions ainsi en cercle dans le froid pendant que, dans l'autre monde, elles iraient brouter et gambader sur les blocs de parpaings. Et peut-être le feu n'était-il pas du tout un feu mais la fenêtre par laquelle nous pouvions apercevoir l'autre monde, le monde meilleur. Le monde vrai, le monde pur, le monde doré. Bien sûr, nous ne pouvions pas y vivre, il nous aurait brûlés, mais nous pouvions le voir par endroits, qui s'infiltrait telle une mélopée. Cela semblait possible, mais bien sûr, ensuite, leurs jointures se sont mises à crépiter dans la chaleur et la graisse a jailli de leurs peaux éclatées et coulé en gouttes sombres qui s'enflammaient au contact du bois. Tout est parti en flammes hautes. Mon visage se ratatinait à la chaleur, et lorsque j'ai détourné la tête j'ai vu le vert flou, furieux, qui s'était gravé sur mes yeux.

Lorsque le soleil s'est levé, de nouvelles rides étaient apparues sur les visages. Je n'avais aucune notion de l'heure. C'était la première fois que je voyais un matin laid, un matin qui ne chassait pas toutes les humeurs de la nuit. Les visages émergeant des cols semblaient prêts à s'éloigner dans les airs, par-dessus les collines. C'était un phénomène lugubre, et je l'ai revu souvent. Je l'ai revu dans toutes les ténèbres du monde.

Et quand la voiture de police est arrivée, avec ses gyrophares, mais sans sirène, car bien sûr il n'y avait pas de circulation dans ce coin reculé, j'ai été persuadée que j'allais être arrêtée. Si ce n'est pour entrave à la justice, pour cruauté foncière et pour mensonge. Ou peut-être allions-nous tous être arrêtés pour avoir incendié les animaux. Il y avait forcément un motif pour nous arrêter. Méchanceté d'esprit et petitesse des dents, mauvaise vie, trop rêveurs, menton gras. Dr Vic est allé trouver les policiers. Il a remonté son jean pour se donner une allure officielle afin d'expliquer tout ça, mais ils l'ont fait reculer, d'autorité. J'étais trop loin pour entendre. Ils se sont frayé un chemin jusqu'à Bernadette à travers la foule et l'ont entraînée vers leur véhicule. Elle secouait la tête et tentait de les écarter à grands gestes, mais ils l'ont fait monter à l'avant, et ils sont repartis. Quand je me suis approchée, Janice Creekmur a dit : « Ils l'ont retrouvée. Elle est vivante. » J'ai éclaté de rire. Pas franchement parce que j'étais contente, mais Janice parlait au-dessus de ma tête comme si elle regardait une roue de la vérité qui tournait pour l'éternité dans l'espace. « Tais-toi », m'a-t-elle intimé. Avant l'arrivée des policiers, j'avais complètement oublié mes coups de téléphone. Je n'aurais jamais imaginé que ça se terminerait si vite. Ils emmenaient Bernadette à Pittsburgh. Jude venait juste d'y être conduite en hélicoptère par les secours.

J'apprendrais tout ça plus tard, mais sur le coup j'avais dépassé le stade de la lassitude. Soudain, je me suis aperçue que j'avais le plus grand mal à feindre la surprise. Je ne pouvais pas me forcer à ressentir la même chose que les autres, et j'avais l'idée folle qu'ils allaient voir que j'avais toujours su et me jeter dans le feu à mon tour, me brûler vive. Le gel s'est abattu sur moi tel un manteau de froid aussitôt que je me suis éloignée de l'endroit d'où ils regardaient tous. Je ne pouvais pas retourner dans la maison. Elle s'était arc-boutée contre moi comme du verre. Peut-être que j'aurais marché vers les ténèbres jusqu'à ce que je meure. J'y ai pensé. C'était romantique. Mais notre pick-up, le pick-up de Virgil, dépassait au bout de la file désordonnée de voitures garées le long de la route, et la poignée a cédé. Je me suis recroquevillée sur la banquette arrière. J'ai dû dormir.

XXI

Richard Klink avait enlevé Jude dans un bar de Uniontown où elle attendait que Gebe & Skocik déposent son filtre à carburant. Il était ouvreur au cinéma du centre commercial de Regal Valley, ayant été écarté de son poste de gendarme maritime suite à un dépistage psychiatrique de routine. Il n'avait aucun lien avec les garçons qui avaient versé du sucre dans le réservoir d'essence de Jude, ni avec les Burchinal, qui possédaient le magasin d'alimentation générale devant lequel elle était tombée en panne. S'il se trouvait à Uniontown, c'était dans le but d'acheter un caniche pure race pour le soixante-dixième anniversaire de sa mère. Le chien s'appelait Racy, et Jude s'était installée au bar avec l'homme parce que l'animal était très affectueux.

Dans son interview pour *60 minutes*, Jude a raconté : « Il a proposé de me déposer au garage. Il pleuvait des cordes. J'ai hésité un peu avant d'accepter. Je me suis même dit : "C'est le genre de trucs, tu dis oui, et on ne te revoit plus jamais." Le chien remuait la queue. L'air de dire : Qu'est-ce que tu risques ? Je ne sais pas. C'est ce qui m'a décidée. Le plus affreux, ça a été quand j'ai remarqué qu'il se dirigeait vers la nationale. Quand il s'est engagé sur la route, il parlait de base-ball, comme si je n'allais pas remarquer ce qu'il était en train de faire. Et le pire, c'est que j'ai parlé de base-ball aussi. Je voulais faire en sorte qu'il reste calme. Je pensais que si j'étais suffisamment aimable, j'arriverais à m'échapper. Je déteste le base-ball. »

D'autres détails allaient faire surface plus tard, car Richard Klink s'était révélé être un orateur extrêmement volubile, intarissable sur le sujet de son propre esprit. Il avait été obligé de l'enlever, disait-il, car elle avait une étoile à mille branches sur les épaules, à la place de la tête, et il n'avait jamais rien vu de plus beau. Il pensait que la lumière d'un individu s'était en général éteinte au moment où celui-ci passait le permis de conduire. C'était pour cette raison qu'il avait divorcé : la lumière stellaire avait déserté l'esprit de sa femme. Il avait tenté d'empêcher cette déchéance chez ses filles, sans succès. Déterminé à manifester pour lui-même une petite amie parfaite, lorsqu'il avait vu Jude dans le bar, dans la lumière dorée du crépuscule, il avait su sans l'ombre d'un doute qu'elle était pour lui.

La police n'avait eu aucun mal à trouver la maison. Elle était exactement telle que Jude l'avait décrite. Richard Klink était pompier volontaire et premier intervenant, c'est pourquoi elle n'avait pas appelé le 911. Il avait raconté aux opérateurs de la région qu'il s'occupait d'une vieille tante un peu paranoïaque qui perdait facilement les pédales, et qu'ils ne devaient donc pas tenir compte des éventuels appels d'urgence provenant de son domicile. Qui sait si c'était plausible, mais Jude l'avait cru, et ça suffisait. Il l'avait installée à l'étage, dans une chambre aux fenêtres obstruées par des rouleaux de bardeaux. La porte ouverte était un supplice pour elle. Ça donnait l'impression qu'elle aurait pu sortir sans encombre, si elle n'avait pas eu peur. La nuit seulement, et quand il sortait, il refermait à clé.

Pendant la journée, ils s'employaient à ce qu'il appelait des activités en amoureux, toutes chastes, bizarrement : il aimait commander des meubles de rangement compliqués chez IKEA pour qu'ils les montent à deux. Il possédait un sapin de Noël artificiel qu'ils décoraient chaque jour, et qu'il dénudait chaque nuit. Il ne la touchait jamais, sauf pour passer un bras autour de ses épaules lorsqu'ils regardaient des rediffusions à la télé après le dîner. Mais il ne la nourrissait que si elle disait : « Je t'aime », « Je me sens en sécurité avec toi », ou une autre des phrases désirées, qu'il avait eu l'obligeance de noter sur des fiches. Les gens ont dit qu'elle avait eu de la chance qu'il n'ait pas fait les choses qu'on aurait pu attendre d'un homme. Mais je n'en étais pas si sûre.

Jude n'avait réussi à parvenir au téléphone que cette seule fois. Il y avait eu un incendie en ville, et Richard Klink avait oublié de l'enfermer en se précipitant pour aller l'éteindre. Tout dans ce moment lui paraissait étrange. Le temps lui-même s'était modifié. Elle avait le souvenir net, le souvenir parfaitement net d'avoir appelé sa mère, mais par la suite elle n'a pas su dire quand ça s'était même produit. Elle ne faisait plus confiance à son propre esprit. Elle disait que le temps n'était plus que ce seul moment dont elle pouvait voir le début et la fin. Encore et encore. Elle disait que c'était comme de monter sur une poutre d'équilibre encore et encore.

Les journalistes adoraient s'entretenir avec Richard Klink car il faisait les déclarations les plus atroces sur ce ton raisonnable qu'on emploie plus volontiers pour indiquer un itinéraire ou décrire le menu du petit déjeuner.

« Il y a des gens qui pensent que tout est une question de race, de nos jours. Pas moi. Je regarde au-delà. Je pensais que sa lumière pouvait s'améliorer un peu avec mon aide, c'est tout, disait-il. Il y a des femmes qui ont besoin de l'environnement idéal pour s'épanouir.

— Monsieur Klink, vous l'avez retenue contre sa volonté pendant plus de six mois.

— Je ne conteste pas la volonté de Dieu, monsieur. Je ne la comprends pas toujours, mais je ne la conteste pas. Je m'y remets entièrement. Tout le reste, c'est du vent qui n'atteint pas les oreilles du Seigneur. S'en remettre à Lui mérite toute gêne dont vous accepteriez d'être le témoin.

— Gêne ?

— Oh, oui. Oh oui. Se défaire de cette vie. C'est une tâche difficile. La plupart des gens ne sont pas à la hauteur. Ils n'ont pas le cran nécessaire. Cette petite fille est meilleure que vous et moi. Je nous demande à tous de le croire. »

Quand j'ai repris connaissance, des lignes de chaleur irradiaient de mon corps et j'avais un bloc de glace dans la gorge. J'avais la sensation qu'on avait remplacé mes genoux par des balles en caoutchouc. Le ciel se déversait, blanc et douloureux, sur toutes choses. J'étais dans mon lit, mon lit d'enfant, toujours dans mes habits de ferme. Mon jean se gonflait sur mes jambes et frottait mes poils comme un chatoiement. Je tenais contre moi ma poupée au cou brisé.

Je me suis traînée à la salle de bains pour appliquer ma bouche contre le robinet mais je n'ai pas pu l'atteindre avec mon cou raide, et j'ai porté mes mains pleines à mon visage encore et encore jusqu'à ce que l'eau dans mon estomac me fasse mal.

Quelque chose, j'imagine, avait dû m'arriver ces jours-là. J'ai cru que j'allais mourir de ce qui avait tué les chèvres. La fièvre s'est emparée de moi, et j'ai pleuré dans l'obscurité de ma chambre. Je me réveillais pour boire de l'eau. J'ai fait une ornière dans mes couvertures sous mon poids brûlant. Quelque chose dans le noir me voyait, c'était un œil sur le mur que personne d'autre ne voyait et je le sentais qui gravait partout ce qu'il savait sur moi, dans le feu. Que j'étais moi-même, moi-même. Virgil m'a veillée. Il a dit que j'avais failli partir et que j'avais de la chance de m'en être tirée *in extremis*. Je me demandais à moitié s'il était réel. Il a posé la main sur mon front et m'a retenue sur la terre, comme si je risquais de m'envoler s'il ne le faisait pas. Pendant de longues heures silencieuses, et j'aurais voulu qu'il s'en aille, mais quand il s'en allait je pleurais. C'était sans espoir. Il épluchait des oranges à côté de mon lit et regardait mes yeux briller dans le noir. Lapin, tu m'as manqué, disait-il, tu m'as tellement manqué.

Quand je me suis réveillée de nouveau, c'était le printemps. Toi Blond et Toi Noir s'étranglaient sur des chaînes qui leur permettaient tout juste de se mouvoir entre la poutre du porche et le poteau rouillé qui tenait le fil à linge. Je ne les avais jamais vus attachés et ça m'a choquée. Ça les avait rendus plus mauvais. À leur façon de me sauter dessus, je n'aurais pas juré qu'ils savaient encore se montrer affectueux, mais bien vite j'ai vu que c'était juste qu'ils étaient si contents de me voir que ça les rendait insupportables.

Je n'étais pas prête non plus pour ce qu'il y avait dans la maison. C'était une mer d'argent, jusqu'à la taille. Au premier abord, on aurait dit que quelqu'un avait casé un stock de meubles neufs entre les anciens, mais j'ai vu ensuite que c'étaient des caisses de soda empilées partout, si bien qu'il ne restait qu'un passage étroit entre les pièces. Des centaines de caisses. C'était vraiment dingue que je n'aie rien remarqué quand j'étais malade. Shayna et Clinton se sont frayé un chemin entre les tas sans réfléchir, mais je suis restée plantée là, faisant un tel effort pour rassembler mes esprits que ça m'empêchait de marcher. Ma mère avait disposé quelques caisses en cube, comme un fauteuil, et elle regardait une émission sur la chasse au requin. Le bébé était sur ses genoux, agitant les bras dans le vide. Elle ressemblait à une vitrine de supermarché. « Et voilà la Belle au bois dormant », a-t-elle dit en me voyant.

Shayna s'est aperçue que j'étais levée et s'est penchée par l'embrasure de la porte. « On fait une soirée fajitas. Tu vas manger ?

— C'est quoi, tous ces sodas ?

— Clinton les rachète à des gens qui les ont récupérés avec des bons alimentaires. Il paie en cash, mais moitié prix.

— Hein ? Mais pourquoi ?

— Il les revend aux Grapplerette, et ils les vendent pendant les combats de catch. Oh, fais pas cette tête.

— Ça rapporte plus que t'imagines », a dit Clinton. Il découpait des tomates et mettait les morceaux dans un petit saladier pour le dîner. Je ne l'avais jamais vu faire un truc utile. Il s'efforçait de ne pas lever les yeux, mais il l'a fait un peu, et il a eu un petit sourire en les baissant de nouveau sur ses mains.

Le parfum de la nourriture était une chose magnifique. Je ne sais pas comment, mais il avait gagné toute la maison. Il avait gagné leurs visages, à Clinton et Shayna, qui se donnaient des claques sur les genoux en se disputant sur la meilleure sauce piquante : la Crystal ou la Cholula. *Y a pas photo, y a pas photo*, disait Clinton. Il lui donnait des pichenettes dans les côtes, elle riait. Et il avait l'air heureux. Ma mère paraissait toute petite dans la maison. Quelque chose avait changé de place. C'était Shayna qui commandait, et ma mère semblait vieille. Elle portait le bébé sur un bras et appliquait un peu de crème aigre sur ses lèvres pour le faire manger. Elle le portait comme un ballon de basket, ou un truc comme ça, avec un détachement total. Maman n'a pas beaucoup mangé. « Je fais un régime pauvre en glucides », c'est tout ce qu'elle en a dit, même si personne ne lui avait posé de question. Un petit soleil vespéral se faisait doré derrière les vitres, et un de ses rayons tapageurs rampait le long du mur comme une monstrueuse luciole, lente et immense. Puis Virgil a ouvert la porte de derrière d'un coup de pied et s'est laissé tomber sur une chaise.

« Tiens-toi droit », a dit maman. Elle a donné de petits coups de talon dans sa chaise.

« J'ai pas faim », il a dit. Pendant une seconde étrange, à sa façon de croiser les bras, il a ressemblé exactement au souvenir que j'avais de lui quand on était petits. Je ne l'avais jamais vu saoul. « Pas faim.

— Je t'ai pas demandé si t'avais faim. Je t'ai dit de te tenir droit.

— M'man, laisse-le. Tu sais qu'il se souviendra de rien », a dit Shayna. C'était une première pour moi, de l'entendre appeler notre mère maman.

« Virg, ça serait bien de manger un petit truc, hein ? » Clinton s'est levé pour lui préparer une assiette. « Allez, des bons tacos pour Virgil. » Ça aussi, c'était une première pour moi. Je n'avais jamais entendu Clinton jouer les mamie-gâteaux.

« Tain, tain, j'ai pas faim, tain ! Merde ! » Puis Virgil s'est levé, un peu pâteux et, avec une concentration intense, a flanqué sa chaise sur le sol, les pieds en l'air. « Personne s'assoit sur cette chaise. Plus jamais. » Quelque part, dehors, son pick-up a démarré dans un à-coup et s'est éloigné en gémissant dans les virages jusqu'à ce que le son disparaisse dans le lointain.

Et j'ai laissé ce moment passer comme la lâche que, foncièrement, je suis.

Il n'y avait nulle part où s'asseoir après le dîner à part le porche, donc nous nous sommes assis sous le porche. Nous avons détaché les chiens et leur avons dit qu'ils étaient de bons chiens, de bons chiens, en leur caressant le dos. Et quand la nuit est tombée, nous sommes allés au lit.

J'imagine qu'on pourrait dire que j'étais déprimée. Une chose curieuse est arrivée à ma temporalité vers cette époque. Je ne dirais pas que c'était ma pensée. Je ne pouvais pas arrêter de voir ce que j'imaginais qu'elle voyait pendant qu'elle était enfermée. Tout ce temps, à regarder le tic-tac des lambris blancs d'un plafond étranger, à écouter les chevaux courir dehors. Quel silence mortel cela devait être. Ça avait duré tellement longtemps, la moitié d'une année. J'essayais d'imaginer Richard Klink me forçant à lui donner la main et à l'appeler chéri, mais je n'arrivais pas à le ressentir. Et parfois je me donnais un coup sur la tête ou je me pinçais le bras pour essayer de le ressentir. Je laissais ma main dans la vapeur de la bouilloire jusqu'à ce que ce ne soit plus supportable. Ce que j'avais fait à Jude n'avait pas la même atroce réalité quand je mangeais des figues, me tamponnais les paupières avec de l'eau de rose, et *Nessun Dorma*, et *On ne quitte pas une star*. J'avais oublié, vraiment oublié, pendant des jours d'affilée, où elle se trouvait et ce qui lui arrivait.

Mais à présent l'idée ne me laissait pas en paix.

Mes journées avaient en leur centre un fusible chauffé à blanc et se consumaient sans fanfare. Je préparais du thé, balayais les coins de chaque pièce, nettoyais tout, et laissais parler la radio, n'importe quoi pour cesser d'imaginer ça. N'importe quoi pour cesser d'imaginer l'instant où avait retenti la tonalité lorsque Bernadette avait raccroché au nez de Jude et que son univers s'était de nouveau rétréci à la mesure de sa forme véritable, atroce. Je vivais au cœur d'une fièvre. Qui désirait chaudement, affreusement n'avoir pas fait ce que j'avais fait. Le monde lui-même me rencontrait là où j'étais, et il n'était qu'ombre et lumière hideuse avec pas grand-chose entre les deux. N'avez-vous jamais regardé la lumière dorée qui tombe à travers les arbres, sa façon de se mouvoir, tel un animal prudent, sans vous sentir si complètement brûlé par sa beauté imméritée que vous auriez voulu vous enfouir la tête dans un seau et disparaître, disparaître, passer de l'autre côté, continuez-vous à avancer lorsque cela se produit ? Continuez-vous ?

Je n'ai plus jamais été aussi vieille que je l'ai été ce printemps-là.

Ma mère et moi, nous nous tournions autour avec une grande circonspection. Si nous restions trop longtemps dans la même pièce, on aurait dit qu'une partie de la maison se lestait de plomb et menaçait de s'écrouler dans la vallée. Je ne peux pas l'expliquer.

« Je fais du poulet frit ce soir, disait-elle. Tu veux m'aider ? » Et comme je ne répondais rien, elle battait en retraite comme un chien honteux. Shayna et Clinton se sont mis à la recherche d'un appartement en ville. Le bébé m'épiait de la même façon que je suivais la météo : j'observais chaque instant se transformer et trembler avec indifférence. Je ne communiquais pas avec lui car il avait l'air un peu trop intelligent, peut-être. Il avait les yeux trop brillants. J'étais persuadée que si je le prenais dans mes bras, il dirait la vérité sur ce qui se passait dans ma tête.

Virgil restait saoul, presque invariablement. À ce qu'il semblait, son compagnon de cellule était le principal fabricant de vin de prison de SCI Greene, et c'était comme ça qu'il avait connu pour la première fois l'ivresse, comme ça qu'il avait découvert sa première magie véritable. Et depuis lors il était hors de question de demander s'il ne devrait pas ralentir un peu ou manger un truc ou la fermer, putain. Il avait été emprisonné à tort, et avait si bien affûté le tranchant de cette injustice qu'on ne pouvait pas dire un mot sans qu'il s'en serve pour vous taillader en retour. Un jour, je l'ai convaincu d'aller au lac des Cieux, en souvenir. Mais il n'a pas réussi à sauter la clôture et s'est ouvert la main sur un fil barbelé qui traînait, et il a perdu tellement de sang que j'ai cru qu'il allait mourir le temps qu'on rentre à la maison. La bouteille dans sa poche arrière s'est éclatée quand il est tombé par terre, et il était furieux contre moi (*pauvre salope, pauvre salope*) d'avoir eu cette idée minable. Un lac ! Qu'est-ce que ça peut foutre, un lac ? Est-ce qu'un lac va vivre ma vie pour moi, Cindy ? Fous-moi la paix avec tes conneries.

Je pensais que je vivais dans un sachet d'air et que ce qui était réel était dans le sachet avec moi, et il n'y avait rien dans le sachet. Assis sous le porche, nous regardions le vent agiter les arbres. L'hiver n'avait presque plus de dents, juste la nuit qui tombait tôt et les fanions roses dans le ciel.

XXII

Juste quand la nuit a commencé à perdre son noir complet, juste quand les contours gris des choses se sont mis à se dessiner dans ma chambre, j'ai entendu le pick-up ralentir sur la route, ronfler et s'immobiliser comme une grouse.

Le paysan portait une veste marron avec un tee-shirt dessous, et des bretelles maintenaient son jean sur son estomac rond et dur. Sa poitrine pendait en triangles au-dessus de son ventre, et des lunettes épaisses étaient fixées sur son nez par un élastique. Dans la pénombre, elles m'ont fait un clin d'œil. J'avais traversé la mer de cannettes de soda qui arrivait à la taille pour aller ouvrir la porte.

« Virgil est là ?

— Bien sûr », j'ai dit. L'homme à la chemise pleine de papiers était déjà revenu pour me réinscrire au lycée afin de redoubler ma troisième, je n'avais donc plus à me tracasser que celui-ci ait un rapport avec cette histoire. « C'est à quel sujet ?

— C'est lui qui conduit. Faut qu'on apporte ce pacson à Milwaukee.

— Quoi ! » Je ne savais pas du tout ce qu'était un pacson, mais j'ai compris sur-le-champ.

« J'attends là. » Il est resté dehors, faisant passer son poids d'un pied sur l'autre comme s'il avait froid. Un petit garçon, très pâle, était assis sur le siège passager du pick-up. Il m'a fixée durement, avec la haine de quelqu'un qui a extrêmement sommeil. Il avait l'âge d'être à la maternelle. Sa coupe de cheveux était artisanale, je le voyais, car les mèches étaient en dents de scie et il avait des épis qui dépassaient à l'arrière, comme si une écharde lui sortait de la tête.

Dans la chambre de Virgil, je n'y voyais rien parce que son réveil était trop lumineux. Il plongeait le reste de la pièce dans une obscurité plus dense. Je l'ai secoué, puis lui ai pincé le nez. Il était encore complètement saoul, comateux. Les yeux de mon frère étaient comme du verre blanc, avec un peu de bleu injecté dedans. Pendant une seconde, on aurait dit qu'il était devenu aveugle. Il essayait de me remettre.

« Cindy, a-t-il dit. Retourne te coucher.

— Il y a un homme à la porte avec, je crois, de la drogue pour toi ? Tu ferais sans doute mieux de te lever.

— Ouh là, non. Il est censé venir que plus tard.

— Il est là, je te promets, c'est pas du pipeau.

— Non.

— Bon, bon, je vais lui parler. »

Je suis allée à la cuisine et j'ai préparé du café. Le paysan avait éteint son moteur. Il avait ramené le petit garçon sous le porche avec lui. Ils étaient assis tous les deux sur la balancelle, remuant à peine pour éviter de faire grincer les chaînes.

« C'est Grady, a-t-il dit, posant sa lourde main sur la tête de l'enfant. Il a chopé un peu de fièvre.

— Entrez donc. Il y a du café.

— Et pourquoi tu viens pas t'asseoir là avec Grady ? »

Je ne voulais pas, mais il m'a tirée par la main et m'a fait asseoir. Il est entré dans la maison, où Virgil avait allumé dans la cuisine. J'ai aperçu un rai de lumière au bout du couloir.

Le garçon s'est appuyé contre moi et m'a passé un bras autour de la taille.

« Hé ! Non », j'ai dit.

La peau de son bras était chaude. Il sentait la piscine, un mélange d'eau de Javel, de crème solaire et de zinc. Il irradiait presque. Mais bien sûr je me suis alors aperçue que la lumière montait tout autour de nous. Puis il est devenu bleu, et à le voir on l'aurait cru assis à la lueur d'une planète sombre.

J'avais pris quelque part l'idée qu'il fallait chanter à un enfant qui a de la fièvre. Alors j'ai chanté une chanson pour Grady. Ma voix était rauque car je m'efforçais de ne pas faire de bruit. J'ai inventé une histoire sur un bateau au fond de l'océan, où les poissons n'étaient qu'arêtes et la lune ne brillait jamais. C'était absurde et poétique. Je détestais, mais j'en ai senti le bruissement m'en remonter, brûlant, les bras et les yeux et la racine de ma langue. Nos pieds s'agitaient sur la poussière nue du porche et à l'intérieur la conversation s'est échauffée. Je l'ai imaginée comme une corde raide, une corde tendue à bloc entre mon frère et le paysan. Ils tenaient tous deux un bout de la corde entre leurs dents. Et tiraient dessus à tour de tôle, l'un ou l'autre.

J'avais mal à la gorge. Je me suis demandé si la fièvre de Grady m'avait sauté dessus. La lumière me faisait mal aux yeux. Il commençait à faire jour.

Le paysan est sorti et s'est dirigé vers son pick-up à grandes enjambées. Il se déplaçait vite, mais ne marchait pas droit, et j'ai réalisé qu'il était extrêmement saoul. Une lumière rouge s'est allumée au-dessus de sa tête, comme la minuterie d'un four. Parfois je voyais des choses comme ça.

Il a jeté deux sacs-poubelle sur le parterre autour des buissons de forsythia et démarré le pick-up avant de se rappeler son fils. Il est revenu en courant et a soulevé Grady par les aisselles. L'enfant a battu des jambes et une de ses santiags miniatures m'a cogné l'arête du nez. Le paysan l'a porté à bout de bras tel un roi.

Virgil était assis à la table de la cuisine, une main sur l'œil gauche. Il portait un pantalon de survêtement et il avait les cheveux brillants. On aurait dit une statue que quelqu'un venait de déposer là.

L'un des sacs-poubelle était plein de petites briques noires emballées de plastique. Il y avait aussi un tas de vêtements encore sur leurs cintres, d'épaisses chemises roses avec des fleurs d'hibiscus cousues sur le col, des chemises blanches avec des rayures bleues, et ce genre d'affaires, des trucs de vieux prof. Dans l'autre, il n'y avait que de l'argent, des billets en vrac. Ils donnaient une impression de sale, gras d'avoir été trop manipulés. Mais ils sentaient l'argent, bien sûr. Je n'avais jamais vu autant d'argent d'un coup. C'était une sensation nouvelle. J'ai mis la tête dans le sac et inhalé un petit moment. J'ai eu envie de le faire voir à Grady, puis je me suis rappelé qu'on l'avait déjà emmené. Virgil s'est mis à fixer une couche de briques sous la poussette de Wade, puis il s'est installé à la table de la cuisine et a pratiqué des fentes dans les couches propres avec une lame de rasoir, après quoi il a fourré les paquets à l'intérieur. Je trouvais ça complètement dingo. *A priori*, ce n'était pas particulièrement discret, comme manière de voyager : un homme seul avec un tas de couches et sans bébé. J'imagine qu'il pensait que les bébés annulaient tout, même les soupçons et les mauvaises actions. Je suis retournée me coucher, et quand je me suis réveillée, tout l'attirail avait disparu. Mon frère était parti.

XXIII

À peine trois mois après les chèvres et le feu et la disparition de mon frère, j'ai échoué de nouveau sur les rives de Greene High School où, le matin, la télé dans les classes passait un clip de trois minutes où l'on voyait le drapeau américain s'agiter dans un ciel bleu, clip que nous étions censés adorer. Les couloirs dégageaient une impression de densité, de surexcitation qui n'y était pas dans mon souvenir. Mon cœur se figeait chaque fois que quelqu'un m'adressait la parole. Je n'avais parlé à personne de mon âge de toute l'année. J'avais oublié comment faire. J'avais le sentiment que mes paroles étaient faites d'os, et de saucisses, et d'absurdités. Peut-être que je pouvais me contenter de jouer au mime toute l'année. J'essayais de mimer le mot « INVISIBLE ». J'avais cours d'économie domestique en première heure. Je ne connaissais bien personne de ma classe, puisque j'avais redoublé. Les filles de ma nouvelle classe aimaient feuilleter le catalogue Butterick des patrons de couture pour choisir les noms de leurs futurs maris et enfants. J'étais horrifiée. Peut-être que mon année avec Bernadette m'avait transformée en snob. Mais je n'en étais pas moins horrifiée.

Clinton et Shayna se sont installés en ville, à une demi-heure de la maison, et Virgil n'est jamais revenu, donc il n'y avait plus que maman, Wade et moi. Maman a repris son travail à l'hôpital. La plupart du temps, elle laissait Wade à Shayna, mais parfois, en descendant du car, je le trouvais en train de pleurer dans la cuisine, avec la maison vide à l'exception de quelques carrés de crépuscule qui dansaient sur les murs. Chaque fois, je croyais que tout recommençait de nouveau. J'abandonnais mes devoirs, écrasais une boîte de pâtes au steak haché pour Wade et lui chantais que nous avions été abandonnés à une mort certaine dans les bois, que l'herbe allait nous dévorer et murmurer nos noms. Je ne sais pas, mais ça ne semblait pas si grave en musique, même si j'étais consciente que je chantais pour me duper moi-même. Mais maman rentrait vers minuit avec un seau de poulet frit et se comportait comme si tout était normal, sans faire le moindre commentaire, d'ailleurs, sur son retard. J'aimais de plus en plus Wade. Chaque fois qu'elle le prenait dans ses bras, il devenait rouge vif.

Auparavant, je n'avais pas de problème particulier au lycée, mais à mon retour, je me suis mise à collectionner les heures de colle. Ce n'est pas que j'essayais de faire mon intéressante. Je m'étais habituée à ce que les adultes me parlent normalement, et j'avais oublié que les profs ne souhaitaient pas du tout être nos amis. En civilisation occidentale, quand M. Mulgrove me demandait de décrire l'étendue de l'Empire romain, je répondais : La démocratie n'est-elle pas foncièrement romaine ? Sauf qu'il m'interrompait : « Je veux dire, sur la *carte*, mademoiselle Stoat. » Tout le monde riait.

Pourtant, ma question n'était-elle pas plus intéressante que la sienne ? Mes profs s'en fichaient.

Presque tous les jours, je jouais à un jeu. Dans ce jeu, j'étais une gymnaste soviétique, obstinée et incomprise, le regard perdu dans le lointain, que ce soit dans le car scolaire ou en cours d'économie domestique, ou autre. J'avais été amenée là par erreur. Je ne parlais pas la langue et ne comprenais pas les coutumes, mais c'était néanmoins mon devoir de tracer mon chemin. Ma vie était un film sur mon parcours. Le public que j'imaginais pour ce film me prenait en sympathie, mais tous les autres personnages – ma mère, M. Mulgrove, tous les garçons qui marmonnaient « pucelle » quand je passais devant leur siège dans le car scolaire – n'avaient pas idée à quel point ils avaient l'air idiots.

Une vie normale d'adolescente, en d'autres termes.

Mais l'histoire est alors passée dans *People Magazine*. « UN ENLÈVEMENT BIZARRE ! Les appels à l'aide d'une jeune fille de dix-huit ans restés sans réponse ? Ce que pourraient révéler les nouvelles découvertes de la police scientifique, dans notre dossier », annonçaient-ils. Ils avaient pris la photo de couverture sous le porche de chez Bernadette. Jude posait en bombers et bottes, avec une main sur le dos de Mondo, comme si elle pouvait l'envoyer à l'attaque d'un geste. Dans le fond, pendue à la fenêtre, j'ai reconnu une tresse de têtes d'ail que Bernadette et moi avions préparée ensemble pour les mettre à sécher la veille du jour où toutes les chèvres étaient tombées malades. Je ne m'étais pas autorisée à la regretter du tout jusque-là.

Au pire moment, je n'avais pas envisagé la possibilité que l'affaire soit portée au grand jour. Apparemment, il existait un forum où les détectives amateurs épluchaient les historiques d'appels et les archives publiques, en particulier dans les affaires hors du commun, comme celle de Jude, et quelqu'un qui connaissait Clinton avait fait le lien entre les différents éléments. *People* avait interviewé Alistair, Dr Vic, et même Clinton afin d'établir que j'habitais chez Bernadette pendant la captivité de Jude. Une chronologie avait été esquissée sur le forum, qui relevait les dates où j'avais habité là, la date où Jude avait disparu, et, grâce au registre des appels, celle où Jude avait téléphoné à la maison. Un psychiatre décrivait l'état mental de Bernadette comme « histrionique et très influençable », laissant entendre qu'on avait pu activement la pousser à croire que sa fille n'avait pas disparu, et donc à prendre l'appel moins au sérieux qu'elle ne l'aurait fait normalement. Et, bien sûr, un encadré montrait ma photo de cinquième. J'y avais les cheveux noirs de graisse. Je portais un sweat-shirt rose plein de taches et un pendentif en forme d'ange récupéré dans un distributeur automatique de confiseries au bout d'un morceau de fil vert fluo. Je souriais, sur la photo, mais pas avec les yeux. Si je ne m'étais pas connue, j'aurais cru volontiers que cette fille était capable de commettre des actes terribles.

L'article ne tirait pas de conclusions, il ne m'accusait pas ouvertement, mais ce n'était pas compliqué de voir où ils voulaient en venir. Ils avaient aussi interviewé des profs et des élèves du lycée. « J'ai toujours su qu'elle n'était pas tout à fait normale », et : « Rien d'étonnant, avec la famille qu'elle a. » Le même psychiatre affirmait : « Les traumatismes infantiles qui n'ont pu être évacués peuvent produire des conséquences désastreuses. Parfois, suite à une souffrance prolongée, les enfants se coupent de la réalité. On appelle ça la psychose. » Moi, bien sûr, on ne m'avait pas demandé mon avis. Ce qui ne m'a pas surprise, puisque je faisais de mon mieux pour éviter les courriers et coups de téléphone. L'encadré recensait d'autres cas d'usurpation du statut de victime, comme la mère de famille d'Orange County qui s'était elle-même battue à coups de chaîne et avait accusé quatre hommes noirs de son invention de l'avoir kidnappée, et l'écrivain suisse qui s'était inventé une enfance à Auschwitz alors qu'il était né trop tard pour avoir vécu ce supplice. J'ai tâché de me mettre dans la peau d'une mère de famille californienne qui pensait avoir besoin d'être battue pour laisser exister sa tristesse. Sur la photo, elle se tenait dans le poulailler d'un stade de football, avec des cheveux blonds parfaits, tel du miel à travers un prisme. Sa vie n'avait pas l'air d'être un problème. C'étaient là des gens dont le centre même avait été pourri et dévoré par une chose qui ne voyait jamais la lumière du jour. Ce qui était en eux restait caché et gagnait en force. Et une fois renforcé, ça parlait à leur place. Je le voyais bien. Salut, moi, j'ai dit.

Lorsqu'ils ont questionné Jude à mon sujet, elle a dit : « Je ne sais pas. Je suis sortie avec son frère. C'était une gamine sournoise. Une fois, elle nous a épiés pendant qu'on s'embrassait. C'était bizarre. Elle était tellement petite. Et elle était plantée là, sans rien faire. Ça m'a donné la chair de poule.

— Vous lui pardonnez ?

— Est-ce que ça ne serait pas le comble du spirituel, si je pouvais dire que oui ? »

J'aurais voulu aller en prison. J'ai même appelé la police, et avoué. Ils m'ont passé l'inspecteur Torboli. Visiblement, il enquêtait sur un double assassinat, et m'a trouvée agaçante. Enfin, il m'a trouvée folle.

« Mon petit, tout le monde est vivant. C'est déjà pas mal, crois-moi. Et si tu tournais la page, maintenant ? » Mais il ne comprenait pas : je ne savais pas comment faire. Tout le restant de cette année-là, je n'ai pas réussi à faire fonctionner toutes mes vieilles théories qui justifiaient ce que j'avais fait. La distinction m'avait paru si capitale, le fait que, techniquement, je n'avais enlevé personne. L'intervieweur a aussi demandé à Jude comment elle se réadaptait à sa vie à la maison.

« J'entends des chevaux. Des chevaux qui galopent. Je les entendais dans la chambre où il m'avait enfermée. C'est un bruit de fond. Partout où je vais. » Ma respiration m'agrippait et se collait dans mes tripes quand j'y pensais, alors j'ai fait ce que j'avais à faire pour bloquer l'éclat de ce soleil avec mon pouce.

Je me servais de la nourriture, avant tout. Je mangeais pour disparaître. Je mangeais pour flotter. J'avais appris ça bien longtemps auparavant. C'était comme le rocher sur lequel j'étais née, le plus chez-moi de mes chez-moi. Traumatismes ? Ma vie ne me paraissait pas franchement si dramatique que ça, mais je ne savais vraiment plus. Le plus drôle, c'est que strictement personne ne m'a parlé de l'article. J'ai vu des gens se le faire passer dans la cafétéria. Quelquefois, j'en ai entendu qui m'appelaient la traumatisée, la cinglée.

Le silence se faisait chaque fois que j'entrais dans une pièce. Je me déplaçais dans une marée de silence.

Je n'appelais pas ça prier. Je ne donnais pas de nom à cette activité. Et elle n'était pas adressée à Dieu, car personne dans ma famille ne savait ce que c'était.

J'ai appris à le faire l'hiver venu, quand la neige voletait. Je suis allée à la fenêtre et l'ai vue douce de mes yeux. Je l'ai vue tout entière, d'un coup. Aux contours de la neige et entre les flocons il y avait les collines, et des collines de bâtonnets se déversaient tout autour. De la fumée s'élevait plus loin, dans Deep Valley, et aussi de la fumée de chez Bernadette, plus bas, où le gris se soulevait dans un souffle de bleu un instant avant l'obscurité pure. Je voyais les contours très nettement, entre les branches et le ciel, et dans le ciel les contours des jets qui ne pensaient jamais à nous. Entre tous les flocons, des contours, des contours, des contours, dans lesquels je me suis sentie aspirée. C'était une chambre calme au-dedans. Mon sang en était le son.

Dans cette chambre, quelque chose m'a parlé. Les mots étaient clairs, et en même temps je ne savais pas d'où ils venaient. Il s'agissait de réponses à des questions que je n'avais pas posées : Va marcher. Tu vois cette boîte de conserve dans la boue ? Ramasse-la et jette-la. Regarde l'espace entre la neige. Regarde une deuxième fois. Le bébé a besoin d'une couche propre. Il y a une partie de toi qui vivra toujours en dehors de ton corps, dans les étoiles. Tu n'es pas obligée de continuer de t'infliger ça. Ne bouge pas. Tu n'as jamais été seule. Fais la vaisselle pour ta mère. Balaie le porche pour toi-même. Tout ce que tu fais de bien pour quelqu'un, tu le fais aussi pour toi. Prends le bébé dans tes bras. Berce-le. Berce-le. Voilà. Reste immobile et autorise-toi à l'éprouver. Tu es une splendeur, pour toujours et à jamais.

Je me suis mise à faire de longues promenades et à ramasser les détritus sur la route. J'ai apprécié l'effet que ça me faisait, alors j'ai continué. J'ai nettoyé le sol de la cuisine, et lavé les vitres avec du papier journal et du vinaigre. J'ai avoué mes larcins à Sissy Pecjak, et elle m'a laissée rembourser ma dette en travaillant pour elle après les cours. Une chose étrange se produisait. Un autre monde s'épanouissait à l'intérieur de l'ancien. Ce n'était pas forcément que les choses s'arrangeaient. Les gens continuaient à parler de l'article à voix basse, et j'étais toujours submergée par la honte chaque fois que je croisais Jude ou que je la voyais couper du bois quand le car scolaire passait devant chez elle. Le lycée, c'était brutal. Ma mère m'a coupé les cheveux que j'avais teints en noir, si bien que j'avais une espèce de coupe mulet bouffante, à mi-chemin entre une adolescente et une employée de banque quadragénaire. Mais je sentais l'air me caresser la nuque avec une légèreté qui me paraissait nouvelle, insolite. Je ne sais pas comment décrire ça. Je ne luttais pas contre la réalité de ce que j'avais fait. C'était vrai, et il était vrai aussi que je pouvais ramasser les détritus sur la route et prendre mon frère dans mes bras. Ça paraît si petit, dit de cette façon, il n'empêche que ça mettait un peu de mouvement dans ma vie.

Parfois, j'écrivais des lettres à Virgil. Je les traçais avec le doigt sur mon bureau, dans la classe, ou sur le tissu marbré des sièges du car scolaire, ou dans le creux de ma main : *S-A-L-U-T-V-I-R-G-I-L-D-E-V-I-N-E-L-E-N-O-U-V-E-A-U-D-É-L-I-R-E-D-E-M-A-M-A-N-C-E-S-T-E-N-C-O-R-E-L-A-L-O-T-E-R-I-E.* Et aussi *J-E-T-A-I-M-E-T-U-M-E-M-A-N-Q-U-E-S-J-E-S-U-I-S-D-É-S-O-L-É-E.*

Mars est arrivé avec une dernière grosse tempête de neige. Maman et Wade restaient dormir en ville quand les routes étaient impraticables, et je traînais au lit jusqu'à ce que ma gorge me gratte. Les cours ont été suspendus pour deux jours. L'intérieur de la maison était pâle à cause de la lueur rachitique de la neige, et il y avait dedans une explosion de coccinelles. Je m'en faisais une joie car j'avais emprunté un nouveau livre à la bibliothèque et j'allais enfin pouvoir être seule avec, alors pour maximiser le plaisir, j'ai préparé un pot de beurre de cacahuètes et une assiette de crackers afin de pouvoir manger, flotter et lire tout à la fois, ma combinaison préférée.

Mais aussitôt que j'ai installé mon fauteuil devant la chaudière, la voix a dit : Va déneiger l'allée pour Jude.

Je l'ai ignorée. Il y avait au moins vingt-cinq centimètres de neige. Cela n'avait pas de sens de s'amuser à farfouiller dedans. Quelqu'un avait déjà dû déneiger leur allée, de toute façon. Et puis elles n'avaient sans doute besoin de se rendre nulle part. Jude était certainement ravie d'avoir un prétexte pour sortir. La neige n'était pas si profonde que ça, de toute façon. Elles avaient un 4 × 4 et tout était censé fondre d'ici la fin de la semaine. Et si elle me voyait ? Si elle me chassait ? Si elle appelait la police ?

Lève-toi. Va déneiger l'allée pour Jude. Lève-toi. Lève-toi.

Je suis retournée me coucher, espérant que me déplacer suffirait à faire disparaître la voix. Je commençais à transpirer. J'ai déplacé mes yeux sur le livre, mais ils ne s'accrochaient à rien. J'ai froid, me suis-je dit. Je suis la cinglée. Ma vie est dure et j'ai droit à une pause. Le lycée, c'est dur. Je mérite une pause. J'en ai besoin. La voix s'est tue, ce qui m'a terrifiée. J'ai repoussé les couvertures, et je tremblais comme une feuille lorsque j'ai enfilé la vieille canadienne de Virgil.

En fait, il faisait assez doux dehors. C'était une de ces journées où la neige forme autour de vous une espèce de cocon. Pas de vent. Et en dévalant la pente à travers bois pour rejoindre la maison de Bernadette, j'ai répété dans ma tête toutes les choses que Jude pourrait bien me crier. J'avais l'impression que ça m'aiderait, de les avoir anticipées, même si ça n'a eu pour effet que de transformer le moment où je me suis avancée dans l'allée et où j'ai donné mon premier coup de pelle en une épreuve de force, un grand bruit dans la pièce de théâtre qui se jouait dans mon cœur. Il ne s'est rien passé, bien sûr. J'ai continué à travailler. Au bout d'un moment, mon dos s'est mis à me tirer, et j'ai su que je m'y prenais à peu près bien. Mon haleine est devenue coupante et mouillée dans mon écharpe, et une fois que j'ai trouvé un rythme, je n'ai plus levé les yeux ni trop réfléchi si ce n'est à ma respiration. J'ai commencé au niveau de la route, en allant vers la maison, sentant la brûlure de la traction dans les muscles de mes avant-bras. J'aime le travail. Ce genre de travail a parfois été ma seule paix.

Ce n'est qu'en arrivant près de la maison que j'ai vu Jude. Elle se tenait sous le porche, dans un sweat-shirt trop grand sans inscription, et faisait tomber la cendre d'une Camel dans une tasse à café, avec un petit frisson qui lui faisait tressauter la jambe. Elle n'était pas habillée pour l'extérieur, mais elle semblait avoir attendu là un certain temps. Nous nous sommes regardées un long moment. J'ai eu la sensation que ça s'était déjà produit par le passé. C'était comme le jour où je l'avais vue embrasser Virgil. Le temps s'est échappé, liquide, et j'ai vacillé en son centre. Je ne parvenais pas à chasser l'écho. Une partie de moi s'est perdue, à demi sortie de mon corps. Je ne sais pas. Aucune partie de moi n'a bougé.

Je l'ai saluée de la main.

Une longue seconde après, elle m'a saluée à son tour.

J'ai terminé de déneiger l'allée et j'ai reposé la pelle où je l'avais trouvée, puis je suis remontée à travers bois sans regarder derrière moi.

Jude a fini par suivre quelques trimestres à Carnegie Mellon, mais elle a abandonné avant le diplôme pour s'occuper de Bernadette. Elle a fait admettre sa mère à l'hôpital, en cure de désintoxication, ce qui a eu un effet pervers : Bernadette a tardivement intégré la nouvelle de la disparition de Jude. Elle s'est mise à inonder la police locale d'appels, crachant : *Quelqu'un sait où elle est, bande de salauds*, ce qui était d'autant plus démoralisant que c'était vrai. Ils le savaient, et ils le lui disaient – mais elle rappelait dix minutes après. Quand Jude cachait les téléphones, ça renforçait sa conviction de l'existence d'un complot. Elle partait dans les bois à la recherche de sa fille et pleurait dans la baignoire, bien que Jude ait été retrouvée depuis longtemps. Persuadée qu'un agent du KGB l'espionnait à la jumelle depuis les collines, elle a décidé d'enfumer ce salopard, tuant au passage une des vaches des Creekmur. Elle a posé des pièges sur la route avec des clous de tapissier – le facteur n'en pouvait plus d'elle. Ils avaient même essayé de la faire admettre en résidence médicalisée à Cranberry, mais Bernadette avait démarré une limousine en bricolant les fils pour aller s'incruster à la fête de Noël d'un joueur des Steelers à la retraite, donc il n'en était plus question. Ces catastrophes tombaient toujours pile au meilleur moment pour saborder les partiels ou les examens de Jude.

Une fois qu'Alistair a récupéré sa tutelle, il a engagé une aide-soignante à domicile. Le coût ne posait pas problème, mais c'était une tout autre affaire de garder quelqu'un en poste. Les infirmières tenaient environ deux mois, en moyenne. Beaucoup d'entre elles, j'en suis sûre, n'étaient pas préparées à ce degré d'isolement, à la façon dont la maison devenait inquiétante la nuit, au portable qui ne passait pas à moins de prendre la voiture jusqu'au cimetière, au sommet de Centennial Hill. Il faut aussi dire que Bernadette, quand une certaine humeur la prenait, consacrait la maison avec son urine. Elle jetait des sorts sur ses soignantes en inscrivant leurs noms sur des bouts de papier qu'elle congelait dans le bac à glaçons. Elle était parvenue à empoisonner l'une des infirmières avec des racines de laurier. Elle se flagellait encore en cas d'émotion forte. C'était trop.

Jude était encore à peu près la seule personne noire dans cette partie du comté. Elle détonnait déjà avant, mais après l'enlèvement, les gens se sont mis en tête, je ne sais comment, qu'elle était magique, puisqu'elle avait survécu à un tel supplice. Ruthie Rush a tenté de lui couper une mèche de cheveux sur la nuque pendant qu'elle faisait la queue à l'animalerie. Les moins évolués des Creekmur ont fouillé ses poubelles en quête d'un talisman ou d'un sceau magique. Ils lui amenaient leurs bébés malades, leurs genoux foulés et leurs glaucomes pour qu'elle les guérisse. Car n'avait-elle pas le pouvoir d'ôter la souffrance du corps ? Et ne pouvait-elle pas leur dire quelque chose sur ces derniers instants qui allaient vous briser le cœur, puisqu'elle les avait vécus ? Et n'était-elle pas pure, étant donné que le mal ne l'avait pas consumée, et celle qui était pure ne retiendrait-elle pas éternellement la peine ? Eh bien, en fin de compte, Jude a sorti la carabine pour les chasser de ses terres, et qu'ils aillent au diable. Elle avait d'autres projets. Et c'est là que je suis entrée, une fois de plus, dans sa vie.

Elle a appelé à la maison pendant *La Roue de la fortune*, notre émission préférée, à Wade et moi. Nous aimions les suppositions que faisaient les gens quand il n'y avait pas assez de lettres pour deviner la solution, ou qu'ils étaient trop lents pour capter les indices. Ils disaient toujours quelque chose qui trahissait leur vie intérieure : « ENFER BRILLE PLUS FORT ! » « JE VENDS DES CACHETS POUR RÊVEUR ! » « JAUGES EN L'ART ! » C'était la dernière semaine de cours, et ça faisait un peu plus d'un an que Jude avait été retrouvée et ramenée chez elle. Il y avait davantage d'espace dans l'air que d'habitude. Davantage de mouvement tiède qui brillait sur les collines.

« Est-ce que je peux parler à Cindy ? a-t-elle demandé quand j'ai décroché.

— C'est Cindy.

— Ha. Tiens, c'est vrai qu'on a un peu la même voix.

— Qui est-ce ?

— C'est Jude. J'espérais que tu pourrais passer avant le dîner. Je voudrais te parler d'un truc.

— OK. Ouah. D'accord.

— Juste pour que les choses soient claires. Je refuse d'entendre le mot "désolée". Pas question de se lancer là-dedans. Tes excuses, il te faudra les amener ailleurs. Tu comprends ? » Je ne comprenais pas, mais je n'ai rien dit.

« Ah. OK. Entendu. Est-ce que je…

— Viens à 5 heures », a-t-elle dit, et elle a raccroché. J'ai enfilé un chemisier, sans savoir pourquoi. J'avais pris l'habitude de me saper chaque fois que je ne comprenais pas ce qui se passait. On aurait dit que Jude avait sollicité mon apparition devant une cour privée, et j'ai descendu la colline la tête lourde dans le crépuscule de printemps aérien. Les rainettes avaient juste commencé à chanter, peut-être la semaine d'avant, et tout autour de moi la lumière lavait les pierres et les petites feuilles vert tendre. Ma respiration parcourait entièrement mon corps, très solide, comme ça se produisait parfois après que j'avais pleuré.

La maison brillait comme un navire. Il s'était écoulé quelques mois depuis que j'étais venue déneiger l'allée. On aurait dit un édifice tout neuf. Quelqu'un avait tout retapé. On avait monté une élégante palissade en bois derrière la grange, et une balancelle rouge brillant remuait doucement au vent. Il y avait de nouveaux des chèvres dans l'enclos. Pas des grises ambrées comme les Kiko. Je ne savais pas ce qu'elles étaient. Elles ne savaient pas ce que j'étais non plus. La chaleur s'élevait, grésillante, de la pelouse. Mon estomac s'est contracté.

Jude m'attendait à la porte.

« Allez, viens », a-t-elle dit.

Ça m'a donné le vertige d'être de nouveau dans

la maison. Il y restait des zones douteuses le long des plinthes et tous les idéogrammes et amulettes surchargés étaient encore accrochés selon leur configuration secrète, mais tous les détritus avaient disparu et tout avait l'air d'avoir été balayé, rangé, réparé et entretenu, si bien que la pièce paraissait fraîche et lumineuse. Bernadette n'était nulle part. Le chaton trouvé dans la grange était maintenant un matou roux léthargique qui m'a jeté un coup d'œil par-dessus son épaule et a décrété que j'étais sans intérêt. J'ai suivi Jude à la cuisine, où elle a posé les mains à plat sur la table comme une prof qui est sur le point de vous annoncer que vous vous êtes plantée à un contrôle.

« Alors, a dit Jude. Ils t'ont envoyée chez une psy, hein ? »

Je ne voyais pas du tout comment elle savait ça.

« Je t'ai vue plusieurs fois. Ma psy est dans le même bâtiment. » En voyant mon expression, elle a ajouté : « Détends-toi, ce n'est pas la même. Mais ça serait bien tordu, non ? » L'idée a paru l'amuser. Sans faire particulièrement attention à ses mains, elle s'est levée et s'est mise à hacher de l'aneth pour en faire une poussière verte. Quelque chose dans ce geste m'a rappelé trait pour trait Bernadette. « Je me demande si ça arrive. Le matin, tu entends : “Il m'a fait ça et ça”, et l'après-midi, tu entends la version inverse. Zut, je parie qu'il y a des psys qui adorent ce genre de trucs. Leur petit feuilleton provincial. » J'ai dû avoir l'air horrifiée, car elle est revenue à la table avec un bol et des crackers. Des lapins, et des lunes et des étoiles le long du bord – le cadeau d'Alistair. « C'est du hoummous de betterave. Je sais, je sais.

Mais maman aime ça. Elle appelle ça de la trempette de bortsch. »

J'ai porté un cracker à ma bouche, l'ai mastiqué et ai hoché la tête sans sentir le moindre goût.

« Tu peux parler, tu sais. »

J'ai dégluti avec peine. « Je ne sais pas par où commencer. Je ne sais vraiment pas quoi dire.

— Quand je ne sais pas quoi dire, en général, je pose une question.

— Comment vas-tu ? Depuis que tu es revenue ?

— Ha ! » Et comme Bernadette, elle renversait la tête en arrière quand elle riait. « Une question difficile ! Je n'y réponds jamais, pour ma part. Essaie encore.

— De quoi voulais-tu parler ?

— Pas mal. J'ai une proposition à te faire. Pour l'instant, je veux juste que tu l'écoutes. Ne te décide pas tout de suite.

— OK.

— Eh bien… tu es sans doute au courant pour maman. Son état s'est aggravé. Enfin, elle a arrêté de boire depuis juillet et ses organes vitaux sont en parfait état. Mais sa mémoire s'est énormément dégradée. Elle est de plus en plus désorientée.

— J'ai entendu pour la vache.

— Oui, par exemple. Ça me fait mal de l'admettre, mais elle est devenue un peu dangereuse. Pas pour moi, mais les gens qu'elle ne connaît pas, elle ne leur fait pas confiance. Elle est persuadée que tout le monde est impliqué dans une énorme conspiration. » Une aiguille de glace m'a transpercée. Je n'avais jamais imaginé une telle conséquence à mon mensonge. « Et c'est dangereux pour elle aussi. Elle ne peut pas rester ici toute seule. Un jour, j'ai oublié de fermer à clé l'armoire à pharmacie, et elle a fait une overdose de gélules d'huile de poisson, parce qu'elle n'arrêtait pas de penser qu'elle avait oublié de les prendre. Rien de dramatique, elle a juste eu la nausée. Mais quelque chose de plus grave finirait fatalement par arriver.

— Tu veux t'en aller.

— Tu rigoles ? Bien sûr, que je veux m'en aller. J'essaie de me tirer d'ici depuis mes six ans. Et en plus, j'ai été admise en sciences religieuses à Yale. Je veux y aller. Et je n'ai pas envie de rentrer ici tous les week-ends parce que maman a encore empoisonné le livreur de chez UPS, tu vois ?

— Sciences religieuses ? Tu n'as pas l'air, je ne sais pas…

— Éthique, a-t-elle dit, et elle m'a jeté un regard pénétrant, presque souriant. Mais bref, ce que j'essaie de te demander, c'est si tu serais prête à revenir habiter avec elle.

— À plein temps ?

— Vingt-quatre heures sur vingt-quatre. Je veux dire, tu sais comment elle est. Elle est capable de semer un sacré bazar en l'espace de quelques heures, mais si tu lui tiens compagnie, elle se contente de boire son thé et de te raconter des histoires sur les Habsbourg.

— Et le lycée ?

— Je me suis demandé si… eh bien, j'imagine que je me disais que tu pourrais laisser tomber, comme Clinton ? On te rembourserait l'équivalent des frais de scolarité, je suppose. Je ne savais pas que l'école comptait tant que ça pour toi. On n'en a pas parlé avec papa, mais je parie qu'il t'aiderait à t'inscrire à un programme de cours par correspondance.

— Me payer ?

— Au salaire minimum ! Je ne sais pas. C'est papa qui a eu cette idée, pour être honnête. Mais oui, c'est du travail. Tu sais comment c'est. Je sais que tu le sais. Elle n'est pas facile. Vraiment, ne dis rien pour l'instant. Laisse passer la nuit, réfléchis, prends une semaine, le temps qu'il te faudra. C'est beaucoup demander. Je ne veux pas que tu dises que tu peux le faire juste parce que tu te sens obligée.

— Je suis obligée.

— Écoute. Je ne sais pas comment tu vois les choses. Tu devrais juste prendre ton temps, c'est tout ce que je dis. »

Je n'arrivais pas à mettre le doigt sur ce qui était bizarre, au juste. Je m'étais imaginée tomber à genoux, j'avais vu Jude gémir ou parler avec une rage contenue. Je ne sais pas. Elle avait calé ses pieds sous elle et elle faisait voltiger le pompon de son sweat à capuche d'avant en arrière d'un geste distrait et désinvolte. Elle penchait un peu la tête quand elle levait les yeux, réfléchissait à ses mots en les prononçant, comme si elle les regardait flotter dans des bulles.

« Tu as des nouvelles de Virgil, de temps en temps ?

— Non. Pas vraiment. Avant, il m'envoyait des cartes postales.

— Moi non plus. Pas récemment, en tout cas. Il m'appelait en pleine nuit, au début. Pour parler de spaghettis, de base-ball, des trucs à la con comme ça. J'espérais juste qu'il finirait par revenir ici.

— Moi aussi. Il reviendra peut-être. Qui sait. » Une petite nuance de bleu s'insinuait dans la lumière. Les larmes me sont montées aux yeux mais n'ont pas coulé avant que je batte des paupières. « Je peux te demander une chose ? Je ne sais pas si c'est correct, de poser la question.

— Vas-y.

— Pourquoi tu fais ça ?

— Eh bien, pas pour toi. Ça, je te le garantis.

— Hein ?

— Oh, Cindy. Je n'ai pas l'intention de gâcher ma vie pour toi, a-t-elle dit. C'est tout. »

Bon. On ne quitte pas une star, à ce qui se dit.

Ce n'est pas comme avant, mais il faut dire que je ne m'occupais pas vraiment de Bernadette, avant. Oh oui, je lui préparais du thé, je donnais à manger aux chèvres et je faisais la vaisselle, et ça me semblait terriblement adulte, à l'époque. Peu importe tout le gin que je lui faisais boire. Il m'arrive de surprendre Bernadette, sobre comme un chameau, en train de piétiner une chauve-souris trouvée dans une boîte à chaussures. Elle voit toujours des films de William Holden dans les surfaces réfléchissantes, mais ça ne me trouble plus. En fait, ça la rend plus facile à maîtriser, car je ne dispose plus d'aucun de mes vieux trucs. Jude a bien stipulé que je devais être seulement et toujours moi-même, et je respecte ce souhait, même s'il m'arrive de me réveiller la nuit avec Bernadette au pied de mon lit, qui exige de savoir immédiatement qui je suis, et brandit son bâton de quartz préféré pour me contraindre à répondre. Un jour, elle a coincé un tas de feuilles de sumac toxiques dans mon oreiller, et ma lèvre a tellement gonflé qu'elle me pendouillait sur le menton. Quelquefois, elle essaie vraiment de me tuer, je crois. Si jamais j'ai laissé mon dîner sans surveillance, je balance systématiquement le contenu de mon assiette dans le jardin par la porte de derrière, juste au cas où.

Avant, je n'avais jamais pensé une seule fois aux vitamines, aux médicaments, au sommeil et au cholestérol de Bernadette. Je suis désormais tout à fait rigoureuse sur ces questions. Je lui donne des bains de pieds. Je lui pommade ses chancres. Je vérifie sa glycémie. Nous nous chamaillons pour savoir si nous avons déjà mangé notre demi-pomme de terre au four et notre cuillerée de cottage cheese, comme un vieux couple de ronchons, et j'adore ça. Certains soirs, Shayna passe me relever pour quelques heures, et je prends la voiture pour aller en ville, juste pour jeter les yeux sur des visages autres et voir des néons. Quand Jude et Alistair viennent en visite, je dors chez ma mère, et nous faisons ce que nous pouvons pour être ensemble. Ce qui revient à pas grand-chose, même si nous aimons toutes les deux faire le ménage. Nous repeignons la maison pièce par pièce.

Les chèvres, je ne leur donne pas de nom. Ça fait partie de la trêve que j'ai passée avec elles. Je change leur foin parfaitement. Parfois, quand je les trais, cependant, je presse mon front contre la cage chaude et frémissante de leurs côtes, et je pleure.

J'ai négocié un seul terme : j'ai demandé à amener Wade. Ça n'a pas plu à Jude, étant donné, je crois, la facilité avec laquelle il risquait d'être empoisonné. Mais elle a concédé que c'était mon problème, et pourquoi pas. Dieu merci. Bernadette ne sait absolument pas qui il est, si ce n'est dans la mesure où tous les enfants appartiennent à une divinité à laquelle elle n'a jamais cessé de répondre. Le prince gobelin, le poupin d'la charmille. Le petit junco, le nounours tout doux, *schatzilein*. Elle lui a inventé un million de noms. Elle découperait une tranche du soleil pour lui faire plaisir.

« Tu seras un roi quand tu seras grand », dit-elle à Wade. Je le crois presque. Elle lui enseigne le nom de tous les os du corps, les oiseaux, les fleurs et les insectes. Elle lui apprend à chanter « La Bamba ». Je ne sais pas ce qu'on va faire quand il entrera à la maternelle. Il faudra qu'on se remette à notre feuilleton caprin, j'imagine.

Quand Jude a dit qu'elle n'avait pas l'intention de gâcher sa vie pour moi, ça m'a blessée. Je ne comprenais pas ce qu'elle entendait par là. Mais maintenant, j'ai réfléchi : je ne compte pas gâcher ma vie pour moi, moi non plus. Ni pour ma mère, ni pour Clinton, ni pour moi-même, ni pour les flammes des blessures anciennes. Je ne compte pas me poster sur le seuil de moi-même, et établir une liste de châtiments. Je suis du genre qui ne peut regarder devant que jusqu'à un certain point. Je suis du genre qui doit devenir vide, d'une manière ou d'une autre. J'ai essayé toutes les autres méthodes. La seule qui ne me tue pas est de m'occuper d'amis et d'animaux. Je ne suis pas une martyre, je le promets. Ni une sauveuse, ni une héroïne, ni une sainte – je mange trop de figues pour y prétendre, je le crains. Je ne compte pas non plus regagner les points perdus sur quelque grand registre. Je ne suis pas certaine de pouvoir être pardonnée complètement.

Mais certains matins, l'air est nettoyé comme dans un vieux souvenir que j'ai, et Bernadette dit :

« Ann Richards, j'en ai plus que marre que tu me piques mon pull à perles noires.

— Ah bon ?

— Oh oui, j'en ai plein le dos. Je sais que tu l'as revendu pour une bouchée de pain. »

En un lieu où l'air était ancien. « Eh bien, oui, à Redondo Beach, je lui dis. Je suis une ado fugueuse. Tu ne m'attraperas pas vivante ! » C'est la meilleure blague que nous ayons inventée. Nous nous la répétons toute la journée.

Et puis je lui lis les lettres de Jude, ou bien des passages du *Guide des fougères* de 1977, son livre préféré. « Si la fronde ressemble à une lanière au bout arrondi avec des spores obliques, c'est une scolopendre. » « Pour les sporocystes : voir page suivante. (Important.)» Et ainsi de suite, ainsi de suite, dans ce monde bleu et froid où l'ennui n'existe pas. Wade nous présente les monstres de la terre et de la mer, qui lui tiennent tous très à cœur. Il court avec les gobelins de la forêt. Nous préparons de la crème au citron pour le postier, reprisons les pantalons avec d'affreuses pièces lustrées et remarquons les odeurs nouvelles dans l'atmosphère. J'emploie mes mains à ce qui doit être fait, et je deviens vide, je deviens partie.

Je suis une gorge.

C'est une chanson.

REMERCIEMENTS

Ce roman est dédié à Janice Hatfield, qui fut mon professeur d'anglais en classe de quatrième et la première personne à m'avoir dit que je pourrais devenir écrivain. Je ne sais pas où j'en serais sans ça, madame H.

Merci à mes parents, Dan et Jan Smith. Merci à toutes les familles qui m'ont soutenue.

Merci à tous les professeurs, membres du personnel et étudiants du Michener Center for Writers et du Iowa Writers' Workshop, parmi lesquels Antonya Nelson, Colm Tóibín, Charlie Baxter, Ethan Canin, Sam Chang et Daniel Orozco. J'adresse mes remerciements tout particuliers à la MacDowell Colony et à la Rona Jaffe Wallace Foundation.

Merci à Atom Atkinson, Lillian-Yvonne Bertram, Anne Marie Rooney, Ben Pelhan, Zach Harris, Scott Andrew, Ethen Jerrett, Greg Koehler, Smith Henderson, Martha Stallman, Tony Tulathimutte, Meredith Blankenship, Ben Watson, Nana Nkweti, Kyle Minor, Nicole Boss, Corinne Beaugard, Brian Booker, Jake Hooker, Garth Greenwell, William Wingo, Tracy Towley, Charlie

Verploegh, Anna Rauhoff, Michael Glaviano, Haley Butera, Jess Williams, Clara Wilch, Robin Bower, Jason Kirker, Bri Cavallero et James Yu pour toutes les sortes possibles d'aide qu'ils m'ont apportées. J'adresse ma plus complète gratitude à toute l'équipe de May Day Marching Band. Et des remerciements spéciaux à mon chat adoré, Nellie Belle.

Remerciements éternels aux équipes de Riverhead Books et de Hamish Hamilton. À Claudia Ballard, merci d'avoir lu les nombreux manuscrits qui ont abouti à ce livre. Et à Sarah McGrath, qui m'en a révélé sa structure la plus sincère et la plus réussie.

MIXTE
Papier issu de
sources responsables
FSC® C003309
FSC
www.fsc.org

10/18, une marque d'Univers Poche,
est un éditeur qui s'engage pour
la préservation de l'environnement
et qui utilise du papier fabriqué à partir
de bois provenant de forêts gérées
de manière responsable.

10/18 – 92 avenue de France, 75013 PARIS

Imprimé en France par CPI

N° d'impression : 3043649
X07767/01